COLLECTION FOLIO

Kazuo Ishiguro

Les vestiges du jour

*Traduit de l'anglais
par Sophie Mayoux*

Gallimard

Cet ouvrage a été publié aux Éditions Calmann-Lévy en 2001.

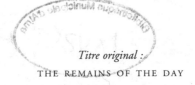

Titre original :
THE REMAINS OF THE DAY

Kazuo Ishiguro, né à Nagasaki en 1954, est arrivé en Grande-Bretagne à l'âge de cinq ans. Décrit par le *New York Times* comme «un génie original et remarquable», il est l'auteur de six romans : *Lumière pâle sur les collines*, *Un artiste du monde flottant* (Whitbread Award 1986), *Les vestiges du jour* (Booker Prize 1989), *L'inconsolé*, *Quand nous étions orphelins*, *Auprès de moi toujours*, et d'un recueil de nouvelles, *Nocturnes*. Tous ses ouvrages sont traduits dans plus de quarante langues. En 1995, Kazuo Ishiguro a été décoré de l'ordre de l'Empire britannique pour ses services rendus à la littérature, et, en 1998, la France l'a fait chevalier de l'ordre des Arts et des Lettres. Deux de ses livres ont été adaptés au cinéma : *Les vestiges du jour* et, plus récemment, *Auprès de moi toujours*. Les droits cinématographiques du *Géant enfoui* ont été vendus à Hollywood. Kazuo Ishiguro vit à Londres avec son épouse.

À la mémoire de Mrs. Lenore Marshall

Darlington Hall

Il semble de plus en plus probable que je vais réellement entreprendre l'expédition qui tient depuis quelques jours une place importante dans mon imagination. Une expédition, je dois le préciser, que j'entreprendrai seul, dans le confort de la Ford de Mr. Farraday; une expédition qui, telle que je l'envisage, me conduira à travers une des plus belles campagnes d'Angleterre jusqu'au West Country, et pourrait bien me tenir éloigné de Darlington Hall pendant cinq ou six jours. L'idée de ce voyage, je dois le souligner, est née d'une suggestion fort aimable émise à mon intention par Mr. Farraday lui-même voici presque quinze jours, tandis que j'époussetais les portraits dans la bibliothèque. En fait, si je me souviens bien, j'époussetais, monté sur l'escabeau, le portrait du vicomte Wetherby lorsque mon employeur entra, chargé de quelques volumes dont il désirait sans doute qu'on les remît en rayon. Remarquant ma présence, il profita de cette occasion pour m'informer qu'il venait précisément de parachever le projet de retourner aux États-Unis pour une période de cinq semaines, entre août et septembre. Cela annoncé, mon employeur posa ses volumes sur une table, s'assit sur la chaise longue et allongea les jambes. Ce fut alors que, levant les yeux vers moi, il déclara : « Vous vous doutez, Stevens, que je ne vous demande pas de rester enfermé dans cette maison pendant toute la durée de mon absence. Si vous preniez la voiture pour aller vous balader pendant quelques jours ? À en juger par votre mine, un petit congé ne vous ferait pas de mal. »

Devant une proposition aussi imprévue, je ne savais trop comment réagir. Je me rappelle l'avoir remercié de sa sollicitude, mais sans doute ne dis-je rien de très précis car mon employeur poursuivit :

« Je parle sérieusement, Stevens. Vous devriez vraiment prendre un petit congé. Je paierai la note d'essence. Vous autres, vous passez votre vie enfermés dans ces grandes maisons à vous rendre utiles, et quand est-ce que vous arrivez à voir ce beau pays qui est le vôtre ? »

Ce n'était pas la première fois que mon employeur soulevait cette question ; en fait, il semble sincèrement préoccupé par ce problème. Ce jour, cependant, il me vint une sorte de repartie tandis que j'étais juché là-haut sur l'escabeau ; repartie visant à souligner que dans notre profession, si nous ne voyons pas à proprement parler le pays en sillonnant la campagne et en visitant des sites pittoresques, nous « voyons » en fait une part d'Angleterre plus grande que bien des gens, placés comme nous le sommes dans des demeures où se rassemblent les personnes les plus importantes du pays. Certes, je ne pouvais exprimer ce point de vue à l'intention de Mr. Farraday sans me lancer dans un discours qui aurait pu paraître présomptueux. Je me contentai donc de dire simplement :

« J'ai eu le privilège, monsieur, de voir entre ces mêmes murs, au fil des années, ce que l'Angleterre a de meilleur. »

Mr. Farraday ne sembla pas comprendre cette remarque, car il continua sur sa lancée : « J'insiste, Stevens. Ce n'est pas bien qu'un gars ne puisse pas visiter son propre pays. Suivez mon conseil, sortez de la maison pendant quelques jours. »

Comme vous pouvez vous en douter, je ne pris pas du tout au sérieux, cet après-midi-là, la suggestion de Mr. Farraday, qui me parut être un nouvel exemple de méconnaissance des coutumes anglaises de la part d'un Américain. Si mon attitude à l'égard de cette même suggestion évolua dans les jours suivants au point que l'idée d'un voyage dans le West Country prit dans mon esprit une place prépondérante, ce changement est en grande partie imputable — pourquoi le cacherais-je ? — à l'arrivée de la lettre de Miss Kenton, la première en presque sept ans si l'on ne tient pas compte des cartes de Noël. Mais il faut que je précise ce que j'entends par là ; ce que je veux dire, c'est que la lettre de Miss Kenton mit en train un enchaînement d'idées à caractère professionnel, liées à la gestion de Darlington Hall, et je tiens à souligner que ce fut le souci que j'avais de ces problèmes professionnels qui me fit envisager à nouveau l'aimable suggestion de mon employeur. Mais permettez-moi de m'expliquer plus avant.

À la vérité, au cours des quelques mois précédents, j'ai été responsable d'une série de petites erreurs dans l'accomplissement de mes tâches. Il convient que je le précise, ces erreurs, sans exception, étaient en elles-mêmes tout à fait anodines. Cependant, et je pense que vous le comprendrez, pour quelqu'un qui n'a pas l'habitude de commettre de telles erreurs, c'était là une nouveauté plutôt troublante, et je me mis à élaborer toutes sortes de théories alarmistes quant à leur cause. Comme c'est souvent le cas dans ce genre de situation, l'évidence m'aveuglait — jusqu'au jour, du moins, où à force de méditer les implications de la lettre de Miss Kenton, la vérité toute simple m'apparut : ces petites erreurs des mois récents ne provenaient de rien de plus sinistre qu'un plan de travail défaillant.

Bien entendu, il incombe à tout majordome d'apporter le plus grand soin à la mise au point d'un plan de travail pour le personnel. Qui peut dire combien de disputes, de fausses accusations, de congédiements inutiles, combien de carrières prometteuses interrompues prématurément peuvent être attribués à la négligence d'un majordome lors de cette tâche cruciale : l'élaboration du plan de travail ? Oui, je n'hésite pas à me dire en accord avec ceux qui affirment que la capacité de dresser un bon plan de travail est la pierre angulaire de l'art d'un bon majordome. J'ai moi-même réalisé bien des plans de travail au fil des années, et je ne crois pas faire preuve de vantardise en disant qu'il fut rarement nécessaire de les rectifier. Et si, dans le cas présent, le plan de travail est à incriminer, on ne peut en tenir rigueur à personne, si ce n'est à moi-même. En même temps, il est juste de préciser que la tâche, en l'occurrence, était particulièrement délicate.

Voici ce qui s'était produit. Une fois les transactions terminées — des transactions qui avaient enlevé cette maison des mains de la famille Darlington au bout de deux siècles — Mr. Farraday fit savoir qu'il ne s'y installerait pas dans l'immédiat, mais passerait encore quatre mois à régler des affaires aux États-Unis. Entre-temps, néanmoins, il désirait que le personnel de son prédécesseur, personnel dont le plus grand bien lui était revenu, soit maintenu à Darlington Hall. Ce «personnel» auquel il faisait allusion n'était autre, en fait, que l'équipe minimum de six personnes chargée par la famille de Lord Darlington de veiller sur la maison jusqu'à l'achèvement des transactions; et je dois signaler avec regret que lorsque l'achat fut effectif, je ne pus pas faire grand-chose pour Mr. Farraday, car Mrs. Clements fut la seule à ne pas partir en quête d'un autre emploi. Lorsque j'écrivis à mon nouvel employeur pour lui faire part de cette situation regrettable, je reçus une réponse d'Amérique me donnant mission de recruter des domestiques «dignes d'une grande et ancienne maison anglaise». J'entrepris immédiatement de satisfaire les vœux de Mr. Farraday, mais comme vous le savez, ce n'est pas de nos jours une tâche facile que de trouver des recrues d'un niveau adéquat, et si j'eus le plaisir d'engager Rosemary et Agnes sur la recommandation de Mrs. Clements, je n'en étais pas arrivé plus loin lorsque je rencontrai Mr. Farraday pour une première séance de travail, au cours de la brève visite préliminaire qu'il fit à nos contrées au printemps dernier. Ce fut à cette occasion — à Darlington Hall, dans le bureau étrangement nu — que Mr. Farraday me serra la main pour la première fois, mais nous étions déjà loin d'être des inconnus l'un pour l'autre ; indépendamment de la question du personnel, mon nouvel employeur avait déjà eu plusieurs fois l'occasion de faire appel aux quelques qualités dont j'ai le bonheur d'être doté, et j'oserai dire qu'il n'avait pas été déçu. De ce fait, je présume, il se sentit immédiatement à même de me parler dans un esprit de confiance et d'efficacité, et à la fin de notre réunion, il m'avait laissé le soin d'administrer une somme non négligeable destinée à subvenir au coût de divers préparatifs en vue de sa prochaine installation. Quoi qu'il en soit, ce fut au cours de cet entretien, lorsque je soulevai la question de la difficulté de recruter de nos jours un personnel adéquat, que Mr. Farraday, ayant réfléchi un moment, m'adressa sa requête : que je fasse de mon mieux pour dresser un plan de travail — « un genre de rôle des domestiques », comme il disait — assurant la bonne marche de la maison avec son personnel actuel de quatre domestiques : Mrs. Clements, les deux jeunes filles et moi-même. Peut-être faudrait-il mettre sous des housses, il s'en rendait bien compte, une partie de la maison, mais pourrais-je user de toute mon expérience et de tout mon savoir-faire pour veiller à ce que ces pertes soient aussi limitées que possible ? Ayant en mémoire le temps où je dirigeais dix-sept personnes, et sachant qu'il n'y a pas si longtemps vingt-huit personnes avaient été employées ici même, à Darlington Hall, l'idée d'élaborer un plan de travail qui assurerait la bonne marche de cette maison avec un personnel limité à quatre domestiques semblait pour le moins audacieuse. Malgré mes efforts, mon scepticisme dut quelque peu transparaître, car Mr. Farraday ajouta alors, comme pour me rassurer, que si cela s'avérait nécessaire, on pourrait engager un domestique supplémentaire. Mais il me serait très obligé, insista-t-il, si je pouvais «tenter le coup avec quatre personnes».

Naturellement, comme beaucoup d'entre nous, j'hésite à trop changer les vieilles coutumes. Mais il n'y a aucun mérite à s'accrocher à la tradition comme le font certains, pour l'amour de la tradition. En ces temps d'électricité et de chauffage central, il n'est plus du tout indispensable d'employer autant de personnes qu'il en fallait rien qu'une génération auparavant. À vrai dire, il m'était même venu à l'idée dernièrement que la tendance à conserver un personnel surnuméraire par pur attachement à la tradition, laissant ainsi aux employés un excès de temps peu salubre, constitue un facteur important de la baisse prononcée du niveau professionnel. De surcroît, Mr. Farraday m'avait fait comprendre qu'il ne comptait tenir que très rarement les réunions mondaines de grande ampleur dont Darlington Hall avait souvent été le théâtre autrefois. J'entrepris alors avec une certaine ferveur la tâche que Mr. Farraday m'avait confiée ; je passai des heures à élaborer le plan de travail, et au moins autant d'heures à y songer tout en m'acquittant d'autres obligations ou en demeurant éveillé dans mon lit après m'être retiré. Chaque fois qu'il me semblait avoir mis le doigt sur quelque chose, je testais mon idée sous tous les angles, soucieux d'en déceler les points faibles. Je conçus enfin un plan qui, sans peut-être répondre en tout point aux désirs de Mr. Farraday, était, j'en avais la certitude, le meilleur humainement possible. Presque toutes les parties agréables de la maison pourraient rester en fonction ; les chambres des domestiques, le couloir de service, les deux offices, l'ancienne buanderie, ainsi que le couloir desservant les chambres d'amis du deuxième étage seraient désaffectés, ce qui laisserait les pièces principales du rez-de-chaussée et un nombre appréciable de chambres d'amis. Certes, notre équipe de quatre personnes ne pourrait réaliser sa tâche qu'avec le renfort d'un personnel à la journée : j'intégrai donc à mon plan de travail les services d'un jardinier une fois par semaine, deux fois en été, et de deux femmes de ménage, chacune deux fois par semaine. Par ailleurs, le plan de travail entraînerait pour nous quatre, employés à demeure, une modification radicale de nos obligations habituelles. Les deux jeunes filles, prévoyais-je, n'auraient pas trop de difficultés à s'accommoder de ces changements, mais je fis de mon mieux pour veiller à ce que Mrs. Clements soit touchée le moins possible, c'est-à-dire que j'inscrivis à mon propre compte plusieurs tâches dont vous considérerez peut-être qu'elles ne sont acceptables que pour un majordome aux idées particulièrement larges.

Même aujourd'hui, je n'irai pas jusqu'à dire que ce plan de travail est mauvais : après tout, il permet à une équipe de quatre personnes de couvrir une étendue de terrain étonnante. Mais vous en conviendrez certainement, les meilleurs plans de travail sont ceux qui prévoient des marges d'erreur suffisantes, tenant compte des jours où un employé est malade ou a perdu pour une raison ou une autre une partie de ses moyens. Dans ce cas particulier, il est vrai, on m'avait confié une mission qui sortait un peu de l'ordinaire, mais je n'avais pourtant pas négligé d'incorporer des « marges » partout où c'était possible. Je comprenais, en particulier, que les résistances que pourraient manifester Mrs. Clements ou les deux jeunes filles à l'idée d'assumer des devoirs outrepassant les limites traditionnelles seraient d'autant plus fortes s'il leur semblait que leurs tâches s'étaient accrues de façon conséquente. J'avais donc, au cours de ces journées passées à m'évertuer sur le plan de travail du personnel, veillé avec une attention toute particulière à ce que Mrs. Clements et les jeunes filles, une fois surmontée leur aversion à l'égard du caractère éclectique de leurs nouvelles tâches, trouvent la répartition du travail stimulante et ne se sentent pas surchargées.

Cependant, soucieux de me concilier le soutien de Mrs. Clements et des jeunes filles, sans doute, je le crains, n'évaluai-je pas avec autant de rigueur mes propres limitations ; certes, mon expérience et ma prudence accoutumée dans ces affaires m'empêchèrent de m'attribuer à moi-même plus de travail que je ne pouvais en accomplir, mais peut-être négligeai-je quelque peu de m'accorder l'indispensable marge. Il n'est donc pas surprenant qu'au fil des mois, cette omission en vienne à se révéler par tous ces indices menus mais révélateurs. Je crois que la question n'est pas autrement complexe : je m'en étais trop donné à faire.

Vous serez peut-être étonné qu'une faiblesse aussi flagrante de mon plan de travail m'ait ainsi échappé avec persistance, mais vous conviendrez que cela arrive souvent quand on a réfléchi constamment à un sujet pendant un temps prolongé ; on n'est pas frappé par la vérité avant d'y être incité de façon tout à fait accidentelle par un événement extérieur. C'est ce qui se produisit en l'occurrence : lorsque je reçus la lettre de Miss Kenton, où l'on percevait, parmi des passages longs et assez peu révélateurs, une indéniable nostalgie de Darlington Hall et, j'en suis absolument sûr, des allusions nettes à son désir de revenir ici, cela me força à revoir d'un œil neuf mon plan de travail. Alors seulement il m'apparut que, bel et bien, un employé supplémentaire aurait eu un rôle crucial à jouer ici ; que c'était en fait cette carence-là qui avait été au cœur de mes récents ennuis. Et plus j'y pensais, plus il devenait évident que Miss Kenton, avec son grand attachement pour cette maison, son professionnalisme exemplaire — d'une qualité qu'il est devenu presque impossible de trouver de nos jours —, était exactement le facteur complémentaire qui me permettrait de réaliser un plan de travail pleinement satisfaisant pour le personnel de Darlington Hall.

Ayant analysé ainsi la situation, il ne me fallut pas longtemps pour me mettre à reconsidérer la suggestion faite aimablement par Mr. Farraday quelques jours auparavant. En effet, il m'était apparu que le voyage en voiture qu'il proposait pouvait revêtir une utilité professionnelle ; c'est-à-dire que je pouvais gagner par la route le West Country et rendre visite à Miss Kenton au passage, afin d'examiner sur place ce qu'il en était de son souhait de revenir travailler ici, à Darlington Hall. Je dois le préciser, j'avais relu à plusieurs reprises la lettre récente de Miss Kenton, et il est impossible que la présence de ces allusions de sa part soit simplement le fruit de mon imagination.

Pour autant, je ne pus avant quelques jours me résoudre à soulever de nouveau la question auprès de Mr. Farraday. Il existait, de toute façon, différents éléments que je devais, me semblait-il, clarifier à mes propres yeux avant d'aller plus loin. Il y avait, par exemple, la question des frais. Même en tenant compte de l'offre généreuse de mon employeur, prêt à « payer la note d'essence », les dépenses encourues pour un tel voyage risquaient d'être étonnamment élevées, en comptant le logement, les repas, les petites collations que je prendrais sans doute en chemin. Et puis il y avait la question des genres de tenue qui convenaient à un tel voyage, et de décider si cela valait la peine d'investir dans une nouvelle garde-robe. Je suis en possession d'un certain nombre de costumes superbes, aimablement légués au fil des années par Lord Darlington en personne, ainsi que par différents invités ayant séjourné dans cette maison et ayant eu à se féliciter de la qualité du service ici. Plusieurs de ces costumes sont peut-être trop cérémonieux pour l'expédition prévue, ou un peu passés de mode. Il y a pourtant un complet-veston qui m'a été donné en 1931 ou 1932 par Sir Edward Blair — pratiquement neuf à l'époque, il m'allait presque parfaitement — et qui conviendrait bien, sans doute, à des soirées au salon ou à la salle à manger des pensions où il m'arrivera de loger. Cependant, je ne possède pas de vêtements de voyage adéquats — c'est-à-dire des vêtements avec lesquels on pourrait me voir conduire la voiture —, à moins que je ne revête le costume donné par le jeune Lord Chalmers pendant la guerre, qui, bien que visiblement trop petit pour moi, pourrait être considéré comme idéal sur le plan du style. Je finis par calculer que mes économies me permettraient de subvenir à tous les frais que je pourrais encourir, et pourraient de surcroît financer l'achat d'un nouveau costume. Vous ne me trouverez pas, je l'espère, vaniteux à l'excès en ce qui concerne cette question ; c'est que, voyez-vous, on ne sait jamais quand on risque de devoir révéler qu'on est de Darlington Hall, et il est important, en de telles circonstances, d'être vêtu d'une façon seyant à sa position.

Au cours de cette période, je passai aussi de nombreuses minutes à examiner l'atlas routier, et à parcourir les volumes appropriés de l'ouvrage de Mrs. Jane Symons, *Les merveilles de l'Angleterre*. Si vous ne connaissez pas les livres de Mrs. Symons, série de sept volumes dont chacun est consacré à une région des îles Britanniques, je les recommande de tout cœur. Ils ont été écrits dans les années trente, mais ils doivent être restés en grande partie valables ; je ne pense pas, en somme, que les bombes allemandes aient modifié nos campagnes de façon significative. Mrs. Symons, d'ailleurs, rendait de fréquentes visites à cette maison avant la guerre ; elle comptait parmi les plus populaires auprès du personnel, car elle manifestait volontiers sa satisfaction. Ce fut en ce temps-là, poussé par l'admiration que m'inspirait naturellement cette dame, que je me mis à parcourir ses volumes à la bibliothèque chaque fois que j'avais un moment libre. Même, je m'en souviens, peu après le départ de Miss Kenton pour les Cornouailles en 1936, n'ayant personnellement jamais été dans cette partie du pays, je feuilletais souvent le volume III de l'ouvrage de Mrs. Symons, qui décrit à ses lecteurs les délices du Devon et des Cornouailles, avec à l'appui des photographies et, ce qui à mes yeux était encore plus évocateur, toutes sortes de croquis d'artistes sur la région. Ce fut ainsi que je pus me faire une idée du genre d'endroit où Miss Kenton était allée vivre sa vie de femme mariée. Mais comme je l'ai dit, c'était dans les années trente, où, à ce que je comprends, les livres de Mrs. Symons faisaient l'objet de l'admiration générale dans les demeures de tout le pays. Je n'avais pas consulté ces volumes depuis bien des années, jusqu'à ce que ces développements récents m'incitent à reprendre dans la bibliothèque le volume consacré au Devon et aux Cornouailles. J'étudiai à nouveau ces descriptions, ces illustrations merveilleuses, et vous comprendrez peut-être mon excitation croissante à l'idée d'entreprendre moi-même un voyage en voiture dans cette même région du pays.

À la fin, il ne semblait plus y avoir grand-chose d'autre à faire que de soulever de nouveau la question auprès de Mr. Farraday. Il était toujours possible, bien entendu, que la suggestion formulée par lui une quinzaine auparavant ait été un simple caprice, et que l'idée ait cessé de lui plaire. Mais ayant observé Mr. Farraday au cours de ces quelques mois, il me semble qu'il n'est pas sujet à ce trait des plus irritants chez un employeur : la versatilité. Il n'y avait aucune raison de croire qu'il n'exprimerait pas le même enthousiasme qu'auparavant à l'égard de mon projet d'excursion en automobile ; il y avait toutes les raisons de penser qu'il me proposerait de nouveau aimablement de « payer la note d'essence ». Néanmoins, je réfléchis attentivement à ce qui pourrait constituer la meilleure occasion d'aborder la question avec lui ; car si, comme je l'ai dit, je ne soupçonnais pas un instant Mr. Farraday de versatilité, il était quand même raisonnable de ne pas soulever le problème lorsqu'il était préoccupé ou distrait. Un refus formulé en de telles circonstances ne refléterait sans doute pas les sentiments réels de mon employeur sur cette question, mais une fois que j'aurais essuyé une réponse négative, il me serait difficile de remettre le sujet sur le tapis. Il était donc clair qu'il me fallait choisir judicieusement mon moment.

Je décidai finalement que le choix le plus prudent serait, parmi tous les moments de la journée, celui où je sers le thé au salon, l'après-midi. Mr. Farraday, en général, vient de revenir de sa petite promenade dans les collines, et n'est donc pas plongé dans ses travaux de lecture ou d'écriture comme cela lui arrive souvent le soir. En fait, lorsque je lui apporte le thé dans l'après-midi, Mr. Farraday ferme volontiers le livre ou le périodique qu'il était occupé à lire, se lève et s'étire devant la fenêtre comme s'il était tout disposé à faire la conversation avec moi.

Ce n'est pas, je pense, sur la question de l'horaire que mon jugement a buté ; si les choses ont tourné comme elles l'ont fait, cela est entièrement dû à une erreur de jugement d'un tout autre caractère. Pour tout dire, je n'ai pas suffisamment tenu compte du fait qu'à cette heure-là de la journée, Mr. Farraday apprécie une conversation divertissante, voire humoristique. Sachant que telle serait vraisemblablement son humeur lorsque je lui ai apporté le thé, hier après-midi, et conscient de sa tendance habituelle, dans ces moments-là, à s'entretenir avec moi sur le ton du badinage, j'aurais certainement eu intérêt à ne pas du tout faire allusion à Miss Kenton. Mais vous comprendrez peut-être que j'étais naturellement enclin, en sollicitant de mon employeur ce qui était en somme une généreuse faveur, à laisser entendre que ma requête était liée à une motivation d'ordre professionnel. Aussi, en indiquant les raisons pour lesquelles je choisissais le West Country, au lieu de me contenter de mentionner les détails alléchants signalés dans le volume de Mrs. Symons, commis-je l'erreur de préciser qu'une ancienne intendante de Darlington Hall demeurait dans cette région. Je suppose que je devais m'apprêter à expliquer à Mr. Farraday que je serais ainsi à même d'examiner une possibilité qui représenterait peut-être la solution idéale aux petits problèmes dont nous souffrons ici. Ce ne fut qu'après avoir mentionné Miss Kenton que je vis brusquement à quel point il m'était impossible de poursuivre sur cette lancée. Non seulement je ne pouvais pas être certain que Miss Kenton désirait rejoindre les rangs du personnel de cette maison, mais je n'avais même pas discuté avec Mr. Farraday la question d'un accroissement du personnel depuis notre premier entretien, un an auparavant. Je ne pouvais continuer à énoncer à voix haute mes réflexions sur l'avenir de Darlington Hall sans me montrer pour le moins présomptueux. Je crois que je marquai alors une pause plutôt soudaine, que je parus un peu embarrassé. En tout cas, Mr. Farraday en profita pour me faire un large sourire et me dire en pesant ses mots :

« Eh bien, Stevens. Une bonne amie. À votre âge. »

C'était là une situation fort embarrassante, et dans laquelle jamais Lord Darlington n'aurait placé un employé. Mais je ne veux pas critiquer par là Mr. Farraday ; après tout, c'est un Américain, et ses façons sont souvent différentes. Rien ne permet de supposer qu'il y entendait malice ; cependant, vous pouvez imaginer l'inconfort de la situation où je me trouvais.

« Je ne vous aurais jamais pris pour un homme à femmes, Stevens, poursuivit-il. C'est comme ça qu'on reste jeune, faut croire. Mais je ne sais trop s'il est convenable que je vous prête la main dans des aventures aussi louches. »

Naturellement, j'éprouvai la tentation de nier immédiatement et sans ambiguïté les motivations que mon employeur m'attribuait, mais je vis à temps que ce faisant, je tomberais dans le piège tendu par Mr. Farraday, et que la situation deviendrait de plus en plus embarrassante. Je restai donc debout dans la même attitude gênée, attendant que mon employeur me donne la permission d'entreprendre l'expédition en automobile.

Tout embarrassants que ces moments aient été pour moi, je ne voudrais pas donner l'impression que je blâme le moins du monde Mr. Farraday, qui est loin de manquer de gentillesse ; il s'amusait simplement, j'en suis sûr, à pratiquer le genre de badinage qui traduit certainement aux États-Unis l'existence d'une bonne entente entre employeur et employé, et auquel on se livre comme à un jeu amical. En fait, pour donner une vision plus juste des choses, je devrais préciser que ce genre de badinage de la part de mon nouvel employeur a constitué tous ces derniers mois un aspect caractéristique de notre relation, bien que, je dois l'avouer, je ne sois toujours pas très sûr de la façon dont il convient que je réponde. À vrai dire, au cours de mes premiers jours au service de Mr. Farraday, il m'est arrivé une fois ou deux d'être éberlué par certaines réflexions qu'il me faisait. Par exemple, j'eus un jour l'occasion de lui demander si un certain monsieur qui devait lui rendre visite serait accompagné par sa femme.

« Dieu nous en garde, répondit Mr. Farraday. Peut-être pourriez-vous nous en libérer, Stevens. Peut-être pourriez-vous lui faire faire un tour du côté des écuries, vers la ferme de Mr. Morgan. Amusez-la dans le foin. Ça pourrait bien être votre type de femme. »

L'espace d'un instant ou deux, je me demandai ce que mon employeur voulait dire. Puis je compris qu'il s'agissait d'une sorte de plaisanterie et j'esquissai le sourire approprié, mais je crois que des traces de ma perplexité, pour ne pas dire de mon effarement, restèrent perceptibles dans mon expression.

Les jours suivants, cependant, j'appris à ne pas être surpris par ce genre de paroles, et je souriais de la façon adéquate dès que je détectais dans la voix de mon employeur un ton badin. Néanmoins, je n'étais jamais absolument sûr de ce qui était attendu de moi dans ces cas-là. J'aurais peut-être dû rire à gorge déployée ; ou même formuler une repartie personnelle. Cette dernière éventualité n'a pas été sans me préoccuper au fil des mois ; c'est une question qu'à ce jour je n'ai pas encore tranchée. Car il se peut bien qu'en Amérique un bon employé doive, dans le cadre de ses services, fournir un badinage divertissant. En fait, j'entends encore Mr. Simpson, le tenancier des Armes du Laboureur, nous dire que s'il avait été un barman américain, au lieu d'être là à bavarder avec nous comme il le fait, amical mais toujours courtois, il nous aurait accablés d'allusions grossières à nos vices et à nos défauts, nous traitant de poivrots et autres insultes du même genre, et n'aurait ainsi joué que le rôle attendu de lui par ses clients. Je me rappelle aussi, il y a quelques années, que Mr. Rayne, ayant été en Amérique en tant que valet de chambre de Sir Reginald Mauvis, racontait qu'un chauffeur de taxi new-yorkais s'adressait régulièrement à ses clients d'une manière qui, à Londres, aurait débouché sur un scandale ou aurait même fait conduire le coupable, de gré ou de force, jusqu'au poste de police le plus proche.

Il est donc tout à fait possible que mon employeur compte sur moi pour lui rendre la contrepartie de son badinage, et que ma carence dans ce domaine passe à ses yeux pour de la négligence. Ce problème, je l'ai dit, m'a sérieusement préoccupé. Mais j'avoue que cette pratique du badinage est une obligation dont je ne pense pas pouvoir jamais m'acquitter avec enthousiasme. Chacun, en cette époque de changement, doit bien sûr adapter son travail en y intégrant des tâches qui ne faisaient pas traditionnellement partie de ses attributions ; mais le badinage, voilà qui est d'un tout autre ordre. Par exemple, comment savoir à coup sûr qu'à un moment donné, c'est bien une réponse dans le genre badin qui est attendue ? Il n'est guère nécessaire d'insister sur la catastrophe que cela représenterait de faire une réflexion badine et d'en découvrir aussitôt le caractère absolument incongru.

Il m'est pourtant arrivé, il n'y a pas très longtemps, de rassembler un courage suffisant pour tenter de répondre de la façon voulue. Je servais son café à Mr. Farraday dans la salle à manger du matin lorsqu'il me demanda :

« Ce n'était pas vous, j'imagine, qui croassiez ainsi ce matin, Stevens ? »

Je compris que mon employeur parlait de deux Bohémiens ramasseurs de ferraille qui étaient passés un peu plus tôt, faisant leur tournée habituelle.

Ce matin-là, justement, je m'étais demandé si, oui ou non, j'étais censé répondre sur le même ton aux badinages de mon employeur, et je m'étais inquiété sérieusement de ce qu'il pouvait penser de mon manque constant de réaction face à ses tentatives. J'entrepris donc d'élaborer une repartie spirituelle ; une remarque suffisamment anodine, au cas où j'aurais mal évalué la situation. Au bout d'un instant, je dis :

« Des hirondelles plutôt que des corbeaux, à mon

avis, monsieur. Étant donné leur aspect migrateur. »
Et j'eus à la suite de cette phrase un sourire d'une
modestie bienséante, afin d'indiquer sans ambiguïté
que je venais de prononcer une plaisanterie, car je
ne voulais pas que Mr. Farraday refoule en raison
d'un sentiment de respect déplacé l'amusement
spontané qu'il pouvait éprouver.

Mais Mr. Farraday leva simplement les yeux vers
moi et dit : « Je vous demande pardon, Stevens ? »

Je m'aperçus alors seulement que ma plaisanterie,
de toute évidence, ne pouvait être aisément appré-
ciée par quelqu'un qui ignorait que les passants
matinaux étaient des Bohémiens. Je ne vis plus,
alors, comment continuer ce badinage ; en fait, je
décidai qu'il valait mieux mettre fin à toute cette
affaire et, feignant de me rappeler une obligation
urgente, je pris congé de mon employeur, dont le
visage était empreint d'une certaine perplexité.

C'était donc là un début fort décourageant dans
un exercice tout à fait nouveau pour moi, alors qu'il
se peut qu'il fasse maintenant partie de mes obligations ; si décourageant que, je l'avoue, je n'ai pas
vraiment poursuivi mes efforts dans ce sens. Mais en
même temps, je ne peux me défaire du sentiment
que Mr. Farraday n'est pas satisfait de mon attitude
face à son badinage. D'ailleurs, l'insistance récente
de mon employeur est peut-être une façon de me
pousser davantage à répondre dans le même esprit.
Quoi qu'il en soit, depuis ma première plaisanterie
au sujet des Bohémiens, je ne suis jamais arrivé à

trouver assez rapidement d'autres bons mots de ce genre.

Ce type de difficulté est d'autant plus préoccupant de nos jours que l'on n'a plus les moyens de discuter et de vérifier ses impressions auprès de ses confrères comme on le faisait autrefois. Il n'y a pas bien longtemps, si l'on se trouvait placé devant ce genre de dilemme dans l'exercice de ses fonctions, on avait le réconfort de savoir qu'un confrère dont on respectait l'opinion n'allait pas tarder à venir en compagnie de son employeur, et qu'on aurait alors toute latitude de discuter de ses préoccupations. De plus, du temps de Lord Darlington, quand les dames et les messieurs séjournaient souvent là plusieurs jours d'affilée, il était possible d'arriver à une bonne entente avec les collègues en visite. En ces temps de grand affairement, la salle commune accueillait souvent un rassemblement de certains des meilleurs professionnels d'Angleterre et résonnait de longues conversations nocturnes à la chaleur du foyer. Et croyez-moi, si vous étiez entré un de ces soirs-là dans la pièce où nous étions réunis, loin d'entendre de simples potins, vous auriez plutôt assisté à des débats sur les affaires importantes qui préoccupaient nos employeurs à l'étage, ou sur les grands problèmes abordés par les journaux ; et comme ont tendance à le faire des collègues, quelle que soit leur profession, lorsqu'ils se trouvent rassemblés, il nous arrivait de discuter de tous les aspects de notre métier. Parfois, naturellement, des différends se faisaient jour, mais le plus souvent, l'atmosphère était empreinte d'un sentiment de respect mutuel. Je donnerai peut-être une meilleure idée du ton de ces soirées si je précise que parmi les visiteurs réguliers on comptait par exemple Mr. Harry Graham, valet-majordome de Sir James Chambers, et Mr. John Donalds, valet de chambre de Mr. Sydney Dickenson. Il y en avait bien d'autres, moins distingués peut-être, mais dont la vitalité rendait la moindre visite mémorable : ainsi Mr. Wilkinson, valet-majordome de Mr. John Campbell, avec son répertoire bien connu d'imitations de grands personnages, Mr. Davidson, d'Easterly House, si passionné lorsqu'il discutait d'un problème qu'il paraissait presque inquiétant à qui ne le connaissait pas, alors que le reste du temps, il était d'une gentillesse émouvante, ou Mr. Herman, valet de chambre de Mr. John Henry Peters, dont il était impossible d'écouter passivement les opinions extrêmes, mais qu'on ne pouvait s'empêcher d'aimer, à cause de son rire jovial et de ce charme si particulier aux personnes originaires du Yorkshire. Je pourrais continuer. En ce temps-là, il existait dans notre profession une véritable camaraderie, quelles que fussent nos petites différences d'appréciation. Nous étions tous, pour ainsi dire, taillés dans le même drap. Il n'en est plus ainsi aujourd'hui, où lorsque par extraordinaire un domestique accompagne son employeur en visite, il s'agit fréquemment d'un nouveau venu qui n'a pas grand-chose à dire sur un autre sujet que le football, et qui préfère passer la soirée non pas au coin du feu dans la salle commune, mais devant un verre aux Armes du

Laboureur, ou même, comme c'est souvent le cas maintenant, à l'auberge de l'Étoile.

J'ai cité plus haut Mr. Graham, valet-majordome de Sir James Chambers. En fait, il y a environ deux mois, j'ai eu le plaisir d'apprendre que Sir James allait venir à Darlington Hall. Je me réjouissais à l'avance de cette visite, non seulement parce que les visiteurs du temps de Lord Darlington sont très rares maintenant, le cercle de Mr. Farraday étant naturellement tout à fait différent de celui de Sa Seigneurie, mais aussi parce que je supposais que Mr. Graham accompagnerait Sir James comme autrefois, et que j'aurais donc l'occasion de solliciter son opinion sur la question du badinage. Je fus donc à la fois étonné et déçu de découvrir, la veille de sa venue, que Sir James serait seul. De surcroît, au cours de son séjour, je compris que Mr. Graham n'était plus au service de Sir James ; pour tout dire, Sir James n'employait plus aucun personnel à plein temps. J'aurais aimé savoir ce que Mr. Graham était devenu, car s'il est vrai que nous n'avions pas été extrêmement liés, nous nous étions, me semble-t-il, bien entendus lorsque nous nous étions trouvés ensemble. Mais je ne trouvai pas d'occasion me permettant d'obtenir ce renseignement. Je dois dire que j'étais un peu déçu, car j'aurais aimé discuter avec lui de la question du badinage.

Mais il faut que je revienne au cours premier de mes propos. Comme je l'ai dit, hier après-midi, au salon, j'ai dû éprouver un moment de grande gêne pendant que Mr. Farraday continuait son badinage.

J'ai réagi comme d'habitude par un léger sourire, qui montrait du moins que je partageais un tant soit peu l'humeur plaisante dont il faisait preuve, et j'ai attendu de savoir s'il allait m'accorder la permission demandée au sujet du voyage. Comme je l'avais prévu, il me donna aimablement cette permission au bout d'un laps de temps assez court, et de plus, Mr. Farraday eut la gentillesse de se rappeler sa généreuse proposition de « payer la note d'essence » et de la renouveler.

Il ne semble donc guère y avoir de raison pour que je ne puisse pas entreprendre mon excursion automobile dans le West Country. Il faudrait bien entendu que j'écrive à Miss Kenton pour lui annoncer mon éventuel passage ; il faudrait aussi que j'envisage la question des costumes. Différentes dispositions portant sur la maison demandent également à être prises en raison de mon absence. Mais somme toute, je ne vois aucune vraie raison de ne pas entreprendre ce voyage.

Salisbury

Me voici ce soir dans une pension de famille de la ville de Salisbury. La première journée de mon voyage est terminée, et somme toute, je dois dire que je suis tout à fait content. L'expédition a commencé ce matin avec presque une heure de retard par rapport à mes prévisions, bien que mes bagages eussent été faits et la Ford chargée de tous les articles nécessaires bien avant huit heures. Mrs. Clements et les jeunes filles étant elles aussi parties pour une semaine, sans doute étais-je extrêmement sensible au fait qu'après mon départ Darlington Hall serait désert pour la première fois depuis le début du siècle, probablement, et peut-être même pour la première fois depuis le jour de sa construction. C'était une sensation bizarre, et cela explique peut-être pourquoi j'ai tant tardé à partir, parcourant à maintes reprises toute la maison, vérifiant une dernière fois que tout était en ordre.

Il est difficile de rendre compte de mes réactions lorsque je partis enfin. Pendant environ vingt minutes de route, je n'éprouvai à ce qu'il me semble aucune excitation, ni le sentiment joyeux de l'attente. À vrai dire, cela s'explique, puisque malgré mon éloignement croissant de la maison, j'étais toujours dans une région qui m'était au moins vaguement familière. Je croyais n'avoir que très peu voyagé, limité par mes responsabilités vis-à-vis de la maison ; mais il est vrai qu'au fil du temps, on est appelé à faire différents déplacements pour tel ou tel motif professionnel, et il semblerait que ma connaissance du voisinage était bien supérieure à ce que j'avais supposé. En effet, comme je viens de le dire, à mesure que je roulais par un temps ensoleillé vers la frontière du Berkshire, je ne cessais d'être surpris par l'aspect familier des contrées que je traversais.

Enfin le paysage devint méconnaissable, et je sus que j'avais dépassé toutes les bornes antérieures. J'ai entendu des personnes ayant voyagé en bateau décrire le moment, lorsqu'on met à la voile, où l'on perd la terre de vue. J'imagine que le désarroi mêlé d'exaltation que de nombreux récits évoquent à propos de ce moment est très similaire à ce que je ressentis dans la Ford lorsque le paysage autour de moi commença à devenir inconnu. Cela se produisit à l'issue d'un virage, alors que je me trouvais sur une route qui se déroulait à flanc de coteau. J'avais conscience de la pente abrupte située à ma gauche, encore que je ne pusse la voir en raison des arbres et des feuillages épais qui bordaient la route. Je fus envahi par le sentiment d'avoir réellement quitté Darlington Hall, et j'éprouvai, je dois l'avouer, une légère inquiétude, d'autant plus sensible que je n'étais pas sûr d'être dans la bonne direction, mais pensais faire peut-être complètement fausse route, risquant ainsi de foncer vers une région perdue. Cette impression ne dura qu'un instant, mais m'incita à ralentir. Et même lorsque je me fus assuré que j'étais sur la bonne route, je sentis qu'il me fallait arrêter la voiture un moment, afin d'évaluer la situation, pour ainsi dire.

Je décidai de descendre me dégourdir les jambes et quand je le fis, j'eus plus que jamais l'impression d'être perché à flanc de colline. D'un côté de la route, des fourrés et des arbustes escaladaient une pente raide, alors que de l'autre je discernais maintenant à travers le feuillage la campagne lointaine.

Je crois que j'avais cheminé un peu le long de la chaussée, m'efforçant de mieux distinguer la vue au-delà du feuillage, lorsque j'entendis une voix derrière moi. Jusqu'alors, évidemment, je m'étais cru tout à fait seul, et je me tournai avec un certain étonnement. Un peu plus loin, de l'autre côté de la route, je voyais le début d'un sentier, un raidillon qui se perdait dans les fourrés. Assis sur la grosse pierre qui marquait l'endroit, un homme maigre aux cheveux blancs, coiffé d'une casquette de toile, fumait la pipe. Il me héla de nouveau, et même si je ne pus comprendre clairement ses paroles, je vis qu'il me faisait signe de le rejoindre. Je le pris d'abord pour un vagabond, mais je vis ensuite que c'était simplement un campagnard qui savourait l'air pur et le soleil estival, et ne trouvai pas de raison de ne pas m'exécuter.

« Me demandais juste, monsieur, dit-il au moment où j'arrivais près de lui, si vos jambes étaient en bonne forme.

— Excusez-moi ? »

L'homme indiqua d'un geste le haut du sentier. « Faut une bonne paire de jambes et une bonne paire de poumons pour grimper là-haut. Moi j'ai ni l'une ni l'autre, alors je reste ici en bas. Mais si j'étais plus alerte, j'irais m'asseoir là-haut. Y a un joli petit endroit là-haut, avec un banc et tout. Et une vue plus belle que ça, vous n'en trouverez pas dans toute l'Angleterre.

— Si ce que vous dites est vrai, répondis-je, je crois que je préfère rester ici. Il se trouve que j'entame un voyage en automobile au cours duquel j'espère admirer beaucoup de vues splendides. Il serait pour le moins prématuré de voir la plus belle avant même d'avoir réellement commencé. »

L'homme ne sembla pas me comprendre, car il répéta simplement : « Une vue plus belle que ça, vous n'en verrez pas dans toute l'Angleterre. Mais je vous le dis, il vous faut une bonne paire de jambes et une bonne paire de poumons. » Puis il ajouta : « Je vois que vous êtes en bonne forme pour votre âge, monsieur. À mon avis, vous pouvez monter là-haut sans problème. Quoi, même moi, j'y arrive, les bons jours. »

Je levai les yeux vers le sentier, qui semblait vraiment raide et plutôt raboteux.

« Je vous le dis, monsieur, si vous n'allez pas faire un tour là-haut, vous le regretterez. Et on ne sait jamais. Encore deux ans et il sera peut-être trop tard. » Il eut un rire un peu vulgaire. « Mieux vaut monter tant que vous le pouvez encore. »

Il m'apparaît maintenant que l'homme voulait peut-être simplement plaisanter en parlant ainsi ; c'est-à-dire qu'il s'agissait pour lui d'un badinage. Mais ce matin, je l'avoue, j'ai trouvé ses remarques fort désagréables, et il se peut que le désir de démontrer l'absurdité de ses insinuations m'ait poussé à entreprendre l'ascension du sentier.

Quoi qu'il en soit, je suis ravi de l'avoir fait. C'était à coup sûr une marche assez ardue — bien que, je dois le dire, elle ne m'eût occasionné aucune véritable difficulté : le sentier gravissait la colline en zigzag sur une centaine de mètres. J'atteignis alors une petite clairière, sans doute l'endroit signalé par l'homme. Là, on était accueilli par un banc — et certes, par une vue tout à fait merveilleuse s'étendant à des kilomètres à la ronde.

J'avais devant les yeux une succession de champs qui se perdaient dans le lointain. Le pays était doucement vallonné ; les champs étaient bordés de haies et d'arbres. On distinguait dans certains champs éloignés des points dont je supposai que c'étaient des moutons. À ma droite, presque à l'horizon, je crus voir le clocher carré d'une église.

C'était un sentiment en vérité enchanteur d'être ainsi debout sur cette cime, entouré des bruits de l'été, une brise douce sur le visage. Et je crois que ce fut alors, en contemplant cette vue, que je commençai à adopter un état d'esprit convenant au voyage que j'entreprenais. Car ce fut alors que j'éprouvai pour la première fois une saine fièvre d'anticipation à l'idée des nombreuses découvertes intéressantes que l'avenir me réservait. Et pour tout dire, ce fut alors que se renforça ma résolution au sujet de la seule obligation professionnelle dont je m'étais chargé à l'occasion de ce voyage, concernant Miss Kenton et nos problèmes actuels de personnel.

Mais c'était ce matin. Ce soir, je me retrouve installé dans cette confortable pension, dans une rue proche du centre de Salisbury. Il s'agit, je suppose, d'un établissement relativement modeste, mais très propre et parfaitement adapté à mes besoins. La propriétaire, une femme d'une quarantaine d'années, semble me considérer comme un visiteur d'une certaine importance, en raison de la Ford de Mr. Farraday et de la qualité supérieure de mon costume. Cet après-midi (je suis arrivé à Salisbury vers trois heures et demie), lorsque j'ai noté sur son registre l'adresse de «Darlington Hall», j'ai vu qu'elle me regardait d'un air un peu troublé, pensant sans doute que j'étais un monsieur habitué à des hôtels du genre du Ritz ou du Dorchester, et que j'allais quitter sa pension avec fracas dès qu'on me montrerait ma chambre. Elle m'a indiqué qu'une grande chambre était disponible côté façade, et qu'on me l'offrirait volontiers pour le prix d'une chambre à une personne.

On m'a alors conduit jusqu'à la chambre en question, où, à cette heure du jour, le soleil éclairait fort agréablement les motifs floraux du papier peint. Il y avait des lits jumeaux et deux fenêtres de bonne taille qui donnaient sur la rue. Comme je demandais où se trouvait la salle de bains, la femme m'a dit d'une voix timide que c'était la porte d'en face, mais qu'il n'y aurait pas d'eau chaude jusqu'après le dîner. Je l'ai priée de me monter du thé, et après son départ, j'ai examiné la chambre plus attentivement. Les lits étaient parfaitement propres, et on les avait bien faits. Le lavabo, dans le coin, était également très propre. En regardant par les fenêtres, on voyait de l'autre côté de la rue une boulangerie avec un étalage de pâtisseries variées, une pharmacie et une échoppe de barbier. Plus loin, on distinguait l'endroit où la rue passait sur un pont arrondi avant de pénétrer dans une zone plus rurale. Je me suis rafraîchi le visage et les mains avec de l'eau froide devant le lavabo, puis me suis assis sur une chaise à dossier dur, près d'une des fenêtres, pour attendre mon thé.

C'est peu après quatre heures, je pense, que j'ai quitté la pension pour m'aventurer dans les rues de Salisbury. Les rues ont ici un caractère large et aéré qui donne à la ville une atmosphère merveilleusement spacieuse, de sorte que je n'ai eu aucun mal à flâner des heures durant dans la douce chaleur du soleil. De plus, j'ai découvert que la ville avait de multiples attraits; il m'est plus d'une fois arrivé de longer de ravissants alignements de vieilles maisons à colombages ou de franchir sur une petite passerelle de pierre un des nombreux cours d'eau qui arrosent la ville. Et je n'ai naturellement pas oublié de visiter la belle cathédrale dont Mrs. Symons chante les louanges dans son ouvrage. Il ne m'a pas été très difficile de repérer ce bâtiment vénérable dont la flèche imposante est toujours visible où que l'on soit dans Salisbury. Ce soir, d'ailleurs, tandis que je revenais vers la pension, j'ai regardé à plusieurs reprises par-dessus mon épaule et j'ai retrouvé chaque fois le spectacle du soleil couchant derrière la haute flèche.

Pourtant, dans la quiétude de cette chambre, je constate que ce qui me reste réellement de cette première journée de voyage n'est pas la cathédrale de Salisbury, ni aucune des autres charmantes curiosités de la ville, mais bien plutôt les amples étendues de campagne anglaise dont la vue splendide m'a été révélée ce matin. Je suis tout à fait disposé à croire que d'autres pays ont à offrir des décors plus visiblement saisissants. J'ai vu d'ailleurs, dans des encyclopédies ou dans le *National Geographic Magazine*, des photographies à couper le souffle prises dans différents coins du globe : canyons et chutes magnifiques, montagnes à la beauté déchiquetée. Certes, je n'ai jamais eu le privilège de contempler réellement de tels lieux, mais je ne m'en risquerai pas moins à affirmer ceci avec une certaine assurance : le paysage anglais dans son excellence — tel que j'ai pu le voir ce matin — possède une qualité qui manque inévitablement aux paysages des autres nations, si spectaculaire que soit leur apparence. C'est, je crois, une qualité qui fait du paysage anglais, aux yeux de tout observateur objectif, le plus profondément satisfaisant du monde, et la meilleure définition que l'on puisse donner de cette qualité est sans doute le terme « grandeur ». Car en vérité, lorsque ce matin, debout sur la crête, j'ai regardé le pays qui s'étalait sous mes yeux, j'ai éprouvé distinctement cette impression rare mais impossible à confondre avec une autre : la sensation d'être en présence de la grandeur. Nous nommons *Grande* Bretagne cette terre qui est la nôtre, et il se peut que d'aucuns y voient un manque de modestie. Mais j'oserai avancer que son paysage justifierait à lui seul l'emploi de cet adjectif imposant.

Mais qu'est-ce précisément que cette « grandeur » ? En quoi, au juste, réside-t-elle ? Je suis conscient qu'il faudrait une intelligence bien supérieure à la mienne pour répondre à pareille question, mais si j'étais forcé d'émettre une hypothèse, je dirais que c'est justement l'*absence* de tout caractère dramatique ou spectaculaire qui est le trait distinctif de la beauté de notre terre. Ce qui compte, c'est le calme de cette beauté, sa retenue. C'est comme si la terre connaissait sa propre beauté, sa propre grandeur, et n'éprouvait aucun besoin de les clamer. Par comparaison, les paysages d'autres régions du monde, par exemple l'Afrique ou l'Amérique, tout en étant assurément fort impressionnants, doivent, j'en suis certain, paraître inférieurs à un observateur objectif, étant voyants au point de frôler l'indécence.

Toute cette question présente une nette analogie avec un problème qui, pendant des années, a fait l'objet d'un important débat au sein de notre profession : qu'est-ce qu'un « grand » majordome ? Je me rappelle de longues heures de discussion passionnante à ce sujet autour du feu de la salle commune, à la fin d'une journée. Vous noterez que je ne dis pas : « qui sont les grands majordomes ? » ; car il n'y avait pas en fait de divergence sérieuse sur l'identité des hommes qui ont servi de modèles à notre génération. Je pense, par exemple, à Mr. Marshall de Charleville House, ou à Mr. Lane de Bridewood. Si vous avez eu le privilège de rencontrer de tels hommes, vous saurez alors ce qu'il en est de cette qualité que j'ai mentionnée, et dont ils sont détenteurs. Mais certainement, vous comprendrez aussi pourquoi je dis qu'il n'est pas du tout facile de donner une définition précise de cette qualité.

À ce propos, maintenant que j'y réfléchis de façon plus approfondie, il n'est pas tout à fait exact de dire qu'il n'existait pas de divergences sur l'identité des grands majordomes. J'aurais dû dire qu'il n'y avait pas de divergence sérieuse au sein des professionnels de qualité dotés d'un peu de discernement en la matière. La salle commune de Darlington Hall, comme n'importe quelle salle commune du pays, était évidemment obligée de recevoir des employés de divers degrés de culture et de jugement, et je me rappelle avoir bien des fois dû me mordre la lèvre en entendant quelqu'un — et je dois dire à regret qu'il s'agissait parfois d'un membre de mon propre personnel — porter aux nues un personnage du genre, par exemple, de Mr. Jack Neighbours.

Je n'ai rien contre Mr. Jack Neighbours, qui est malheureusement, à ce qu'il paraît, mort à la guerre. Je le cite simplement parce que son cas était typique. Pendant deux ou trois ans, vers le milieu des années trente, le nom de Mr. Neighbours sembla dominer les conversations chaque fois que des domestiques étaient rassemblés dans une salle. À Darlington Hall aussi, il était fréquent qu'un employé en visite fasse le récit des derniers hauts faits de Mr. Neighbours, de sorte que moi-même, avec des collègues tels que Mr. Graham, je devais entendre bien à contrecœur toute une série d'anecdotes à son sujet. Le plus pénible, c'était de voir, en conclusion de chaque anecdote, des employés par ailleurs respectables secouer la tête, l'air émerveillé, et prononcer des phrases comme : «Ce Mr. Neighbours, rien à dire, c'est lui le meilleur.»

Je ne nierai certes pas les dons d'organisateur de Mr. Neighbours ; à ce que je sais, il a su diriger de façon prestigieuse un certain nombre de grosses affaires. Mais jamais il n'a même frôlé le rang de grand majordome. J'aurais pu vous le dire lorsqu'il était au sommet de sa réputation, de même que j'aurais pu prédire sa chute après quelques brèves années passées sous les feux de la rampe.

Combien de fois avez-vous vu un majordome dont à un moment donné tout le monde parle, et qui passe pour le plus grand de sa génération, montrer en l'espace de quelques années qu'il ne méritait en rien sa réputation ? Et cependant ces mêmes employés qui naguère chantaient ses louanges seront trop occupés à glorifier un nouvel individu pour marquer une pause et s'interroger sur le bien-fondé de leurs jugements. L'objet de ce genre de bavardage de salle commune est invariablement un majordome passé brusquement au premier plan pour avoir été engagé par une maison importante, où il s'est tiré avec un certain succès de deux ou trois affaires un peu considérables. Il y aura alors d'un bout à l'autre du pays tout un bourdonnement de rumeurs d'où il ressort qu'il a été sollicité par tel ou tel personnage, ou bien que plusieurs grandes maisons se disputent ses services en lui offrant des gages faramineux. Et que se passe-t-il au bout de quelques années ? Ce même individu incomparable se voit imputer quelque bévue ; si ce n'est pas le cas, il tombe en disgrâce pour une autre raison auprès de ses employeurs ; il quitte la maison où il a accédé à la renommée, et l'on n'entend plus parler de lui. Entre-temps, les éternels bavards auront trouvé un autre nouveau venu à encenser. Les valets de chambre en visite, j'ai pu le constater, sont souvent les plus excessifs, étant souvent en proie à un désir pressant de devenir majordomes. Ce sont eux qui présentent le plus volontiers tel ou tel individu comme celui dont il faut s'inspirer, ou qui répètent ce que le héros du moment est censé avoir déclaré sur tel ou tel problème de notre profession.

Mais je me hâte de préciser qu'il existe de nombreux valets de chambre qui ne songeraient jamais à s'adonner à ce genre de sottises — qui sont, en fait, des professionnels pleins de discernement. Quand deux ou trois de ces personnes étaient réunies dans notre salle commune (je parle de gens du calibre de Mr. Graham, que je semble malheureusement avoir perdu de vue), nous avions des débats des plus stimulants et des plus intelligents sur tous les aspects de notre métier. Aujourd'hui encore, ces soirées comptent parmi mes plus chers souvenirs de cette époque.

Mais je dois revenir à cette question qui est, elle, réellement intéressante, cette question dont nous aimions à débattre lorsque nos soirées n'étaient pas gâtées par le babillage de ceux qui manquaient de toute compréhension profonde de la profession ; cette question n'est autre que : « *Qu*'est-ce qu'un grand majordome ? »

Pour autant que je sache, en dépit de toutes les discussions que cette question a engendrées au fil des années, il y a eu à l'intérieur de la profession très peu de tentatives de formuler une réponse officielle. Le seul exemple qui me vienne à l'esprit est l'effort de la Hayes Society pour définir des critères d'adhésion. Peut-être ne connaissez-vous pas la Hayes Society, car on n'en parle plus guère. Mais dans les années vingt et au début des années trente, cette association exerçait une influence considérable sur une bonne partie de Londres et des comtés avoisinants. En fait, de nombreuses personnes estimaient que son pouvoir était devenu trop grand et ne trouvèrent rien à redire lorsqu'elle fut forcée de se dissoudre, en 1932 ou 1933, me semble-t-il.

La Hayes Society affirmait n'admettre que des

majordomes « de tout premier ordre ». Le pouvoir, le prestige qu'elle en était venue à acquérir étaient largement liés au fait qu'à la différence d'autres organisations du même genre dont la durée de vie fut brève, elle était parvenue à demeurer limitée à un tout petit nombre, moyennant quoi ses prétentions méritaient quelque crédit. Il n'y a jamais eu, dit-on, plus de trente membres, et la plupart du temps, on était plus près de neuf ou dix membres. De ce fait, et aussi parce que la Hayes Society avait un caractère assez secret, un climat de mystère presque religieux l'a entourée pendant quelque temps, et les avis qu'elle formulait parfois sur des questions d'ordre professionnel avaient le même poids que s'ils avaient été gravés sur des tables de pierre.

Mais il y eut une question sur laquelle l'association refusa pendant un certain temps de se prononcer : il s'agissait de ses propres critères d'appartenance. Des pressions de plus en plus fortes furent exercées en faveur de la publication de ces critères, et en réponse à une série de lettres publiées dans *A Quarterly for the Gentleman's Gentleman*, l'association reconnut que pour être admis dans ses rangs, il fallait que « le postulant soit au service d'une maison distinguée ». « Encore que, bien entendu, poursuivait l'association, cela, en soi, soit loin d'être suffisant pour remplir les conditions. » Il était clair, par ailleurs, que l'association ne considérait pas comme « distinguées » les maisons des hommes d'affaires ou des « nouveaux riches », et à mon avis, cette manifestation d'une façon de penser désuète sapait irrémédiablement toute autorité dont l'association aurait pu se prévaloir pour s'imposer comme arbitre des exigences de notre profession.

Répondant à des lettres reçues ultérieurement par *A Quarterly*, l'association justifiait sa position comme suit : tout en reconnaissant le bien-fondé des vues exprimées par certains correspondants, selon lesquels d'excellents majordomes pouvaient se trouver au service d'hommes d'affaires, elle n'en soutenait pas moins que l'on devait « supposer en pareil cas que d'*authentiques* dames et messieurs ne tarderaient pas à appeler auprès d'eux ces personnes ». Il convenait, selon l'association, de se fier aux jugements des « authentiques dames et messieurs », sans quoi « nous pourrions aussi bien adopter les règles de conduite de la Russie bolchevique ». Cela fit rebondir la controverse, et d'autres lettres toujours plus pressantes prièrent l'Association d'exposer plus clairement ses critères d'adhésion. Enfin, on apprit par une brève lettre à *A Quarterly* qu'aux yeux de l'association — je vais m'efforcer de faire de mémoire une citation fidèle — « le critère capital est celui de la possession par le postulant d'une dignité conforme à la place qu'il occupe. Aucun postulant ne remplira les conditions, quel que soit par ailleurs son degré de qualification, si l'on constate qu'il laisse à désirer sur ce plan ».

Bien que je n'éprouve guère d'enthousiasme à l'égard de la Hayes Society, j'ai la conviction que cette prise de position-là, du moins, reposait sur une vérité profonde. Si l'on regarde les personnes qui sont de l'avis général de « grands » majordomes, si l'on regarde, par exemple, Mr. Marshall ou Mr. Lane, il me semble bien que le facteur qui les distingue d'autres majordomes, simplement compétents au plus haut point, trouve sa meilleure définition dans le mot « dignité ».

Évidemment, cela ne fait que déboucher sur la question suivante : de quoi est formée cette « dignité » ? Et ce fut sur ce point que j'eus avec des hommes comme Mr. Graham certains de nos débats les plus intéressants. Mr. Graham soutenait toujours que cette « dignité » était analogue à la beauté d'une femme, et qu'il était donc vain d'essayer de l'analyser. Quant à moi, j'estimais que dresser ce parallèle revenait à rabaisser la dignité de personnes comme Mr. Marshall. De plus, ce que je reprochais surtout à la formule de Mr. Graham, c'était de laisser entendre que la « dignité » était une qualité dont on était doté ou non par un caprice de la nature ; dès lors, au cas où on ne l'aurait pas possédée, il serait aussi futile de chercher à l'acquérir que pour une femme laide de chercher à devenir belle. Or, si la plupart des majordomes, je suis prêt à le concéder, risquent de découvrir en dernière instance que la capacité d'y parvenir leur manque, je crois profondément que cette « dignité » est un objectif que l'on peut viser avec profit tout au long d'une carrière. Les « grands » majordomes du genre de Mr. Marshall qui la possèdent l'ont acquise, j'en suis sûr, au fil de longues années de formation personnelle, en s'imprégnant attentivement des leçons de l'expérience.

À mon avis, donc, il était plutôt défaitiste, d'un point de vue professionnel, d'adopter une attitude comme celle de Mr. Graham.

De toute façon, en dépit de son scepticisme, je me rappelle que nous avons, lui et moi, passé bien des soirées à tenter de préciser la teneur de cette « dignité ». Nous ne sommes jamais parvenus à un accord, mais je peux dire, pour ma part, que dans le cours de ces discussions mes propres idées sur la question se sont précisées et raffermies, au point de constituer encore l'essentiel de mes convictions actuelles. J'aimerais, si vous me le permettez, essayer de dire ici comment je vois cette « dignité ».

Vous ne nierez pas, je pense, que Mr. Marshall, de Charleville House, et Mr. Lane, de Bridewood, aient été les deux grands majordomes de notre époque. Peut-être vous laisserez-vous aussi persuader que Mr. Henderson, de Branbury Castle, mérite aussi sa place dans cette catégorie exceptionnelle. Mais vous risquez de me croire partial si je dis que mon propre père pouvait à bien des titres passer pour l'égal de tels hommes, et que c'est toujours sur son parcours que je me suis penché lorsque je cherchais à définir la « dignité ». Je suis pourtant intimement convaincu qu'à l'apogée de sa carrière à Loughborough House, mon père était en vérité l'incarnation de la « dignité ».

J'en suis conscient : si l'on examine la question avec objectivité, il faut avouer que mon père était dénué de divers atouts que l'on peut normalement prêter à un grand majordome. Mais je dirais volontiers que ces atouts absents sont toujours d'un caractère superficiel et décoratif, qu'il s'agit d'atouts attrayants à la façon du glaçage qui couvre le gâteau, mais non pas afférents à ce qui est réellement essentiel. Je citerai, par exemple, la qualité de l'accent et la maîtrise de la langue, ou les connaissances générales sur toute une gamme de sujets, de la fauconnerie à l'accouplement des tritons : autant d'atouts dont mon père n'aurait pu se targuer. De surcroît, il faut se rappeler que mon père représentait une génération plus ancienne, et commença sa carrière à une époque où, bien loin de demander à un majordome de faire preuve de telles qualités, on n'aurait pas estimé convenable qu'il les eût. L'obsession de l'éloquence et de la culture générale semble être apparue avec notre génération, dans le sillage, probablement, de Mr. Marshall, parce que des hommes de moindre envergure, voulant rivaliser avec sa grandeur, ont confondu le superficiel avec l'essentiel. À mon point de vue, notre génération s'est bien trop préoccupée d'«ornemental» ; Dieu sait combien de temps, combien d'énergie ont été consacrés à travailler l'accent et la maîtrise de la langue, combien d'heures se sont écoulées à étudier des encyclopédies et des volumes de jeux culturels et scientifiques, alors qu'il aurait fallu passer ce temps à l'acquisition des éléments fondamentaux.

Encore que nous devions veiller à ne pas rejeter une responsabilité qui, en dernière instance, nous incombe, il faut dire que certains employeurs ont largement contribué à encourager ces tendances. Je le dis à regret, mais il semblerait que ces temps derniers plusieurs maisons, dont certaines de haut lignage, ont commencé à prendre l'une vis-à-vis de l'autre une attitude de compétition, n'hésitant pas à exhiber à l'intention de leurs invités les talents futiles de leur majordome. On m'a rapporté différents cas où un majordome avait été « montré », à la manière d'un singe, aux invités rassemblés. J'ai été moi-même témoin d'une situation regrettable, dans une maison où les invités avaient pris l'habitude de se divertir en sonnant le majordome et en lui posant des questions choisies au hasard, par exemple le nom du vainqueur du Derby en telle ou telle année, à la manière dont on interroge un prodige de foire.

Mon père, je l'ai dit, était d'une génération indemne, Dieu merci, de cette conception confuse des valeurs professionnelles. Et je suis prêt à soutenir que s'il n'avait qu'une connaissance de l'anglais et une culture générale limitées, il n'en savait pas moins tout ce qu'il faut savoir sur l'art de diriger une maison, et il accéda même dans ses plus belles années à cette « dignité conforme à la place qu'il occupe » dont parle la Hayes Society. Si donc j'essaie de vous décrire ce qui, à mon avis, conférait cette distinction à mon père, je pourrai vous faire comprendre en quoi consiste la « dignité ».

Il y avait une histoire que mon père se plaisait à répéter. Je me rappelle l'avoir entendu la raconter à des visiteurs quand j'étais enfant, et de nouveau quand je faisais mes débuts de valet de pied sous sa direction. Je l'entends encore la relater la première fois que je revins le voir après avoir obtenu mon premier poste de majordome auprès d'un ménage, Mr. et Mrs. Muggeridge, établi de façon relativement modeste à Allshot, Oxfordshire. De toute évidence, cette histoire comptait beaucoup pour lui. La génération de mon père n'avait pas coutume de débattre et d'analyser comme nous le faisons, et je crois bien que raconter à tant de reprises cette histoire fut pour mon père l'équivalent le plus proche d'une réflexion critique sur le métier qu'il pratiquait. Quoi qu'il en soit, elle est absolument révélatrice de sa façon de penser.

L'histoire, apparemment vraie, concernait un certain majordome qui, s'étant rendu en Inde avec son employeur, y servit pendant de longues années, non sans faire respecter par le personnel indigène les exigences professionnelles élevées qui avaient été les siennes en Angleterre. Un après-midi, à ce qu'il paraît, ce majordome venait de pénétrer dans la salle à manger pour vérifier que tout était en ordre pour le dîner, lorsqu'il vit un tigre tapi sous la grande table. Le majordome quitta discrètement la salle à manger, prenant soin de fermer les portes derrière lui, et gagna calmement le salon où son employeur prenait le thé avec plusieurs visiteurs. Il attira alors l'attention de son employeur par un toussotement poli, puis lui murmura à l'oreille : « Je le regrette infiniment, monsieur, mais il semble y avoir un tigre dans la salle à manger. Peut-être permettrez-vous que le calibre douze soit utilisé ? »

Et selon la légende, quelques minutes plus tard,

l'employeur et ses invités entendirent trois coups de feu. Lorsque le majordome revint au salon un moment après pour regarnir les théières, l'employeur demanda si tout allait bien.

« Parfaitement bien, monsieur, je vous remercie, lui fut-il répondu. Le dîner sera servi à l'heure habituelle, et j'ai le plaisir de vous assurer qu'il ne restera alors aucune trace perceptible du récent épisode. »

Cette phrase : « il ne restera alors aucune trace perceptible du récent épisode », mon père la répétait avec un rire et un mouvement de tête admiratifs. Il ne prétendait pas connaître le nom du majordome, ni personne qui eût été proche de lui, mais il soutenait toujours que l'événement s'était produit exactement de la façon dont il le racontait. En tout état de cause, peu importe que l'histoire soit vraie ou pas ; ce qui compte, bien entendu, c'est ce qu'elle révèle sur les idéaux de mon père. Car lorsque j'examine rétrospectivement sa carrière, je vois bien qu'au long de toutes ces années, il a dû s'efforcer, en quelque sorte, de *devenir* le majordome de son histoire. Et à mon avis, au sommet de sa carrière, mon père réalisa cette ambition. Bien que je sois sûr qu'il n'eut jamais la chance de rencontrer un tigre sous la table de la salle à manger, je peux en effet citer plusieurs occasions où il fit preuve en abondance de cette qualité particulière qu'il admirait tant chez le majordome de son récit.

Un exemple de cet ordre me fut rapporté par Mr. David Charles, de la société Charles et Redding, qui venait parfois à Darlington Hall du temps de

Lord Darlington. Un soir où je lui servais de valet de chambre, Mr. Charles me dit qu'il avait rencontré mon père quelques années auparavant lors d'un séjour à Loughborough House, demeure de Mr. John Silvers, l'industriel, chez qui mon père avait servi pendant quinze ans à l'apogée de sa carrière. Et, me dit Mr. Charles, il n'avait jamais pu oublier tout à fait mon père, en raison d'un incident survenu au cours de cette visite.

Un après-midi, Mr. Charles, à sa honte et à son regret, s'était laissé aller à s'enivrer en compagnie de deux autres invités, des messieurs que j'appellerai simplement Mr. Smith et Mr. Jones, car on se souvient sans doute encore d'eux dans certains cercles. Après avoir bu pendant environ une heure, ces deux messieurs décidèrent qu'ils voulaient faire en voiture le tour des villages des environs; à l'époque, l'automobile faisait encore figure de nouveauté. Ils persuadèrent Mr. Charles de les accompagner, et comme le chauffeur était alors en congé, ils enrôlèrent mon père pour conduire la voiture.

Une fois en route, Mr. Smith et Mr. Jones, encore qu'ils fussent bien avancés en âge, commencèrent à se conduire comme des gamins, chantant des chansons grossières et faisant des commentaires encore plus grossiers sur tout ce qu'ils voyaient par la fenêtre. De surcroît, ces messieurs avaient remarqué sur la carte des environs trois villages appelés Morphy, Saltash et Brigoon. À vrai dire, je ne suis pas sûr que ces noms soient exacts, mais en tout cas, ils rappelèrent à Mr. Smith et à Mr. Jones un trio de music-hall dont vous avez peut-être entendu parler : Murphy, Saltman et Brigid la Chatte. En notant cette curieuse coïncidence, les messieurs conçurent alors le désir de visiter ces trois villages, en l'honneur, pour ainsi dire, des artistes de music-hall. D'après Mr. Charles, mon père, ayant déjà conduit la voiture jusqu'à un des villages, était sur le point d'entrer dans un deuxième lorsque Mr. Smith, à moins que ce ne soit Mr. Jones, remarqua qu'il s'agissait de Brigoon, c'est-à-dire du troisième et non du deuxième nom de la série. Ils exigèrent d'un ton furieux que mon père rebrousse chemin immédiatement pour que les villages puissent être visités « dans le bon ordre ». Il se trouvait qu'il fallait pour ce faire reprendre à nouveau une portion considérable du trajet déjà parcouru, mais Mr. Charles affirme que mon père accepta cette demande comme si elle avait été parfaitement raisonnable, et continua dans l'ensemble à se conduire avec une courtoisie irréprochable.

Mais l'attention de Mr. Smith et de Mr. Jones avait dès lors été attirée sur mon père ; trouvant sans doute assez ennuyeuse la vue qu'ils avaient à l'extérieur, ils entreprirent de se divertir en lançant des réflexions peu flatteuses sur l'« erreur » de mon père. Mr. Charles se rappelle s'être émerveillé de voir mon père ne manifester ni gêne ni colère, mais continuer à conduire avec sur son visage une expression où la dignité personnelle s'alliait à la volonté de rendre service. Cependant, mon père n'eut pas le loisir de persister dans son équanimité. Car lorsqu'ils se furent lassés de décocher des insultes dans le dos de mon père, les deux messieurs commencèrent à parler de leur hôte, l'employeur de mon père, Mr. John Silvers. Les remarques devinrent de plus en plus viles et perfides, au point que Mr. Charles — ou du moins l'affirme-t-il — fut obligé d'intervenir en suggérant que de tels propos étaient de mauvais goût. Ce point de vue fut contredit avec tant d'énergie que Mr. Charles, sans compter qu'il craignait de devenir la nouvelle cible des attentions de ses compagnons, se crut même en danger d'être pris à partie physiquement. Mais soudain, à la suite d'une insinuation particulièrement haineuse à l'égard de son employeur, mon père arrêta brusquement l'automobile. Ce fut ce qui arriva ensuite qui laissa à Mr. Charles une impression indélébile.

La portière arrière de la voiture fut ouverte et l'on vit mon père debout à quelques pas du véhicule, le regard fixé sur l'intérieur. D'après le récit de Mr. Charles, les trois passagers semblèrent découvrir d'un seul coup et à leur stupeur la stature physique imposante de mon père. C'était en effet un homme qui ne mesurait pas loin de deux mètres, et si sa mine était rassurante lorsqu'on le savait empressé à rendre service, elle pouvait paraître intimidante à l'extrême lorsqu'on l'envisageait dans certains autres contextes. D'après Mr. Charles, mon père ne fit montre d'aucune colère visible. Il s'était, à ce qu'il semblait, contenté d'ouvrir la portière. Mais il se dégageait de cette silhouette qui les dominait une telle puissance, une telle sévérité et en même temps quelque chose de si inattaquable que les deux compagnons ivres de Mr. Charles semblèrent se recroqueviller comme des petits garçons surpris par le fermier à voler des pommes.

Mon père était resté là pendant quelques instants sans rien dire, maintenant simplement la portière ouverte. Enfin, Mr. Smith, à moins que ce ne fût Mr. Jones, demanda : « Est-ce que nous ne continuons pas la route ? »

Mon père ne répondit pas ; il continua à rester là en silence, sans imposer à personne de descendre et sans donner le moindre indice sur la nature de ses désirs ou de ses intentions. J'imagine aisément son apparence ce jour-là, encadré par la porte du véhicule, sa présence sombre et grave gommant complètement la douceur du paysage de l'Hertfordshire qui s'étendait derrière lui. Ces moments, tels que Mr. Charles se les remémore, furent étrangement déconcertants, et bien qu'il n'eût pas pris part aux errements de ses compagnons, il se sentit lui aussi submergé par un sentiment de culpabilité. Le silence sembla se prolonger indéfiniment, jusqu'au moment où Mr. Smith, à moins que ce ne fût Mr. Jones, trouva le courage de marmonner : « Je crois bien que nous avons parlé à tort et à travers. Cela ne se reproduira pas. »

Un moment de réflexion, et mon père avait fermé doucement la portière, repris sa place au volant et continué le tour des trois villages, promenade qui, d'après ce que Mr. Charles m'affirma, s'acheva dans un silence presque total.

Maintenant que j'ai évoqué cet épisode, un autre événement me revient, événement survenu à peu près à la même époque dans la carrière de mon père et peut-être encore plus révélateur de cette qualité si particulière qu'il en vint à acquérir. Je dois expliquer ici que nous étions deux frères, et que mon frère aîné, Leonard, fut tué au cours de la guerre du Transvaal, alors que j'étais encore enfant. Il était naturel que mon père souffrît vivement de ce deuil ; mais comme pour aggraver encore les choses, il fut privé de la consolation offerte ordinairement à un père dans ce genre de situation, à savoir la conscience que son fils avait donné sa vie glorieusement pour le roi et pour la patrie, car mon frère périt dans une opération particulièrement infamante. Non seulement le bruit courut qu'au cours de ces manœuvres, l'assaut avait été donné, d'une façon indigne de Britanniques, à des villages habités par des civils boers, mais l'on apprit par des témoignages accablants que le commandement avait fait preuve d'irresponsabilité, dédaignant sur plusieurs points la prudence tactique la plus élémentaire, de sorte que les hommes qui avaient succombé, et parmi eux mon frère, étaient morts de façon tout à fait inutile. Eu égard à ce que je vais raconter, il ne convient pas que j'identifie l'opération avec davantage de précision, mais il se peut que vous deviniez à quoi je fais allusion si je vous dis qu'elle provoqua à l'époque une sorte de scandale, qui alimenta la controverse suscitée par le conflit dans son ensemble. D'aucuns avaient demandé le limogeage, voire le passage en cour martiale, du général en question, mais l'armée l'avait défendu, et on l'avait laissé terminer la campagne. Ce que l'on sait moins, c'est qu'à l'issue du conflit sud-africain, ce même général avait été discrètement mis à la retraite, et qu'il était alors entré dans les affaires, s'occupant d'importations en provenance d'Afrique du Sud. Je donne cette précision parce que, dix ans environ après le conflit, alors que les blessures du deuil n'étaient guéries que superficiellement, mon père fut convoqué dans le bureau de Mr. John Silvers, où il apprit que ce même personnage — je l'appellerai simplement « le général » — était attendu au domaine, pour une visite devant durer plusieurs jours, au cours de laquelle l'employeur de mon père devait jeter les bases d'une opération commerciale lucrative. Mais Mr. Silvers, s'étant souvenu de la signification que cette visite aurait pour mon père, l'avait convoqué pour lui proposer, s'il le désirait, de prendre quelques jours de congé pendant le séjour du général.

Naturellement, mon père éprouvait à l'égard du général un sentiment d'exécration absolue ; il savait cependant que la réussite des démarches professionnelles de son employeur dépendait du bon déroulement de ce séjour. Dix-huit invités environ devaient être réunis, et ce ne serait pas une petite affaire. Mon père répondit donc qu'il était très reconnaissant de ce que ses sentiments aient été pris en considération, mais que Mr. Silvers pouvait être assuré que le service serait à la hauteur des exigences accoutumées.

De fait, l'épreuve subie par mon père fut plus

pénible que tout ce que l'on aurait pu prévoir. Pour commencer, s'il avait pu espérer qu'une rencontre avec le général en personne éveillerait en lui assez de respect ou de sympathie pour modifier ce qu'il ressentait à son égard, ces espoirs se révélèrent sans fondement. Le général était un homme corpulent et laid, sa conduite n'avait rien de raffiné, et dans sa façon de parler, on remarquait aussitôt une volonté d'appliquer des comparaisons militaires à toute une série de questions. Le pire fut que l'on apprit que ce monsieur était venu sans valet de chambre, son serviteur habituel étant tombé malade. Cela posait un problème délicat, car un autre invité n'avait pas de valet de chambre, et il fallait décider qui serait servi par le majordome, et qui par le valet de pied. Mon père, comprenant la situation où se trouvait son employeur, proposa aussitôt de s'occuper du général, et fut ainsi obligé de passer quatre jours en contact étroit avec l'homme qu'il détestait. Quant au général, qui n'avait aucune idée de ce que ressentait mon père, il en profita pour se répandre en anecdotes sur ses prouesses militaires, comme le font bien souvent ces messieurs de l'armée avec leurs serviteurs dans l'intimité de leurs appartements. Pourtant mon père cacha si bien ses sentiments, il s'acquitta de sa tâche de façon si professionnelle, que le général, à son départ, fit compliment à Mr. John Silvers de l'excellence de son majordome et lui laissa un pourboire exceptionnellement élevé, somme que mon père pria sans hésitation son employeur de verser à de bonnes œuvres.

Vous conviendrez, je l'espère, que lors des deux épisodes de sa carrière que je viens de relater, non sans avoir vérifié leur exactitude, mon père a manifesté et même n'est pas loin d'incarner ce que la Hayes Society appelle « dignité conforme à la place qu'il occupe ». Si l'on examine la différence entre mon père en de telles circonstances et un personnage comme Mr. Jack Neighbours, en dépit de ses exploits techniques, je crois qu'on peut commencer à discerner ce qui sépare un « grand » majordome d'un autre, simplement compétent. Nous pouvons aussi mieux comprendre maintenant pourquoi mon père appréciait tant l'histoire du majordome qui garda son calme en trouvant un tigre sous la table de la salle à manger ; instinctivement, il savait que cette histoire recelait le noyau même de ce qu'est la vraie « dignité ». Je voudrais maintenant avancer le postulat suivant : foncièrement, il y a « dignité » lorsqu'il y a capacité d'un majordome à ne pas abandonner le personnage professionnel qu'il habite. Des majordomes de moindre envergure abandonneront leur personnage professionnel en faveur du personnage privé à la moindre provocation. Pour ces gens-là, être un majordome, c'est comme de jouer dans une pantomime : une petite poussée, un léger choc, et la façade s'effondre, révélant l'acteur qu'elle masquait. Les grands majordomes sont grands parce qu'ils ont la capacité d'habiter leur rôle professionnel, et de l'habiter autant que faire se peut ; ils ne se laissent pas ébranler par les événements extérieurs, fussent-ils surprenants, alarmants ou offensants. Ils portent leur professionnalisme comme un homme bien élevé porte son costume : il ne laissera ni des malfaiteurs ni les circonstances le lui arracher sous les yeux du public ; il s'en défera au moment où il désirera le faire, et uniquement à ce moment, c'est-à-dire, invariablement, lorsqu'il se trouvera entièrement seul. C'est, je l'ai dit, une question de « dignité ».

On dit parfois que les majordomes, les *butlers*, n'existent qu'en Angleterre. Dans les autres pays, quel que soit le titre utilisé, il n'y a que des domestiques. Je suis prêt à le croire. Les habitants de l'Europe continentale ne peuvent pas être des *butlers* parce qu'ils appartiennent à une race incapable de cette maîtrise de soi qui est le propre des Anglais. Les continentaux, comme, dans l'ensemble, les Celtes, je pense que vous en conviendrez, ne parviennent pas, en règle générale, à se contrôler dans les moments d'émotion forte, et ne peuvent donc conserver un maintien professionnel que dans les situations les moins difficiles. Si je peux revenir à ma métaphore précédente — vous m'excuserez de parler aussi crûment —, ils ressemblent à un homme qui, à la moindre provocation, arracherait sa veste et sa chemise et courrait dans tous les sens en hurlant. En un mot, la « dignité » n'est pas à la portée de ce genre de gens. Nous autres Anglais bénéficions dans ce domaine d'un avantage considérable sur les étrangers, et c'est pour cette raison que lorsque vous pensez à un grand majordome, il est presque certain, par définition, qu'il doit s'agir d'un Anglais.

Bien entendu, vous êtes en droit de répliquer, comme le faisait Mr. Graham lorsque je développais ce genre d'idées au cours de nos agréables discussions au coin du feu, que si ce que j'avance est exact, on ne peut être certain d'avoir affaire à un grand majordome avant de l'avoir vu à l'œuvre dans des circonstances critiques. Il est pourtant vrai que nous considérons comme grands des individus tels que Mr. Marshall ou Mr. Lane, alors que la plupart d'entre nous ne peuvent prétendre les avoir observés dans de telles conditions. Je dois avouer que cette réflexion de Mr. Graham est pertinente, mais tout ce que je peux dire, c'est que lorsqu'on est dans le métier depuis un certain temps, on est capable d'évaluer intuitivement jusqu'où va le professionnalisme de quelqu'un, sans l'avoir vu dans une situation difficile. En réalité, lorsqu'on a la chance de rencontrer un grand majordome, loin d'être poussé par scepticisme à vouloir lui imposer un « test », on est bien en peine d'imaginer quelle situation pourrait perturber une compétence professionnelle affirmée avec tant d'autorité. En fait, je suis sûr que c'est la perception d'une qualité de cet ordre, pénétrant même la brume épaisse créée par l'alcool, qui réduisit à un silence honteux les passagers de mon père, un dimanche après-midi, il y a bien des années de cela. Avec de tels hommes, il en est comme avec le paysage anglais vu sous son meilleur jour, comme je l'ai vu ce matin : quand on les rencontre, on *sait*, tout simplement, qu'on est en présence de la grandeur.

Il y aura toujours, j'en suis bien conscient, des gens pour prétendre que toute tentative d'analyser la grandeur comme j'ai essayé de le faire est absolument futile. « Vous savez que quelqu'un l'a, et vous savez que quelqu'un ne l'a pas », soutenait toujours Mr. Graham. « Au-delà de ça, il n'y a pas grand-chose à dire. » Mais je crois que nous avons le devoir de ne pas être aussi défaitistes en la matière. Assurément, c'est une responsabilité professionnelle pour nous tous de réfléchir attentivement à ces questions, pour que chacun de nous puisse s'efforcer toujours davantage d'atteindre pour soi-même la « dignité ».

Salisbury

Il est bien rare qu'un lit inconnu me convienne, et après un assoupissement bref et plutôt agité, je me suis réveillé voici environ une heure. Il faisait encore noir, et sachant qu'une longue journée de conduite automobile m'attendait, j'ai tenté de me rendormir. Cet effort s'est avéré vain, et lorsque je me suis enfin décidé à me lever, il faisait encore si sombre que j'ai été forcé d'allumer la lumière électrique pour me raser devant le lavabo, dans le coin de la pièce. Mais lorsque, ayant terminé, j'ai de nouveau éteint, j'ai vu la première lueur du jour à la lisière des rideaux.

Quand je les ai tirés, il y a un instant, la lumière au-dehors était encore très pâle, et une légère brume m'empêchait de voir clairement la boulangerie et la pharmacie, de l'autre côté de la rue. En fait, en suivant la rue du regard jusqu'à l'endroit où elle emprunte le petit pont en dos-d'âne, je voyais la brume monter au-dessus de la rivière, masquant presque entièrement un des piliers du pont. On n'apercevait pas une âme, et à part l'écho lointain du choc d'un marteau, et parfois une toux dans une chambre à l'arrière de la maison, on n'entend toujours pas un bruit. L'aubergiste, de toute évidence, n'est pas encore debout, ce qui laisse penser qu'il n'y a guère de chances pour la voir servir le petit déjeuner avant l'heure qu'elle a annoncée : sept heures et demie.

Dans ces moments tranquilles, tandis que j'attends que le monde s'éveille autour de moi, voilà que je me remets à réfléchir à certains passages de la lettre de Miss Kenton. À ce propos, j'aurais déjà dû m'expliquer en ce qui concerne ma façon de parler de « Miss Kenton ». « Miss Kenton », à proprement parler, se nomme « Mrs. Benn », et c'est le cas depuis vingt ans. Cependant, dans la mesure où je n'ai eu de relations étroites avec elle que lorsqu'elle était célibataire, et ne l'ai plus vue après qu'elle est allée dans le West Country pour y devenir « Mrs. Benn », peut-être excuserez-vous l'incorrection qui me fait lui donner toujours le nom sous lequel je l'ai connue, et sous lequel j'ai continué à penser à elle au long de toutes ces années. De surcroît, sa lettre m'a fourni une autre raison de l'appeler « Miss Kenton », car il semblerait, malheureusement, que son mariage en soit finalement venu à se terminer. Sa lettre ne donne pas de détails précis sur la question, et d'ailleurs on ne peut guère s'attendre à ce qu'elle le fasse, mais Miss Kenton affirme sans ambiguïté qu'elle a fait le choix de quitter la maison de Mr. Benn à Helston et loge maintenant chez une connaissance, au village voisin de Little Compton.

Évidemment, il est dramatique que son mariage

s'achève aujourd'hui sur un échec. En ce moment même, certainement, elle songe avec regret aux décisions prises dans un passé lointain qui la laissent aujourd'hui, à un âge déjà avancé, dans la solitude et l'affliction. On peut comprendre aisément que dans un tel état d'esprit l'idée de revenir à Darlington Hall lui soit d'un grand réconfort. Il est vrai qu'en aucun point de sa lettre elle n'énonce explicitement son désir de revenir ; cependant, ce message se dégage indéniablement de la tonalité générale de plusieurs passages, imprégnés qu'ils sont d'une nostalgie intense des jours passés à Darlington Hall. Bien entendu, Miss Kenton ne peut espérer, en revenant aujourd'hui, retrouver les années perdues, et j'aurai l'obligation de le souligner à son intention dès que nous nous rencontrerons. Il faudra que je lui précise que les choses ont bien changé : le temps où l'on travaillait avec un personnel de grande ampleur à sa disposition ne reviendra sans doute pas de notre vivant. Mais Miss Kenton est une femme intelligente et elle doit déjà se douter de tout cela. En fait, tout bien considéré, je ne vois pas pourquoi l'éventualité de son retour à Darlington Hall, où elle pourrait terminer sa vie active, ne viendrait pas jouer un rôle authentiquement consolateur dans une vie actuellement dominée par une impression de gâchis.

Par ailleurs, de mon point de vue professionnel, il est évident que même après une aussi longue interruption, Miss Kenton constituerait la solution idéale au problème qui se pose à nous à Darlington Hall. En fait, quand j'emploie le terme de « problème », je me montre peut-être excessif. Je fais allusion, en somme, à une série d'erreurs très minimes par moi commises, et la démarche que j'ai entreprise a précisément pour but de prévenir l'apparition d'un « problème ». Il est vrai que ces erreurs anodines ont d'abord provoqué chez moi quelque anxiété, mais dès lors que j'ai eu le loisir de les analyser et de comprendre qu'elles ne reflétaient rien d'autre qu'un manque de personnel, je me suis gardé de trop y réfléchir. L'arrivée de Miss Kenton, comme je l'ai dit, y mettra fin définitivement.

Mais revenons à sa lettre. Il est vrai qu'elle révèle parfois un certain désespoir provoqué par sa situation actuelle, ce qui est assez préoccupant. Ainsi, une phrase commence comme suit : « Bien que je n'aie pas d'idée de la façon dont je pourrais occuper utilement ce qui me reste de vie... » Et ailleurs, elle écrit encore : « Le reste de ma vie s'étend devant moi comme un désert. » Mais dans l'ensemble, comme je l'ai dit, le ton dominant est celui de la nostalgie. À un moment, par exemple, elle écrit :

« Cet incident m'a rappelé Alice White. Vous souvenez-vous d'elle ? En fait, je doute fort que vous puissiez l'oublier. Quant à moi, je suis toujours hantée par l'inflexion de ses voyelles et par ces phrases à la syntaxe extraordinairement incorrecte qu'elle seule pouvait imaginer ! Avez-vous la moindre idée de ce qu'elle est devenue ? »

Je n'en sais rien, à vrai dire, mais j'avoue que cela m'a assez amusé de me rappeler cette femme de chambre exaspérante, qui se montra, finalement, une des plus dévouées de nos employées. Ailleurs, Miss Kenton écrit :

« J'aimais tant cette vue que l'on avait des chambres à coucher du deuxième étage, avec la pelouse en contrebas et la ligne des collines dans le lointain. Est-elle restée la même ? Les soirs d'été, cette vue avait une qualité presque magique, et je peux vous avouer maintenant que je perdais de précieuses minutes, debout à une de ces fenêtres, captivée par ce spectacle. »

Elle continue ensuite :

« Si ce souvenir est pénible, pardonnez-moi. Mais je n'oublierai jamais le jour où nous avons tous les deux regardé votre père marcher de long en large devant la gloriette, fixant le sol comme s'il avait espéré trouver un bijou précieux qu'il y aurait laissé tomber. »

C'est une sorte de révélation d'apprendre que ce souvenir vieux de plus de trente ans est resté présent à Miss Kenton tout autant qu'à moi. En fait, cela a dû se passer par un de ces soirs d'été dont elle parle, car je me rappelle distinctement être monté jusqu'au deuxième palier et avoir vu devant moi une série de rayons orange dardés par le soleil couchant, jaillissant de la porte entrouverte de chaque chambre à coucher pour briser la pénombre du couloir. Tandis que je passais devant ces chambres, j'avais aperçu par l'embrasure d'une porte la silhouette de Miss Kenton se découpant devant une fenêtre ; elle se tourna et m'appela à mi-voix : « Mr. Stevens, si vous avez un moment. » Quand j'entrai, elle était revenue à la fenêtre. Plus bas, les ombres des peupliers s'allongeaient sur la pelouse. À la droite de notre vue, un talus gazonné montait en pente douce jusqu'à la gloriette, et c'était là que l'on distinguait la silhouette de mon père, se déplaçant lentement, l'air préoccupé — tout à fait, comme Miss Kenton le dit si bien, « comme s'il avait espéré trouver un bijou précieux qu'il y aurait laissé tomber ».

Il y a des raisons très précises pour que ce souvenir ait subsisté en moi, comme je désire l'expliquer. De plus, quand j'y réfléchis, il n'est peut-être pas vraiment étonnant que l'impression faite à Miss Kenton ait également été durable, si l'on considère certains aspects de ses relations avec mon père au début de sa vie à Darlington Hall.

Miss Kenton et mon père étaient arrivés au domaine à peu près au même moment, c'est-à-dire au printemps de 1922, à la suite de deux pertes que j'avais subies simultanément : celle de l'intendante et celle du majordome adjoint. En effet, ces deux personnes avaient décidé de se marier et de quitter le métier. J'ai toujours pensé que ces liaisons représentaient une grave menace pour le bon ordre d'une maison. Depuis cette époque, j'ai perdu en de pareilles circonstances bon nombre d'employés. Évidemment, il faut s'attendre à ce que ce genre de choses survienne parmi les femmes de chambre et les valets de pied, et un bon majordome devrait toujours en tenir compte dans ses prévisions ; mais de tels mariages parmi des employés plus chevronnés peuvent avoir des conséquences extrêmement perturbantes sur le travail. Bien entendu, si deux membres du personnel se trouvent tomber amoureux et décident de se marier, il serait malgracieux de les en blâmer ; mais je ressens une vive irritation devant ces personnes — les intendantes, en l'occurrence, étant particulièrement coupables — qui ne s'engagent pas réellement vis-à-vis de leur métier et qui, pour l'essentiel, vont de place en place en cherchant le grand amour. Ce genre de personnes est une calamité pour les véritables professionnels.

Mais je tiens à préciser tout de suite que je ne songe pas du tout à Miss Kenton en disant cela. Certes, elle a fini par quitter mon personnel pour se marier, mais je garantis que pendant le temps qu'elle travailla comme intendante sous mes ordres, elle fut toujours absolument dévouée et ne se laissa jamais distraire de ses priorités professionnelles.

Mais je m'éloigne. J'expliquais que nous avions eu besoin d'un seul coup d'une intendante et d'un majordome adjoint ; Miss Kenton, munie, je m'en souviens, de références d'un niveau exceptionnel, était alors venue prendre le premier de ces deux emplois. Par hasard, mon père se trouvait à cette période avoir achevé des années de services éminents à Loughborough House, à la suite de la mort de son employeur, Mr. John Silvers, et il ne savait trop comment trouver du travail et un logement. Encore qu'il fût incontestablement resté un professionnel de grande classe, il avait dépassé soixante-dix ans et souffrait gravement d'arthrite et d'autres maux. On ne pouvait donc répondre avec certitude de l'issue d'une concurrence entre lui et la nouvelle génération de majordomes hautement qualifiés qui se mettaient en quête de postes. Dans cette optique, cela pouvait être une bonne solution de proposer à mon père de faire bénéficier Darlington Hall de son expérience et de sa distinction hors pair.

Autant que je me souvienne, c'était un matin, peu après l'arrivée de mon père et de Miss Kenton. J'étais dans mon office, assis à ma table où je m'occupais de questions administratives, quand j'entendis frapper à la porte. Je me rappelle avoir été quelque peu déconcerté lorsque Miss Kenton ouvrit la porte et entra avant que je lui aie dit de le faire. Elle tenait un grand vase de fleurs et me dit en souriant :

« Mr. Stevens, il m'a semblé que ceci égaierait un peu votre petit salon.

— Excusez-moi, Miss Kenton ?

— J'ai trouvé que c'était trop dommage que votre pièce soit si sombre et si froide, Mr. Stevens, alors qu'il y a un si joli soleil dehors. Je me suis dit que ces fleurs mettraient un peu de vie ici.

— C'est très aimable à vous, Miss Kenton.

— Il est déplorable que le soleil n'entre pas davantage dans cette pièce. Les murs sont même légèrement humides, ne croyez-vous pas, Mr. Stevens ? »

Je me remis à faire mes comptes, en répondant : « Ce n'est que de la condensation, à mon avis, Miss Kenton. »

Elle posa son vase sur la table devant moi, puis,

ayant jeté un nouveau coup d'œil sur mon office, reprit : « Si vous le désirez, Mr. Stevens, je vous apporterai volontiers d'autres fleurs coupées.

— Miss Kenton, je vous remercie de votre gentillesse. Mais cette pièce n'est pas un lieu de divertissement. Je désire que les distractions y soient réduites au minimum.

— Enfin, Mr. Stevens, ce n'est quand même pas indispensable d'avoir une pièce aussi austère, aussi dépourvue de toute note colorée ?

— Telle qu'elle est, cette pièce m'a parfaitement convenu jusqu'à aujourd'hui, Miss Kenton. Je vous remercie de votre sollicitude. Au fait, puisque vous êtes ici, je voulais justement vous parler.

— Ah oui, Mr. Stevens ?

— Oui, Miss Kenton. Il s'agit d'un tout petit problème. Hier, je passais par hasard devant la cuisine quand je vous ai entendue appeler une personne nommée William.

— Ah bon, Mr. Stevens ?

— Absolument, Miss Kenton. Je vous ai bien entendue appeler à plusieurs reprises un nommé William. Puis-je vous demander à qui vous vous adressiez ainsi ?

— Mais, Mr. Stevens, j'imagine que je m'adressais à votre père. Il n'y a pas d'autre William dans la maison, à ma connaissance.

— C'est une erreur bien compréhensible, dis-je avec un petit sourire. À l'avenir, Miss Kenton, puis-je vous demander d'appeler mon père "Mr. Stevens" ? Si vous le mentionnez auprès d'une tierce personne, vous voudrez peut-être l'appeler "Mr. Stevens senior", pour le distinguer de moi. Je vous remercie, Miss Kenton. »

Là-dessus, je me remis à mes papiers. Mais à ma surprise, Miss Kenton ne partit pas. « Excusez-moi, Mr. Stevens, dit-elle au bout d'un instant.

— Oui, Miss Kenton.

— Je crains de ne pas bien comprendre ce que vous voulez dire. Dans le passé, j'ai été accoutumée à appeler les domestiques subalternes par leur prénom, et je n'ai pas vu de raison de faire autrement dans cette maison.

— C'est une erreur qui s'explique facilement, Miss Kenton. Mais si vous réfléchissez un instant à la situation, vous comprendrez peut-être en quoi il est peu convenable qu'une personne telle que vous parle à une personne telle que mon père comme à un inférieur.

— Je ne vois toujours pas bien où vous voulez en venir, Mr. Stevens. Vous dites : une personne telle que moi, mais pour autant que je sache, je suis l'intendante de cette maison, alors que votre père est majordome adjoint.

— En effet, il porte comme vous le dites le titre de majordome adjoint. Mais je suis étonné que votre sens de l'observation ne vous ait pas déjà révélé qu'en réalité, il est plus que cela. Beaucoup plus.

— À coup sûr, je ne me suis pas du tout montrée observatrice, Mr. Stevens. La seule chose que j'ai observée, c'est que votre père est un majordome adjoint compétent, et je me suis adressée à lui en conséquence. Certes, cela a dû être très irritant pour lui d'entendre une personne telle que moi lui parler de cette façon.

— Miss Kenton, d'après le ton que vous prenez, il est évident que vous n'avez pas observé mon père. Si vous l'aviez fait, cela vous sauterait aux yeux qu'il n'est pas convenable pour quelqu'un de votre âge et de votre rang de l'appeler "William".

— Mr. Stevens, peut-être n'y a-t-il pas très long-temps que j'occupe le poste d'intendante, mais j'ose-rai dire qu'au cours de cette période, mes capacités m'ont valu des commentaires très généreux.

— Je ne mets pas un instant vos compétences en doute, Miss Kenton. Mais cent détails auraient dû vous montrer que mon père est un personnage aux qualités exceptionnelles, auprès de qui vous pourriez apprendre une quantité de choses si vous acceptiez d'être plus observatrice.

— Je vous suis très reconnaissante de ce conseil, Mr. Stevens. Dites-moi donc, je vous prie, quelles choses merveilleuses je pourrais apprendre en obser-vant votre père.

— J'aurais cru cela évident pour toute personne ayant des yeux, Miss Kenton.

— Mais nous avons constaté, je crois, que je suis particulièrement mal équipée sur ce plan.

— Si vous imaginez, Miss Kenton, qu'à votre âge vous êtes déjà arrivée à la perfection, vous n'attein-drez jamais les sommets dont vous êtes certainement capable. Par exemple, je me permettrai de souligner qu'il vous arrive encore souvent de ne pas être sûre de l'emplacement des objets et de l'identité de chaque article. »

Cette remarque sembla enlever à Miss Kenton un peu de son assurance. L'espace d'un instant, elle parut même légèrement décontenancée. Puis elle dit :

« J'ai eu quelques difficultés juste après mon arrivée, mais cela me semble tout à fait normal.

— Précisément, Miss Kenton. Si vous aviez observé mon père, arrivé dans cette maison une semaine après vous, vous auriez remarqué que sa connaissance des lieux est parfaite, et qu'elle l'a été presque dès qu'il a mis le pied à Darlington Hall. »

Miss Kenton sembla réfléchir à cela un moment, après quoi elle dit, d'un ton un peu boudeur :

« Je suis certaine que Mr. Stevens senior fait très bien son travail, mais je vous assure, Mr. Stevens, que je fais très bien le mien. À l'avenir, je veillerai à m'adresser à votre père sous la forme adéquate. Et maintenant, je vous prie de bien vouloir m'excuser. »

À la suite de cette entrevue, Miss Kenton n'essaya plus de faire pénétrer des fleurs dans mon office, et dans l'ensemble, j'eus le plaisir de constater qu'elle se mit au travail de façon remarquable. De plus, il était évident qu'elle prenait très au sérieux son poste d'intendante ; et malgré sa jeunesse, elle ne semblait pas avoir de mal à s'assurer le respect de son personnel.

Je remarquai aussi qu'elle s'était bel et bien mise à appeler mon père « Mr. Stevens ». Pourtant, un après-midi, deux semaines environ après notre conversation dans mon office, j'étais occupé dans la bibliothèque quand Miss Kenton entra et dit :

« Excusez-moi, Mr. Stevens. Mais au cas où vous chercheriez votre pelle à poussière, elle est dans le hall.

— Je vous demande pardon, Miss Kenton ?

— Votre pelle à poussière, Mr. Stevens. Vous l'avez laissée dehors. Voulez-vous que je vous la rapporte ?

— Miss Kenton, je ne me suis pas servi d'une pelle à poussière.

— Ah bon, dans ce cas, pardonnez-moi, Mr. Stevens. J'ai supposé tout naturellement que vous aviez utilisé votre pelle à poussière et que vous l'aviez laissée dans le hall. Je suis désolée de vous avoir dérangé. »

Alors qu'elle repartait, elle se retourna sur le pas de la porte et dit :

« Oh, Mr. Stevens. Je l'aurais volontiers rangée, mais je dois monter tout de suite à l'étage. Je me demande si vous pourriez y penser.

— Bien sûr, Miss Kenton. Merci d'avoir attiré mon attention là-dessus.

— C'est tout naturel, Mr. Stevens. »

J'écoutai ses pas traverser le hall et s'engager dans le grand escalier, puis je gagnai moi-même le seuil de la pièce. Des portes de la bibliothèque, on a une vue du hall sur toute son étendue, jusqu'aux portes principales de la maison. À une place extrêmement voyante, pratiquement au centre du parquet par ailleurs désert et parfaitement ciré, était posée la pelle à poussière mentionnée par Miss Kenton.

Cela me parut une erreur insignifiante, et pourtant irritante ; la pelle à poussière aurait été visible non seulement des cinq portes qui, au rez-de-chaussée, donnent sur le hall, mais aussi de l'escalier et de la galerie du premier étage. Je traversai le hall et j'avais déjà ramassé le corps du délit lorsque je mesurai ce que sa présence impliquait ; il me revint que mon père balayait le hall d'entrée environ une demi-heure auparavant. Au début, j'eus du mal à imputer une telle erreur à mon père. Mais je me rappelai bientôt que ce genre de défaillances anodines peut survenir chez n'importe qui, et mon irritation se reporta bientôt sur Miss Kenton, pour avoir cherché à donner à cet incident une gravité qu'il n'avait pas.

À peine une semaine plus tard, je longeais le couloir de service, venant de la cuisine, lorsque Miss Kenton sortit de son office et prononça une déclaration qu'elle avait très certainement préparée à l'avance ; il s'agissait de me faire savoir que certes, cela la mettait mal à l'aise d'attirer mon attention sur les erreurs commises par mon personnel, mais que nous devions, elle et moi, travailler en équipe, et qu'elle espérait que je n'hésiterais pas, de mon côté, à agir de même, si je remarquais des erreurs commises par le personnel féminin. Elle poursuivit en signalant que plusieurs couverts en argent avaient été disposés pour être portés à la salle à manger, alors qu'ils conservaient des marques visibles de pâte à polir. L'extrémité d'une fourchette était presque noire. Je la remerciai, et elle se retira dans son office. Elle n'avait pas eu besoin, bien entendu, de préciser que l'argenterie était une des responsabilités principales de mon père, et qu'il en tirait une grande fierté.

Il est bien possible que se soient produits plusieurs épisodes du même ordre, que j'aurais aujourd'hui oubliés. En tout cas, je me rappelle que la situation atteignit une sorte de point culminant par un après-midi gris et humide, alors que je m'occupais des trophées de Lord Darlington dans la salle de billard. Miss Kenton entra et, restant près de la porte, me dit :

« Mr. Stevens, je viens de remarquer dehors quelque chose qui m'intrigue.

— De quoi s'agit-il, Miss Kenton ?

— Est-ce Sa Seigneurie qui a demandé que l'on échange le Chinois du palier du premier étage contre celui qui est à l'entrée de cette pièce ?

— Le Chinois, Miss Kenton ?

— Oui, Mr. Stevens. Le Chinois qui est normalement sur le palier, vous le trouverez devant cette porte.

— J'ai bien peur, Miss Kenton, que vos idées ne se brouillent.

— Mes idées ne se brouillent pas du tout, Mr. Stevens. Je me fais une obligation de savoir à quelle place doivent aller les objets dans une maison. Les Chinois, à ce que je crois, ont été astiqués par quelqu'un, après quoi ils ont été remis à une place qui n'était pas la bonne. Si vous doutez de ce que je dis, Mr. Stevens, peut-être voudrez-vous vous donner la peine de sortir et de vérifier par vous-même.

— Miss Kenton, je suis occupé pour le moment.

— Mais, Mr. Stevens, vous n'avez pas l'air de croire ce que je vous dis. C'est pourquoi je vous demande de sortir de cette pièce et de voir vous-même ce qu'il en est.

— Miss Kenton, j'ai du travail, en ce moment précis, et je m'occuperai prochainement de cette affaire. Elle n'est pas d'une urgence pressante.

— Vous reconnaissez donc, Mr. Stevens, que je ne suis pas dans l'erreur sur ce point.

— Je ne reconnaîtrai rien de pareil, Miss Kenton, tant qu'il ne m'aura pas été loisible de me pencher sur cette affaire. Quoi qu'il en soit, je suis occupé pour le moment. »

Je me remis à mon travail, mais Miss Kenton resta sur le pas de la porte à m'observer. Elle dit enfin :

« Je vois que vous aurez bientôt fini, Mr. Stevens. Je vous attendrai dehors, pour que cette question puisse être réglée dès que vous sortirez.

— Miss Kenton, je crois que vous accordez à cette question une importance qu'elle est loin de mériter. »

Mais Miss Kenton était partie, et effectivement, tandis que je continuais mon travail, des pas ou d'autres bruits venaient me rappeler qu'elle était toujours de l'autre côté de la porte. Je décidai donc de m'occuper de quelques autres tâches dans la salle de billard, supposant qu'elle finirait par percevoir l'absurdité de sa situation et par s'en aller. Cependant, lorsque quelque temps se fut écoulé et lorsque je fus venu à bout des besognes dont je pouvais utilement m'acquitter avec les ustensiles que je me trouvais avoir sous la main, Miss Kenton, de toute évidence, était toujours là. Résolu à ne pas perdre davantage de temps à cause de cette gaminerie, j'envisageai de m'éclipser par les portes-fenêtres. Il y avait un inconvénient à ce plan, c'était le temps : en effet, on voyait au-dehors de grandes flaques et même des étendues boueuses. D'autre part, il faudrait à un moment donné retourner dans la salle de billard pour fermer de l'intérieur les portes-fenêtres. Je décidai donc finalement que la meilleure stratégie serait de sortir de la pièce de façon très brutale, en marchant à grandes enjambées. Je me déplaçai donc en faisant aussi peu de bruit que possible jusqu'à un point à partir duquel je pourrais exécuter la manœuvre prévue, et serrant fermement mes ustensiles contre moi, je parvins à franchir d'un seul et même élan la porte et une bonne longueur de couloir avant qu'une Miss Kenton quelque peu abasourdie ne recouvrât ses esprits. Elle y parvint cependant assez vite, et un instant après je m'aperçus qu'elle m'avait dépassé et se tenait debout devant moi, me barrant bel et bien le passage.

« Mr. Stevens, ce Chinois n'est pas le bon, vous êtes bien d'accord ?

— Miss Kenton, je suis très occupé. Je suis surpris que vous n'ayez rien de mieux à faire que de passer la journée dans les couloirs.

— Mr. Stevens, est-ce, ou non, le bon Chinois ?

— Miss Kenton, je vous prierai de baisser le ton.

— Et je vous prierai, Mr. Stevens, de vous tourner et de regarder ce Chinois.

— Miss Kenton, baissez la voix, s'il vous plaît. Que vont penser les employés s'ils nous entendent discuter de ces Chinois, bons ou mauvais, d'une voix tonitruante ?

— Toujours est-il, Mr. Stevens, que tous les Chinois de la maison sont restés sales pendant un certain temps ! Et maintenant, les voilà intervertis !

— Miss Kenton, vous vous ridiculisez. Aurez-vous maintenant la bonté de me laisser passer ?

— Mr. Stevens, aurez-vous l'amabilité de regarder le Chinois qui se trouve derrière vous ?

— Si cela a pour vous une telle importance, Miss Kenton, je concède que le Chinois qui se trouve derrière moi n'est peut-être pas à sa place. Mais je dois dire que je suis étonné de vous voir vous soucier ainsi d'erreurs particulièrement anodines.

— Ces erreurs, en elles-mêmes, sont peut-être anodines, Mr. Stevens, mais vous percevez certainement leur signification globale.

— Miss Kenton, je ne vous comprends pas. Seriez-vous assez aimable pour me laisser passer ?

— À la vérité, Mr. Stevens, votre père se voit confier des responsabilités bien supérieures à ce qu'un homme de son âge peut assumer.

— Je pense, Miss Kenton, que vous ne vous rendez pas compte de ce que vous laissez entendre.

— Quoi que votre père ait été, Mr. Stevens, ses

capacités sont aujourd'hui très réduites. C'est ce que signifient ces "erreurs anodines", comme vous les appelez, et si vous n'y prenez garde, votre père va avant longtemps commettre une erreur considérable.

— Miss Kenton, vous êtes tout simplement en train de déraisonner.

— Je suis désolée, Mr. Stevens, mais il faut que j'aille jusqu'au bout. Je crois que l'on devrait dorénavant soulager votre père de toute une série d'obligations. Par exemple, on ne devrait pas lui demander de porter des plateaux lourdement chargés. La façon dont ses mains tremblent quand il les apporte à la salle à manger ne manque pas d'être alarmante. À coup sûr, un jour ou l'autre, un plateau finira par lui tomber des mains pour atterrir sur les genoux d'une dame ou d'un monsieur. Qui plus est, Mr. Stevens, je suis vraiment désolée de devoir le dire, mais j'ai remarqué le nez de votre père.

— Vous avez remarqué le nez de mon père, Miss Kenton ?

— Oui, à mon grand regret, Mr. Stevens. Avant-hier soir, j'ai regardé votre père se diriger très lentement vers la salle à manger avec son plateau, et j'ai observé sans doute possible, j'en ai bien peur, une grosse goutte suspendue au bout de son nez, au-dessus des assiettes à soupe. Il me semble que ce style de service n'est peut-être pas de nature à stimuler l'appétit. »

Mais en y repensant, je ne suis pas sûr que Miss Kenton m'ait parlé ce jour-là de façon aussi hardie.

Il est vrai qu'au long de toutes les années où nous avons travaillé en étroite liaison, il nous est arrivé d'avoir des échanges très francs, mais cet après-midi dont je me souviens se situe au début de nos relations, et je n'imagine pas que même Miss Kenton puisse avoir été aussi audacieuse. Je ne suis pas sûr qu'elle aurait pu aller jusqu'à dire, par exemple : « Ces erreurs, en elles-mêmes, sont peut-être anodines, mais vous percevez certainement leur signification globale. » En fait, à y mieux réfléchir, j'ai dans l'idée que c'est peut-être Lord Darlington lui-même qui m'a fait cette remarque, le jour où il me convoqua dans son bureau, environ deux mois après cette discussion avec Miss Kenton devant la salle de billard. À cette période, la situation en ce qui concernait mon père avait nettement changé à la suite de sa chute.

Les portes du bureau se trouvent juste en face lorsqu'on descend le grand escalier. Il y a aujourd'hui à l'entrée du bureau une vitrine où sont exposés des objets ornementaux appartenant à Mr. Farraday, mais du temps de Lord Darlington se dressait à cet emplacement une bibliothèque contenant de nombreux volumes d'encyclopédies, et en particulier tous ceux de l'*Encyclopaedia Britannica*. C'était une tactique souvent employée par Lord Darlington de rester devant cette étagère à étudier le dos des livres tandis que je descendais l'escalier, et parfois, pour donner encore davantage l'impression d'une rencontre accidentelle, il sortait un volume et feignait d'être absorbé dans sa consultation au moment où j'arrivais en bas. Puis, quand je passais devant lui, il disait : «Au fait, Stevens, j'avais quelque chose à vous dire.» Et là-dessus, il repartait dans son bureau, toujours plongé profondément, selon toute apparence, dans le volume qu'il tenait ouvert dans ses mains. C'était évidemment parce qu'il se sentait gêné de la communication qu'il avait à me faire que Lord Darlington empruntait ces détours; même une fois que la porte du bureau était fermée derrière nous, il lui arrivait souvent de se tenir à la fenêtre et de consulter l'encyclopédie de façon démonstrative au cours de notre conversation.

Le comportement que je viens de décrire, soit dit entre parenthèses, figure parmi beaucoup d'autres exemples que je pourrais citer pour montrer la nature profondément timide et modeste de Lord Darlington. Au cours de ces dernières années, bien des sottises ont circulé, verbalement ou par écrit, au sujet de Sa Seigneurie et du rôle capital qu'elle a été amenée à jouer dans des affaires de grande importance; et certains ont allégué, dans la profondeur de leur ignorance, qu'elle était mue par son égotisme ou par son arrogance. Je tiens à affirmer ici que rien ne pourrait être plus éloigné de la vérité. Il était complètement contraire aux tendances naturelles de Lord Darlington de prendre des positions publiques comme il en vint à le faire, et je suis convaincu que Sa Seigneurie ne se laissa persuader de sortir de sa réserve que par un sens profond de ses obligations morales. Quoi que l'on puisse dire actuellement à propos de Sa Seigneurie — et pour l'essentiel, comme je l'ai dit, ce ne sont que des sottises —, je déclare pour ma part qu'au fond de son cœur, c'était un homme d'une authentique bonté, un noble véritable, et une personne à qui je suis fier aujourd'hui d'avoir consacré mes meilleures années de service.

En ce jour dont je parle, Sa Seigneurie ne devait pas avoir encore atteint la soixantaine ; mais autant qu'il m'en souvienne, ses cheveux étaient entièrement gris et sa silhouette haute et élancée portait déjà des signes de cette courbure qui devint si marquée à la fin de sa vie. Lord Darlington leva à peine le nez de son volume pour me demander :

« Votre père se sent mieux, Stevens ?

— À ma grande joie, monsieur, il se trouve parfaitement rétabli.

— Ravi de l'apprendre. Ravi.

— Merci, monsieur.

— Dites donc, Stevens, est-ce qu'il y a eu des — enfin — le moindre *signe* ? Je veux dire, un signe qui nous laisse entendre que votre père désire que sa charge de travail soit quelque peu allégée ? En dehors de cette histoire de chute, je veux dire.

— Comme je le disais, monsieur, mon père semble parfaitement remis, et je crois que l'on peut encore lui faire tout à fait confiance. Il est vrai que l'on a pu remarquer récemment une ou deux erreurs survenues dans l'accomplissement de ses fonctions, mais ce sont dans tous les cas des erreurs d'un caractère très anodin.

— Mais personne ne voudrait voir un accident

de cette espèce se produire de nouveau, n'est-ce pas ? Je veux dire, la chute de votre père et tout ça.

— Certes non, monsieur.

— Et bien sûr, si cela peut se passer sur la pelouse, cela peut se passer n'importe où. Et n'importe quand.

— Oui, monsieur.

— Cela pourrait se passer, par exemple, en plein dîner, pendant que votre père ferait le service.

— C'est possible, monsieur.

— Écoutez, Stevens, les premiers délégués arriveront ici dans moins d'une quinzaine.

— Nous sommes tout à fait prêts, monsieur.

— Ce qui se passera ensuite dans cette maison aura peut-être des répercussions considérables.

— Oui, monsieur.

— Réellement *considérables*. Sur tout le cours des événements en Europe. Étant donné les personnes qui seront présentes, je ne crois pas exagérer.

— Non, monsieur.

— Ce n'est pas exactement le moment de prendre des risques que l'on pourrait éviter.

— Certes non, monsieur.

— Écoutez, Stevens, il n'est pas question que votre père nous quitte. On vous demande simplement de redéfinir ses obligations. » Et ce fut alors, je crois, que Sa Seigneurie dit, baissant de nouveau les yeux vers son volume et manipulant une page gauchement : « Ces erreurs, en elles-mêmes, sont peut-être anodines, Stevens, mais vous percevez certainement leur signification globale. Le temps où l'on pouvait faire entièrement confiance à votre père sera bientôt révolu. On ne doit lui demander d'effectuer des tâches dans aucun domaine où une erreur pourrait compromettre le succès de notre réunion prochaine.

— Certes, monsieur. Je comprends parfaitement.

— Très bien. Je vous laisse donc y réfléchir, Stevens. »

Lord Darlington, il faut que je le précise, avait été témoin de la chute de mon père, environ une semaine auparavant. Sa Seigneurie recevait deux jeunes personnes, une dame et un monsieur, dans la gloriette, et avait vu mon père traverser la pelouse, portant un plateau chargé de rafraîchissements très attendus. La pelouse dessine une montée à quelques mètres de la gloriette, et à l'époque, comme aujourd'hui, quatre dalles incrustées dans l'herbe servaient de marches aidant à gravir la pente. Ce fut à proximité de ces marches que mon père tomba, éparpillant tout ce qui se trouvait sur son plateau : théière, tasses, soucoupes, sandwichs, gâteaux, sur le gazon en haut des marches. Le temps qu'on m'ait alerté et que je sois sorti, Sa Seigneurie et ses invités avaient allongé mon père sur le côté, un coussin et un tapis de la gloriette tenant lieu d'oreiller et de couverture. Mon père était inconscient et son visage était d'un gris bizarre. On avait déjà fait chercher le Dr Meredith, mais Sa Seigneurie estimait qu'il fallait soustraire mon père aux rayons du soleil avant l'arrivée du médecin ; on apporta donc un fauteuil roulant et, non sans difficulté, on transporta mon père jusqu'à la maison. Le temps que le Dr Meredith arrive, il était largement revenu à lui et le médecin repartit bientôt, se contentant de formuler vaguement l'hypothèse que mon père s'était sans doute «surmené».

Tout cet épisode suscita chez mon père un embarras évident, et au moment de cette conversation dans le bureau de Lord Darlington, il s'était remis depuis longtemps à s'activer autant que jamais. Le moyen d'aborder la question d'une limitation de ses responsabilités n'était donc pas facile à trouver. La situation était pour moi d'autant plus délicate que depuis quelques années, nous avions eu tendance, mon père et moi, pour une raison que je n'ai jamais vraiment éclaircie, à converser de moins en moins. Cela en était au point qu'après son arrivée à Darlington Hall, même les brefs échanges nécessaires pour communiquer les éléments liés au travail se déroulaient dans un climat de gêne mutuelle.

Finalement, j'estimai que la meilleure solution était de parler dans l'intimité de sa chambre, ce qui lui donnerait le loisir de réfléchir dans la solitude à sa nouvelle situation une fois que j'aurais pris congé. Les seuls moments où l'on pouvait trouver mon père dans sa chambre étaient la première heure de la matinée et la dernière heure de la soirée. Choisissant la première option, je gravis au petit matin l'escalier qui menait à sa petite mansarde, en haut de l'aile des domestiques, et je frappai doucement.

J'avais rarement eu l'occasion d'entrer dans la chambre de mon père avant ce jour, et je fus à nouveau frappé par sa petitesse et son dépouillement. Je me rappelle même qu'alors j'eus l'impression d'entrer dans une cellule de prison, mais cela peut aussi bien avoir été lié à la pâle lumière de l'aube qu'à la taille de la pièce ou à la nudité des murs. Mon père avait en effet ouvert ses rideaux et il était assis, rasé et en grande tenue, au bord de son lit d'où, apparemment, il avait regardé le ciel s'éclairer. On pouvait du moins supposer qu'il avait regardé le ciel, car il n'y avait pas grand-chose d'autre à observer de sa petite fenêtre, à part le toit et les gouttières. La lampe à pétrole posée près de son lit était éteinte, et quand je vis mon père jeter un coup d'œil désapprobateur à la lampe que j'avais prise pour guider mes pas dans l'escalier branlant, je descendis vivement la mèche. Cela fait, je remarquai d'autant plus l'effet de la lumière pâle qui baignait la pièce, soulignant les arêtes raboteuses du visage ridé et toujours imposant de mon père.

« Ah, dis-je, avec un petit rire. J'aurais pu me douter que vous seriez déjà debout et prêt pour la journée.

— Je suis debout depuis trois heures, dit-il, me toisant avec une certaine froideur.

— J'espère que ce n'est pas votre arthrite qui vous tient éveillé, Père.

— J'ai autant de sommeil qu'il m'en faut. »

Mon père allongea le bras pour saisir le seul siège de la pièce, une petite chaise en bois, et, posant les deux mains sur le dossier, se redressa. Quand je le vis debout devant moi, je fus incapable de savoir s'il était voûté par l'infirmité ou par l'habitude de se plier au plafond en pente raide de sa chambre.

« Je suis venu vous faire une communication, Père.

— Alors communique rapidement et sans bavardage. Je n'ai pas la matinée pour t'écouter.

— Dans ce cas, Père, j'en viendrai tout de suite au fait.

— Viens-en au fait, et que ce soit réglé. Certains d'entre nous ont du travail à faire.

— Très bien. Puisque vous désirez que je sois bref, je ferai de mon mieux pour vous obéir. À la vérité, Père est de plus en plus infirme. À un tel point que même les obligations d'un majordome adjoint sont désormais au-delà de ses capacités. Sa Seigneurie considère, et d'ailleurs je partage son avis, que si on laisse Père continuer à s'acquitter de la liste actuelle de ses obligations, il constituera une menace permanente au fonctionnement sans heurts de cette maison, et en particulier à l'importante réunion internationale de la semaine prochaine. »

Le visage de mon père, dans la pénombre, ne trahit aucune espèce d'émotion.

« Avant tout, continuai-je, on a estimé qu'on ne devrait plus demander à Père de servir à table, que des invités soient présents ou pas.

— J'ai servi à table tous les jours depuis cinquante-quatre ans », rappela mon père d'une voix entièrement dénuée d'agitation.

« De surcroît, on a décidé que Père ne devrait plus porter de plateaux chargés, quelle que soit leur nature, même sur de courtes distances. Compte tenu de ces limitations, et connaissant le goût de Père pour la concision, j'ai énuméré ici la liste révisée des tâches dont on lui demandera dorénavant de s'acquitter. »

Je ne me sentais guère disposé à lui tendre vraiment le morceau de papier que je tenais ; aussi le posai-je au bout du lit. Mon père y jeta un coup d'œil puis tourna de nouveau son regard vers moi. On ne discernait encore aucune trace d'émotion dans son expression, et ses mains appuyées sur le dossier de la chaise semblaient parfaitement détendues. Voûté ou pas, il était impossible de ne pas ressentir l'impact de sa présence physique, cette présence qui avait jadis ramené au bon sens deux messieurs ivres à l'arrière d'une automobile. Il dit enfin :

« L'autre fois, je suis tombé à cause des marches. Elles sont tordues. Il faudrait dire à Seamus de les redresser avant que la même chose arrive à quelqu'un d'autre.

— En effet. Quoi qu'il en soit, puis-je avoir la certitude que Père va étudier ce feuillet ?

— Il faudrait dire à Seamus de redresser ces marches. En tout cas, avant que ces messieurs commencent à arriver d'Europe.

— En effet. Eh bien, Père, je vous souhaite une bonne matinée. »

Le soir d'été auquel Miss Kenton faisait allusion dans sa lettre survint très peu de temps après cette entrevue ; ce fut peut-être le soir de ce même jour. Je ne me rappelle pas exactement pour quelle raison j'étais monté au dernier étage de la maison, où une rangée de chambres d'invités borde le couloir. Mais comme je crois l'avoir déjà dit, je me rappelle avec netteté la façon dont les derniers rayons du soleil franchissaient les portes ouvertes et traçaient des barres orange à travers le couloir. Et tandis que je passais devant ces chambres inutilisées, Miss Kenton, sa silhouette se détachant devant une fenêtre dans une des chambres, m'appela.

Quand on y pense, quand on se rappelle en quels termes Miss Kenton m'avait plusieurs fois parlé de mon père au début de son séjour à Darlington Hall, il n'est pas très étonnant que le souvenir de ce soir-là lui soit resté au long de toutes ces années. Elle éprouvait probablement une certaine culpabilité tandis que nous observions tous les deux de notre fenêtre la silhouette de mon père, en contrebas. Les ombres des peupliers s'étendaient sur une bonne partie de la pelouse, mais le soleil éclairait encore son extrémité la plus lointaine, où le gazon montait jusqu'à la gloriette. On distinguait mon père debout près des quatre marches de pierre, plongé dans ses pensées. Une légère brise dérangeait un peu ses cheveux. Puis, sous nos yeux, il monta très lentement les marches. Arrivé en haut, il se retourna et redescendit, un peu plus vite. Se retournant encore, mon père s'immobilisa pendant quelques secondes, contemplant les marches. Il finit par les gravir une deuxième fois, très posément. Cette fois, il continua, avançant sur l'herbe, jusqu'à ce qu'il eût presque atteint la gloriette, puis rebroussa lentement chemin, ses yeux ne quittant jamais le sol. En fait, je ne peux mieux décrire son attitude à ce moment-là qu'en reprenant les termes de Miss Kenton : c'était vraiment « comme s'il avait espéré trouver un bijou précieux qu'il y aurait laissé tomber ».

Mais je vois que je me laisse obnubiler par ces souvenirs, et c'est peut-être un peu sot. Ce voyage, après tout, représente pour moi une occasion rare de savourer pleinement les multiples splendeurs de la campagne anglaise, et je sais que j'en aurai plus tard de grands regrets si je me laisse indûment distraire. En fait, je m'aperçois qu'il me reste encore à consigner tous les détails de mon voyage jusqu'à cette ville, à l'exception d'une brève mention de ma halte dans les collines, peu après mon départ. Voilà une omission d'importance, étant donné le plaisir que j'ai pris à ma route d'hier.

J'avais organisé mon parcours jusqu'à Salisbury avec un soin considérable, évitant presque entièrement les grandes routes ; l'itinéraire, aux yeux de certains, aurait pu sembler inutilement sinueux, mais tel qu'il était, il me permettait d'admirer bon nombre de curiosités recommandées par Mrs. J. Symons dans ses excellents volumes, et je dois dire que j'en ai bien profité. Sur une portion importante, ma route traversait des régions agricoles, embaumées par le délicieux arôme des champs, et il m'est souvent arrivé de conduire la Ford à la vitesse la plus faible pour mieux apprécier un cours d'eau ou une vallée par où je passais. Mais autant qu'il m'en souvienne, je ne suis plus descendu de voiture avant d'arriver à proximité de Salisbury.

Cela se produisit tandis que je suivais une longue route droite bordée de larges champs des deux côtés. La campagne, à cet endroit, était devenue très dégagée, très plate, ce qui permettait de voir à une distance considérable dans toutes les directions, et la flèche de la cathédrale de Salisbury se détachait au loin sur le ciel. Une humeur tranquille s'était emparée de moi, et pour cette raison, je crois, j'avais recommencé à rouler très lentement, ne dépassant sans doute pas les vingt-cinq kilomètres à l'heure. Ce fut tant mieux, car je vis juste à temps une poule qui traversait ma route sans la moindre précipitation. J'arrêtai la Ford à cinquante centimètres à peine du volatile, qui interrompit lui aussi sa marche, s'immobilisant devant moi, au milieu de la chaussée. Au bout d'un moment, comme l'animal ne bougeait toujours pas, j'eus recours à l'avertisseur sonore, mais cela n'eut d'autre conséquence que de donner à la poule l'idée de picorer l'asphalte. Un peu exaspéré, j'entrepris de sortir de la voiture et j'avais encore un pied sur le marchepied quand j'entendis une voix féminine :

« Oh, toutes mes excuses, monsieur. »

Tournant la tête, je vis que je venais de dépasser une petite ferme d'où venait d'accourir une jeune femme en tablier, dont l'attention avait sans doute été attirée par le coup d'avertisseur. Passant devant moi, elle ramassa la poule au creux de ses bras et se mit à la bercer tout en continuant à me faire ses excuses. Quand je l'assurai qu'il n'y avait pas de mal, elle reprit :

« Je vous remercie beaucoup de vous être arrêté et de ne pas avoir écrasé la pauvre Nellie. C'est une bonne fille ; elle nous donne des œufs gros comme vous n'en avez jamais vu. C'est très gentil à vous de vous être arrêté. En plus, sûrement que vous étiez pressé.

— Non, je ne suis pas du tout pressé, lui dis-je en souriant. Pour la première fois depuis bien des années, j'ai la possibilité de prendre mon temps, et je dois dire que c'est plutôt agréable. Je me promène en voiture pour le plaisir, vous comprenez.

— C'est bien, ça, monsieur. Et vous êtes en route pour Salisbury, je suppose.

— En effet. À propos, c'est bien la cathédrale que nous voyons là-bas, n'est-ce pas ? On m'a dit que c'était un bâtiment splendide.

— Oh, oui, monsieur, c'est très beau. Enfin, pour vous dire la vérité, je ne vais presque jamais à Salisbury, alors je ne pourrais pas vraiment vous dire à quoi elle ressemble de près. Mais par contre, monsieur, jour après jour nous avons notre vue du clocher. Certains jours il y a trop de brume et on croirait qu'il a disparu. Mais comme vous pouvez le voir vous-même, quand il fait beau comme aujourd'hui, c'est une jolie vue.

— Superbe.

— Je vous suis vraiment reconnaissante de ne pas avoir écrasé notre Nellie, monsieur. Il y a trois ans, une tortue que nous avions s'est fait tuer comme ça, à peu près à cet emplacement précis. Nous avons tous été bouleversés.

— C'est affreux, dis-je d'un ton sombre.

— Oh oui, monsieur. Il y a des gens qui disent que nous autres paysans, nous sommes habitués à voir des animaux blessés ou tués, mais ce n'est pas vrai. Mon petit garçon a pleuré pendant des jours et des jours. Vous êtes bien bon de vous être arrêté pour Nellie, monsieur. Si vous vouliez venir prendre une tasse de thé, maintenant que vous êtes sorti et tout, vous seriez le bienvenu. Ça vous donnerait des forces pour la route.

— C'est très gentil à vous, mais je crois vraiment que je ferais mieux de continuer. J'aimerais arriver à Salisbury à temps pour admirer les nombreux charmes de la ville.

— Très bien, monsieur. En tout cas, merci encore. »

Je repris la route, mais pour une raison quelconque — peut-être m'attendais-je à voir d'autres bestiaux ou volailles s'aventurer sur mon chemin — je conservai ma faible vitesse. Je dois dire que cette brève rencontre m'avait mis de très bonne humeur ; le geste de gentillesse tout simple pour lequel j'avais été remercié, l'offre également simple et gentille que l'on m'avait faite en retour, tout cela suscitait en moi une certaine exaltation qui éclairait toute l'expédition que j'avais entreprise. Ce fut donc dans cet esprit que je poursuivis ma route jusqu'à Salisbury.

Mais je sens que je devrais revenir un instant sur

le problème de mon père; car il m'apparaît que j'ai pu donner l'impression de l'avoir traité avec une certaine rudesse lorsque j'abordai avec lui la question de ses capacités amoindries. À la vérité, je n'avais guère d'autre choix que de m'y prendre de la sorte; je suis sûr que vous en conviendrez dès que je vous aurai expliqué le contexte de cette période. L'importante conférence internationale qui devait prendre place à Darlington Hall était alors imminente, et ne nous laissait pas vraiment le temps de nous montrer indulgents ou de «tourner autour du pot». De plus, il est important de se rappeler que, bien que Darlington Hall ait été le théâtre de bien d'autres événements d'un poids équivalent au cours de la quinzaine d'années qui suivirent, cette conférence de mars 1923 était la première; on était, suppose-t-on, relativement inexpérimenté, et on n'était pas enclin à laisser grand-chose au hasard. En fait, je repense souvent à cette conférence et, pour plus d'une raison, je la considère comme un des tournants de ma vie. D'abord, je crois bien qu'à mes yeux, c'est le moment de ma carrière où j'ai atteint l'âge adulte en tant que majordome. Je ne veux pas dire que je suis forcément devenu un «grand» majordome; en tout état de cause, ce n'est pas vraiment à moi de formuler des jugements de cet ordre. Mais s'il advenait que quelqu'un éprouve le désir d'avancer que j'ai acquis, au cours de ma carrière, ne serait-ce qu'un iota de cette qualité capitale, la «dignité», il serait possible d'indiquer à cette personne que la conférence de mars 1923 pourrait éventuellement représenter le moment où j'ai prouvé pour la première fois que j'avais peut-être en moi les prémices de cette qualité. Ce fut un de ces événements qui surviennent à un stade crucial du développement pour solliciter les capacités d'une personne et les pousser jusqu'à leurs limites, voire au-delà, de sorte qu'ensuite on se juge soi-même en fonction de critères nouveaux. Cette conférence, bien entendu, fut également mémorable pour des raisons d'une tout autre nature, comme j'aimerais l'expliquer maintenant.

La conférence de 1923 fut le point culminant de longues démarches préparatoires menées par Lord Darlington ; rétrospectivement, en fait, on voit bien que Sa Seigneurie évoluait dans cette direction depuis environ trois ans. Pour autant qu'il m'en souvienne, elle n'avait pas, au départ, été si préoccupée par le traité de paix lorsqu'il fut conclu, à la fin de la Grande Guerre, et je crois pouvoir affirmer en toute justice que son intérêt pour la question lui fut inspiré davantage par son amitié pour Herr Karl-Heinz Bremann que par une analyse du traité.

La première visite de Herr Bremann à Darlington Hall eut lieu peu après la guerre, alors qu'il portait encore son uniforme d'officier, et il apparut évident à tous les observateurs qu'une amitié étroite se nouait entre lui et Lord Darlington. Cela ne m'étonna pas, car un coup d'œil suffisait pour voir que Herr Bremann était quelqu'un de très bien. Ayant quitté l'armée allemande, il revint à intervalles assez réguliers au cours des deux années qui suivirent, et l'on ne pouvait faire autrement que de remarquer, non sans inquiétude, la détérioration de son état d'une visite à la suivante. Ses vêtements s'appauvrirent ; sa charpente s'amaigrit ; une expression traquée apparut dans ses yeux, et au cours de ses dernières visites, il passait de longues périodes le regard perdu dans le vide, sans tenir compte de la présence de Sa Seigneurie, ne réagissant parfois même pas lorsqu'on lui adressait la parole. J'aurais supposé que Herr Bremann souffrait d'une grave maladie, si certaines phrases prononcées à l'époque par Sa Seigneurie ne m'avaient assuré qu'il n'en était rien.

Ce fut, je crois, vers la fin de 1920 que Lord Darlington effectua de son côté un voyage à Berlin qui fut le premier de toute une série, et je me rappelle encore l'effet profond que ce déplacement lui fit. Pendant plusieurs jours, après son retour, il sembla profondément préoccupé, et je me souviens qu'une fois, alors que je lui demandais si son voyage avait été agréable, il répondit ainsi : « Troublant, Stevens. Profondément troublant. Cela nous discrédite grandement de traiter de la sorte un ennemi vaincu. Totalement en rupture avec les traditions de ce pays. »

Mais il me revient très clairement un autre souvenir lié à cette affaire. Aujourd'hui, l'ancienne salle des banquets ne contient plus de table, et cette pièce spacieuse, au plafond haut et somptueux, joue fort bien pour Mr. Farraday le rôle de galerie. Mais du temps de Sa Seigneurie, on utilisait régulièrement cette pièce, avec la longue table qui l'occupait, pour accueillir à dîner une bonne trentaine d'invités ; en fait, la salle des banquets est si vaste que lorsque la nécessité s'en faisait sentir, on ajoutait des tables supplémentaires, ce qui permettait de placer cinquante convives. D'ordinaire, bien sûr, Lord Darlington prenait ses repas, comme le fait Mr. Farraday aujourd'hui, dans l'atmosphère plus intime de la salle à manger, où jusqu'à douze personnes peuvent être accueillies aisément. Mais par le soir d'hiver dont je me souviens, la salle à manger était pour une raison ou une autre inutilisable, et Lord Darlington dînait avec un hôte solitaire — je crois que c'était Sir Richard Fox, collègue de Sa Seigneurie du temps où il était aux Affaires étrangères — dans l'immensité de la salle des banquets. Vous conviendrez certainement qu'en ce qui concerne le service du dîner, rien n'est plus délicat que de s'occuper de deux convives. Personnellement, je préférerais de beaucoup m'occuper d'un seul dîneur, fût-il un parfait inconnu. C'est lorsque deux personnes sont à table, même lorsque l'une d'elles est son propre employeur, que l'on a le plus de mal à réaliser cet équilibre entre la prévenance et une illusion d'absence qui caractérise un service de qualité ; c'est dans cette situation que l'on est rarement libre du sentiment que par sa seule présence, on gêne la conversation.

Ce soir-là, une bonne partie de la pièce était dans l'ombre, et les deux messieurs étaient assis côte à côte à mi-longueur de la table, beaucoup trop large pour les autoriser à s'installer face à face, dans la lumière diffusée par les bougies posées près d'eux et par le foyer crépitant de l'autre côté de la pièce. Je décidai de rendre ma présence aussi discrète que possible en me tenant dans l'ombre, bien plus loin de la table que je ne l'aurais fait d'ordinaire. Évidemment, cette stratégie présentait un désavantage certain, dans la mesure où, chaque fois que j'avançais vers la lumière pour servir ces messieurs, mes pas résonnaient longuement avant que je sois près de la table, attirant l'attention sur mon arrivée imminente de la manière la plus ostentatoire ; elle avait cependant le grand mérite de ne conférer à ma personne qu'une visibilité partielle tant que je restais stationnaire. Et ce fut tandis que je me tenais ainsi, plongé dans l'ombre à quelque distance de l'emplacement où les deux messieurs étaient assis au milieu des rangées de chaises vides, que j'entendis Lord Darlington parler de Herr Bremann, la voix aussi calme et douce qu'à l'accoutumée, et se répercutant pourtant avec intensité entre les grands murs.

« C'était mon ennemi, disait-il, mais il s'est toujours comporté en gentleman. Nous avons été corrects l'un avec l'autre au long de ces six mois où nous nous sommes envoyé des obus. C'était un gentleman qui faisait son travail, et je n'avais pas de grief contre lui. Je lui ai dit : "Écoutez, nous sommes des ennemis aujourd'hui, et je vous combattrai de toutes mes forces. Mais quand cette lamentable affaire sera terminée, nous n'aurons plus à être ennemis et nous prendrons un verre ensemble." Ce qu'il y a de lamentable, c'est que ce traité fait de moi un menteur. Je veux dire, je lui ai promis que nous ne serions plus ennemis quand tout serait terminé. Mais comment est-ce que je peux le regarder en face et lui dire que c'est le cas ? »

Et ce fut le même soir, un peu plus tard, que Sa Seigneurie déclara avec une certaine gravité, en hochant la tête : « J'ai livré cette guerre pour préserver la justice dans ce monde. Pour autant que j'ai compris, je ne participais pas à une vendetta contre la race allemande. »

Et lorsqu'on entend aujourd'hui parler de Sa Seigneurie, lorsqu'on entend les spéculations absurdes sur ses motifs bien trop souvent répandues à l'heure actuelle, j'ai plaisir à me remémorer le moment où elle prononça ces mots venus du fond du cœur dans le vide presque complet de la salle des banquets. Quelles que soient les complications survenues dans le parcours de Sa Seigneurie au cours des années ultérieures, je ne douterai jamais, quant à moi, que le désir de voir « la justice dans ce monde » était au cœur de toutes ses actions.

Ce ne fut que peu de jours après cette soirée que nous apprîmes une nouvelle affligeante : Herr Bremann s'était brûlé la cervelle dans un train, entre Hambourg et Berlin. Naturellement, Sa Seigneurie en fut extrêmement touchée et projeta aussitôt d'envoyer une aide financière et des condoléances à Frau Bremann. Cependant, malgré plusieurs jours de recherches auxquelles je collaborai de mon mieux, Sa Seigneurie ne parvint à découvrir l'adresse d'aucun membre de la famille de Herr Bremann. Apparemment, il était sans domicile fixe depuis déjà quelque temps, et sa famille s'était dispersée.

Je suis convaincu que même sans ces nouvelles tragiques, Lord Darlington se serait engagé sur le chemin qu'il a suivi ; le désir de voir l'injustice et la souffrance trouver leur fin était trop profondément enraciné en lui pour qu'il pût agir autrement. Quoi qu'il en soit, au cours des semaines qui suivirent la mort de Herr Bremann, Sa Seigneurie commença à consacrer de plus en plus de temps à la question de la crise en Allemagne. D'illustres et puissants personnages se mirent à fréquenter régulièrement la maison ; nous reçûmes entre autres, je m'en souviens, Lord Daniels, le professeur Maynard Keynes, Mr. H. G. Wells, le célèbre écrivain, ainsi que d'autres dont je ne peux donner le nom ici, car leur visite conservait un caractère secret. Ces messieurs passaient souvent des heures en discussion avec Sa Seigneurie, derrière des portes closes.

Certains des visiteurs, en fait, devaient à ce point être protégés par le secret que j'avais mission de veiller à ce que le personnel ignore leur identité, voire, dans certains cas, ne les aperçoive même pas. Cependant — et je le dis avec fierté et gratitude — Lord Darlington ne s'efforça jamais de m'empêcher d'entendre ou de voir la moindre chose ; en bien des occasions, je m'en souviens, un de ces personnages s'interrompit au beau milieu d'une phrase pour couler vers ma personne un regard prudent, sur quoi Sa Seigneurie lui disait aussitôt : « Oh, ne vous inquiétez pas. Vous pouvez tout dire devant Stevens, je m'en porte garant. »

Au prix d'efforts assidus, dans les deux ans qui suivirent la mort de Herr Bremann, Sa Seigneurie, conjointement avec Sir David Cardinal, qui devint au cours de cette période son allié le plus proche, parvint à mettre sur pied une alliance large de personnalités, toutes convaincues qu'on ne pouvait laisser persister sans changement la situation allemande. Il ne s'agissait pas seulement de Britanniques et d'Allemands, mais aussi de Belges, de Français, d'Italiens, de Suisses ; c'étaient des diplomates et des hommes politiques de haut rang, des hommes d'Église distingués, des militaires à la retraite, des écrivains, des penseurs. Certains d'entre eux estimaient, comme Sa Seigneurie elle-même, que l'on avait manqué de fair-play à Versailles et qu'il était immoral de continuer à punir une nation pour une guerre qui était maintenant révolue. D'autres, visiblement, manifestaient moins de sollicitude pour l'Allemagne ou ses habitants, mais considéraient que le chaos économique dont ce pays souffrait, si l'on n'y mettait pas fin, risquait de se répandre avec une rapidité alarmante dans le monde entier.

Dès la fin de 1922, Sa Seigneurie s'était donné un objectif bien défini. Son but était de rassembler sous le toit de Darlington Hall les plus influentes des personnes dont le soutien lui était acquis, afin de tenir une conférence internationale « officieuse », conférence qui envisagerait les moyens d'obtenir une révision des termes les plus draconiens du traité de Versailles. Pour qu'une telle réunion soit utile, il faudrait qu'elle pèse d'un poids suffisant pour avoir un effet décisif sur les conférences internationales « officielles », dont plusieurs avaient déjà eu lieu dans l'intention proclamée de réviser le traité, mais sans déboucher sur autre chose qu'un climat de confusion et d'amertume. Notre Premier ministre de l'époque, Mr. Lloyd George, avait convoqué une autre importante conférence qui devait se tenir en Italie au printemps 1922, et à l'origine, Sa Seigneurie pensait organiser à Darlington Hall un rassemblement dont le but serait d'assurer à cette réunion un aboutissement satisfaisant. Cependant, ils eurent beau prodiguer tous leurs efforts, lui et Sir David, cette échéance s'avéra trop rapprochée ; mais la conférence de Mr. George s'étant de nouveau achevée dans l'indécision, Sa Seigneurie prit pour point de mire une autre grande conférence prévue pour l'année suivante, en Suisse.

Je me rappelle avoir, au cours de cette période, apporté un jour son café à Lord Darlington dans la salle à manger du matin, et m'être entendu dire par Sa Seigneurie, qui replia alors le *Times* d'un air dégoûté : « Les Français. Vraiment, quoi, Stevens. Les Français.

— Oui, monsieur.

— Et dire que nous devons nous montrer aux yeux du monde main dans la main avec eux. Rien que d'y penser, on a envie d'un bon bain.

— Oui, monsieur.

110

— La dernière fois que j'ai été à Berlin, Stevens, le baron Overath, un vieil ami de mon père, est venu vers moi et m'a dit : "Pourquoi nous faites-vous ça ? Ne voyez-vous pas qu'il nous est impossible de continuer comme ça ?" J'étais sacrément tenté de lui répondre : C'est la faute de ces fichus Français. Ce n'est pas une attitude anglaise, j'aurais voulu lui dire. Mais je suppose qu'on ne peut pas faire des choses pareilles. Pas dire du mal de nos chers alliés. »

Mais du fait même que les Français étaient les plus intransigeants s'agissant de délivrer l'Allemagne des conséquences cruelles du traité de Versailles, il était d'autant plus impératif de faire venir à la réunion de Darlington Hall au moins un Français exerçant une influence sans ambiguïté sur la politique étrangère de son pays. En fait, j'entendis à plusieurs reprises Sa Seigneurie affirmer que sans la participation d'un tel personnage, tout débat sur la question allemande ne serait guère qu'un passe-temps futile. Avec Sir David, ils se mirent donc à cette dernière et cruciale étape de leurs préparatifs, et quiconque les voyait persévérer dans cette entreprise avec une détermination inflexible, face à des revers répétés, ne pouvait que se sentir tout petit ; des lettres et des télégrammes innombrables furent expédiés, et Sa Seigneurie en personne fit trois voyages à Paris en l'espace de trois mois. Lorsqu'ils se furent enfin assuré l'accord d'un Français extrêmement illustre — je l'appellerai simplement « M. Dupont » — qui voulut bien assister à la réunion dans les conditions du secret le plus strict, on fixa la date de la conférence. Ce fut pour ce mémorable mois de mars 1923.

À mesure que cette date s'approchait, les contraintes dont j'étais l'objet, si elles restaient d'une nature plus humble que celles auxquelles Sa Seigneurie faisait face, étaient cependant loin d'être négligeables. Je n'avais que trop conscience de ce qui pouvait se passer si l'un des invités trouvait à redire au confort de son séjour à Darlington Hall : cela risquait d'avoir des conséquences incalculables. De plus, l'organisation de cette réunion était compliquée par l'incapacité où l'on se trouvait de savoir combien de personnes se déplaceraient. Étant donné le niveau très élevé du rassemblement, le nombre de ses participants avait été limité à dix-huit messieurs des plus distingués, et deux dames : une comtesse allemande et la redoutable Mrs. Eleanor Austin, qui, à l'époque, résidait encore à Berlin. Mais chaque participant pouvait fort bien venir accompagné de secrétaires, de domestiques, d'interprètes, et il n'y avait en vérité aucun moyen de s'assurer du nombre de personnes de ce genre sur lequel on pouvait tabler. De surcroît, on apprit que certains des assistants arriveraient un peu avant le début de la période de trois jours fixée pour la conférence, se donnant ainsi le temps de préparer le terrain et de sonder les autres participants ; mais là aussi, leurs dates d'arrivée exactes étaient incertaines. Il était donc évident que tout en ayant à travailler très dur, et à se montrer particulièrement alerte, le personnel devrait également faire preuve d'une souplesse sortant de l'ordinaire. En fait, je jugeai pendant quelque temps que ce défi colossal ne pourrait être relevé sans faire venir de l'extérieur du personnel supplémentaire. Mais cette solution, sans parler des doutes que Sa Seigneurie se devait d'éprouver en songeant aux risques de bavardages, me forçait à compter sur des éléments inconnus au moment même où la moindre erreur pouvait s'avérer funeste. J'entrepris donc de préparer les jours à venir à la façon dont un général, j'imagine, se prépare à une bataille : j'élaborai avec un soin extrême un plan de travail spécial tenant compte de toutes sortes d'éventualités ; j'analysai nos maillons faibles et préparai des plans d'urgence auxquels on pourrait recourir au cas où ces maillons lâcheraient ; je prononçai même à l'intention du personnel une allocution mobilisante inspirée par les usages militaires, où je soulignai que, même si des cadences épuisantes allaient leur être imposées, ils seraient en droit, au cours des jours qui allaient suivre, d'éprouver une grande fierté dans l'accomplissement de leurs tâches. « Il est fort possible que l'Histoire se fasse sous ce toit », leur déclarai-je. Quant à eux, sachant que je n'étais pas enclin à l'exagération, ils saisirent fort bien qu'un événement extraordinaire était sur le point de se produire.

Vous comprendrez mieux ainsi le climat qui régnait à Darlington Hall lors de la chute de mon père devant la gloriette, chute survenue à peine deux semaines avant que fussent attendus les premiers invités à la conférence, et vous pourrez saisir ce qui

me fait dire que nous n'avions guère le loisir de
« tourner autour du pot ». Mon père, en tout cas,
découvrit rapidement un moyen de tourner la limite
qui avait été imposée à ses activités par l'interdiction
de porter des plateaux chargés. On s'habitua dans la
maison à le voir pousser une table roulante chargée
de lavettes, de balayettes, d'ustensiles de ménage disposés de façon incongrue, mais toujours soignée,
autour de théières, de tasses et de soucoupes, de sorte
qu'on aurait parfois dit la carriole d'un colporteur.
Évidemment, il ne pouvait pour autant éviter de
renoncer au service à la salle à manger, mais à cela
près, la table roulante lui permettait d'abattre une
besogne étonnante. En fait, à mesure que le grand
défi de la conférence se rapprochait, il sembla être
l'objet d'un changement stupéfiant. On aurait
presque cru qu'une force surnaturelle s'emparait de
lui, le rajeunissant de vingt ans ; son visage perdit
l'air hagard de la dernière période, et il s'acquittait
de ses tâches avec une vigueur si juvénile qu'un
étranger aurait pu croire à la présence de plusieurs
personnages similaires poussant des tables roulantes
dans les couloirs de Darlington Hall.

Quant à Miss Kenton, je crois me rappeler que la
tension croissante de cette période lui faisait un effet
visible. Je me rappelle, par exemple, la fois où je la
rencontrai par hasard dans le couloir de service. Le
couloir de service, qui, à Darlington Hall, sert d'axe
vital aux communs, a toujours été un lieu assez triste
en raison de l'absence d'éclairage naturel sur toute
son importante longueur. Même par une journée

ensoleillée, ce couloir était parfois si sombre qu'on avait l'impression de longer un tunnel. Ce jour-là, si je n'avais pas reconnu les pas de Miss Kenton sur le plancher tandis qu'elle venait vers moi, il aurait fallu que j'examine ses contours pour pouvoir l'identifier. Je m'arrêtai à un des rares endroits où une bande lumineuse traversait le sol et dis tandis qu'elle se rapprochait : «Ah, Miss Kenton.

— Oui, Mr. Stevens?

— Miss Kenton, puis-je me permettre d'attirer votre attention sur le fait que la literie des chambres du dernier étage devra être prête dès après-demain?

— La situation sur ce point est parfaitement en ordre, Mr. Stevens.

— Ah, vous m'en voyez ravi. Cela m'avait simplement traversé l'esprit, voilà tout.»

J'allais continuer mon chemin, mais Miss Kenton ne bougeait pas. Elle fit enfin un pas vers moi, de sorte qu'un rayon de lumière tomba sur son visage et que je pus voir son expression de colère.

«Malheureusement, Mr. Stevens, je suis extrêmement occupée en ce moment, et je constate que j'ai du mal à trouver un instant de liberté. Si seulement je bénéficiais d'autant de temps libre que vous semblez en avoir, je me ferais un plaisir de vous rendre la pareille en me promenant dans cette maison pour vous rappeler des obligations que vous avez parfaitement en main.

— Enfin, Miss Kenton, il n'y a pas de raison de s'emporter ainsi! J'éprouvais simplement le besoin de m'assurer que vous étiez pleinement consciente de...

— Mr. Stevens, c'est la quatrième ou la cinquième fois depuis deux jours que vous avez éprouvé ce besoin. Il est vraiment curieux de voir que vous avez assez de temps à perdre pour pouvoir rôder dans cette maison en infligeant aux autres vos réflexions sans fondement.

— Miss Kenton, si vous croyez, ne serait-ce qu'un instant, que j'ai du temps à perdre, cela montre de façon plus flagrante que jamais votre grande inexpérience. Je veux croire qu'au cours des années à venir, vous acquerrez une vision plus claire de ce qui se passe dans une maison comme celle-ci.

— Vous parlez sans cesse de ma "grande inexpérience", Mr. Stevens, et vous semblez pourtant tout à fait incapable de me signaler le moindre défaut dans mon travail. Dans le cas contraire, je ne doute pas que vous l'auriez fait il y a longtemps et de façon détaillée. Et maintenant, j'ai beaucoup à faire, et j'apprécierais de ne pas vous voir ainsi me suivre et m'interrompre à tout bout de champ. Si vous avez tellement de temps libre, je pense que vous le passeriez avantageusement à prendre l'air. »

Avançant à furieuses enjambées, elle me dépassa et fila jusqu'au bout du couloir. Estimant qu'il valait mieux ne pas insister, je poursuivis mon chemin. J'avais presque atteint la porte de la cuisine lorsque j'entendis le bruit de ses pas coléreux qui revenaient vers moi.

« En fait, Mr. Stevens, lança-t-elle, je vous prie

dorénavant de ne plus m'adresser directement la parole !

— Miss Kenton, qu'est-ce que vous racontez là ?

— S'il est nécessaire de transmettre un message, je vous demanderai de le faire par l'intermédiaire d'un messager. À moins que vous ne préfériez écrire un mot et me le faire remettre. Notre relation de travail, j'en suis convaincue, serait considérablement facilitée.

— Miss Kenton...

— Je suis extrêmement occupée, Mr. Stevens. Un billet écrit si le message présente la moindre complication. Sinon, vous voudrez peut-être vous adresser à Martha, ou à Dorothy, ou à un membre du personnel masculin à qui vous ferez suffisamment confiance. Je dois maintenant retourner à mon travail ; je vous laisse à votre promenade. »

Tout irritante que fût la conduite de Miss Kenton, je ne pus me permettre de beaucoup y réfléchir, car les premiers invités venaient d'arriver. Les délégués de l'étranger n'étaient pas attendus avant deux ou trois jours, mais les trois messieurs que Sa Seigneurie appelait « mon équipe locale » — deux membres du ministère des Affaires étrangères qui assistaient à la conférence de façon tout à fait secrète, et Sir David Cardinal — étaient venus tôt pour préparer le terrain de façon aussi approfondie que possible. Comme d'habitude, on n'essayait guère de me cacher quoi que ce fût, tandis que je circulais dans la maison, entrant parfois dans les différentes pièces où ces messieurs étaient en grande discussion, de sorte que je ne pouvais éviter d'avoir une certaine idée du climat général à ce stade des délibérations. Bien entendu, Sa Seigneurie et ses collègues avaient le souci d'échanger les informations les plus précises possibles sur tous les participants ; mais ils étaient tous essentiellement préoccupés par le même personnage, M. Dupont, le Français, se demandant quelle position il était susceptible de prendre. Je crois même qu'une fois, en entrant dans le fumoir, j'entendis un des messieurs dire : « Peut-être le sort de l'Europe est-il suspendu à notre capacité de convaincre Dupont sur ce point. »

Ce fut pendant ces discussions préliminaires que Sa Seigneurie me confia une mission assez inhabituelle pour qu'elle soit restée gravée dans mes souvenirs jusqu'à aujourd'hui, à côté des événements d'un caractère plus marquant qui allaient se produire au cours de cette semaine exceptionnelle. Lord Darlington me convoqua dans son bureau, et je vis tout de suite qu'il était passablement agité. Il s'installa à sa table de travail, et eut recours à son stratagème habituel, ouvrant un livre — il s'agissait cette fois-là du *Who's who* — et manipulant une de ses pages.

« Oh, Stevens », commença-t-il, l'air faussement nonchalant ; mais il sembla alors ne plus savoir comment continuer. Je restai immobile, prêt à le délivrer de sa gêne à la première occasion. Sa Seigneurie continua un instant à triturer sa page, se pencha pour examiner un article, et dit enfin :

« Stevens, je me rends bien compte que ce que je vous demande n'est pas très régulier.

— Monsieur ?

— Mais c'est qu'en ce moment, on est préoccupé par des questions si importantes...

— Je serais très heureux de pouvoir me rendre utile, monsieur.

— Je regrette de soulever un problème pareil, Stevens. Je sais que de votre côté, vous devez être terriblement occupé. Mais je ne vois pas comment je pourrais éluder la chose. »

J'attendis un instant pendant que Lord Darlington s'intéressait de nouveau au *Who's who*. Il dit enfin, sans lever les yeux : « Vous êtes au courant, je suppose, des réalités de la vie.

— Monsieur ?

— Les réalités de la vie, Stevens. Les oiseaux, les abeilles. Vous êtes au courant, n'est-ce pas ?

— Je crains de ne pas bien vous suivre, monsieur.

— Je vais mettre cartes sur table, Stevens. Sir David est un très vieil ami. Et il a joué un rôle extrêmement précieux dans l'organisation de la présente conférence. Sans lui, je crois pouvoir l'affirmer, nous n'aurions pas obtenu la participation de M. Dupont.

— Certes, monsieur.

— Cependant, Stevens, Sir David a ses bizarreries. Vous avez pu le remarquer vous-même. Il est venu accompagné de son fils Reginald. Qui doit lui servir de secrétaire. Mais le problème, c'est qu'il est fiancé. Le jeune Reginald, j'entends.

— Oui, monsieur.

— Cela fait cinq ans que Sir David essaie d'exposer à son fils les réalités de la vie. Le jeune homme a maintenant vingt-trois ans.

— En effet, monsieur.

— J'en viens au fait, Stevens. Il se trouve que je suis le parrain du jeune homme. Par conséquent, Sir David m'a prié, *moi*, d'expliquer au jeune Reginald les réalités de la vie.

— Vraiment, monsieur.

— Sir David lui-même est quelque peu intimidé par cette tâche et craint de ne pas la mener à bien avant les noces de Reginald.

— Vraiment, monsieur.

— Ce qu'il y a, Stevens, c'est que je suis terriblement occupé. Sir David devrait le savoir, mais ça ne l'a pas empêché de me le demander.» Sa Seigneurie se tut et se remit à étudier sa page.

«Dois-je comprendre, monsieur, dis-je, que vous aimeriez me voir, moi, m'occuper de renseigner le jeune homme sur la question?

— Si ça ne vous ennuie pas, Stevens. Ça serait un sacré soulagement pour moi. Sir David continue de me demander toutes les deux heures si je l'ai fait.

— Je vois, monsieur. Cela doit être très éprouvant étant donné vos obligations actuelles.

— Évidemment, cela sort complètement de vos attributions, Stevens.

— Je ferai de mon mieux, monsieur. Il se peut cependant que j'aie du mal à trouver le moment opportun pour aborder ce sujet.

— Je vous serai très reconnaissant de faire ne serait-ce qu'une tentative, Stevens. C'est vraiment très gentil. Vous savez, il n'y a pas besoin d'en faire tout un plat. Informez-le simplement des réalités essentielles sans chercher plus loin. Le mieux, c'est de rester simple, voilà mon conseil, Stevens.

— Oui, monsieur. Je ferai de mon mieux.

— Sincèrement merci, Stevens. Tenez-moi au courant. »

Je me trouvai, comme vous pouvez l'imaginer, un peu déconcerté par cette demande ; d'ordinaire, un problème pareil aurait sans doute suscité en moi quelque réflexion. Mais il me fut soumis au cours d'une période si chargée que je ne pus me permettre de le laisser occuper mon esprit, et décidai donc de m'en acquitter à la première occasion. Autant qu'il m'en souvienne, ce fut une heure à peine après m'être vu confier cette mission que j'aperçus le jeune Mr. Cardinal seul dans la bibliothèque, assis à une des tables de travail, plongé dans des papiers. En observant de près ce jeune homme, on pouvait en quelque sorte mesurer la difficulté rencontrée par Sa Seigneurie, comme d'ailleurs par le père du jeune homme. Le filleul de mon employeur avait l'expression sérieuse d'un érudit, et ses traits reflétaient de nombreuses qualités ; pourtant, vu le sujet que l'on désirait aborder, on aurait certainement préféré quelqu'un de plus léger, voire frivole. Quoi qu'il en fût, résolu à parvenir aussi vite que possible à une conclusion satisfaisante de cette affaire, je pénétrai plus avant dans la bibliothèque et, m'arrêtant à quelque distance du bureau de Mr. Cardinal, toussotai.

« Excusez-moi, monsieur, mais j'ai un message à vous transmettre.

— Vraiment ? dit Mr. Cardinal d'un ton animé, en levant les yeux de ses papiers. De la part de Père ?

— Oui, monsieur. C'est-à-dire, oui, de fait.

— Un instant. »

Le jeune homme plongea la main dans la serviette posée à ses pieds et en tira un carnet et un crayon. « Allez-y, Stevens. »

Je toussai de nouveau et donnai à ma voix un ton aussi impersonnel que cela me fut possible.

« Sir David désire vous faire savoir, monsieur, que les dames diffèrent des messieurs sur plusieurs points essentiels. »

Sans doute m'arrêtai-je un instant avant d'énoncer la phrase suivante, car Mr. Cardinal soupira et dit : « Je n'en suis que trop conscient, Stevens. Auriez-vous la bonté d'en venir au fait ?

— Vous en êtes conscient, monsieur ?

— Père s'obstine à me sous-estimer. J'ai fait des lectures et un travail de recherche approfondi sur toute cette question.

— C'est vrai, monsieur ?

— Cela fait un mois que je ne pense pratiquement à rien d'autre.

— Vraiment, monsieur. Dans ce cas, peut-être mon message est-il quelque peu superflu.

— Vous pouvez assurer Père que je suis tout à fait bien informé. Cette serviette — il la poussa du pied — est bourrée de notes sur tous les aspects possibles et imaginables.

— C'est vrai, monsieur ?

— Je pense réellement que j'ai examiné toutes les permutations dont l'esprit humain est capable. Je souhaiterais que vous rassuriez Père sur ce point.

— Je n'y manquerai pas, monsieur. »

Mr. Cardinal sembla se détendre légèrement. Il toucha de nouveau sa serviette — que j'avais tendance à éviter de regarder — et reprit : « Vous vous êtes sans doute demandé pourquoi je ne lâche jamais cette mallette. Eh bien, vous savez, maintenant. Imaginez que quelqu'un qui n'aurait pas dû tomber dessus l'ouvre.

— Ce serait très gênant, monsieur.

— Enfin, évidemment, dit-il en se redressant brusquement, sauf si Père a déniché un élément entièrement nouveau auquel il veut que je réfléchisse.

— Cela ne me paraît pas probable, monsieur.

— Non ? Rien de plus sur ce type, Dupont ?

— Malheureusement non, monsieur. »

Je fis de mon mieux pour ne rien révéler de mon exaspération en découvrant qu'une tâche que je croyais à peu près terminée se dressait encore devant moi dans toute son ampleur. Je crois que je rassemblais mes esprits en vue d'une nouvelle tentative lorsque le jeune homme se leva subitement, et, serrant sa serviette contre lui, déclara : « Bon, je crois que je vais prendre un peu l'air. Merci de votre aide, Stevens. »

J'avais eu l'intention de rechercher une nouvelle entrevue avec Mr. Cardinal dans les délais les plus brefs, mais cela s'avéra impossible, en grande partie à cause de l'arrivée ce même après-midi — environ deux jours plus tôt que prévu — de Mr. Lewis, le sénateur américain. J'étais dans mon office à dresser les feuilles de fournitures lorsque j'entendis au-dessus de ma tête les bruits reconnaissables d'automobiles qui se garaient dans la cour. Me hâtant de monter, je croisai par hasard Miss Kenton dans le couloir de service — là même où avait eu lieu notre dernier différend — et ce fut peut-être cette coïncidence malencontreuse qui l'encouragea à persister dans l'attitude enfantine qu'elle avait adoptée à cette occasion. En effet, quand je lui demandai qui venait d'arriver, Miss Kenton poursuivit sa marche, déclarant simplement : « Un message si c'est urgent, Mr. Stevens. » Cela était extrêmement irritant, mais en tout état de cause, je n'avais d'autre option que de monter hâtivement.

J'ai gardé de Mr. Lewis le souvenir d'une personne aux dimensions généreuses, qui perdait rarement son sourire jovial. Son arrivée prématurée gêna visiblement un peu Sa Seigneurie et ses collègues, qui avaient prévu de passer encore un ou deux jours en privé pour mener à bien leurs préparatifs. Mais les façons cordiales et spontanées de Mr. Lewis, et la déclaration qu'il fit dès le dîner que les États-Unis « se rangeraient toujours du côté de la justice, et voulaient bien reconnaître que des erreurs avaient été commises à Versailles », semblèrent lui gagner la confiance de l'«équipe locale» de Sa Seigneurie ; à mesure que le dîner avançait, la conversation s'éloigna lentement mais sûrement de sujets tels que la Pennsylvanie natale de Mr. Lewis pour en revenir à la conférence à venir, et lorsque vint le moment où ces messieurs allumèrent leurs cigares, certaines des considérations qu'ils échangeaient semblaient avoir un caractère aussi confidentiel que celles qui avaient été discutées avant l'arrivée de Mr. Lewis. À un moment donné, Mr. Lewis s'adressa à toute l'assemblée :

« Je suis d'accord avec vous, messieurs, notre M. Dupont peut être tout à fait imprévisible. Mais je vous assure qu'il y a au moins une chose certaine chez lui. Une chose si certaine qu'on peut parier dessus. » Il se pencha en avant et agita son cigare pour souligner ses propos. « Dupont déteste les Allemands. Il les détestait dès avant la guerre, et il les déteste maintenant, avec une intensité que vous autres, ici, vous auriez du mal à comprendre. » Sur ces mots, Mr. Lewis se renfonça dans son fauteuil, son sourire jovial revenant s'épanouir sur ses lèvres. « Mais dites-moi, messieurs, continua-t-il, on ne peut pas vraiment blâmer un Français de détester les Allemands, n'est-ce pas ? Après tout, les Français ont de bonnes raisons pour cela, n'est-ce pas ? »

Il y eut un moment de légère gêne pendant que Mr. Lewis jetait un coup d'œil aux différents convives. Puis Lord Darlington dit :

« Naturellement, une certaine amertume est inévitable. Cependant, nous autres Anglais, nous avons aussi combattu les Allemands longtemps et durement.

— Mais la différence avec vous, les Anglais, reprit Mr. Lewis, semble être que vous ne haïssez plus vraiment les Allemands. Mais du point de vue français, les Allemands ont détruit la civilisation en Europe et aucun châtiment n'est trop dur pour eux. Évidemment, il nous semble, aux États-Unis, que cette position n'est guère praticable, mais ce qui m'a toujours intrigué, c'est que vous, les Anglais, vous n'avez pas l'air de partager le point de vue français. Après tout, comme vous dites, la Grande-Bretagne a subi elle aussi de grandes pertes dans cette guerre. »

Il y eut de nouveau un silence gêné, avant que Sir David dise, d'un ton un peu incertain :

« Nous autres Anglais, nous avons souvent eu une façon d'envisager ce genre de questions différente de celle des Français, Mr. Lewis.

— Ah. Une différence de tempérament, pourrait-on dire. » Le sourire de Mr. Lewis sembla s'élargir légèrement sur ces paroles. Il hocha la tête, comme si bien des points venaient de s'éclaircir pour lui, et tira sur son cigare. Il est possible que ce soit un de ces cas où il est facile d'être clairvoyant après coup, mais j'ai la nette impression qu'à cet instant précis, je sentis pour la première fois que quelque chose de bizarre, une certaine duplicité peut-être, se dégageait de cet Américain apparemment charmant. Mais s'il est vrai que j'éprouvai à ce moment-là quelques soupçons, Lord Darlington, en tout cas, ne les partageait pas. Car au bout d'une ou deux secondes de silence gêné, Sa Seigneurie sembla arriver à une décision.

« Mr. Lewis, dit-il, je vais m'exprimer avec franchise. En Angleterre, nous trouvons pour la plupart méprisable l'attitude actuelle des Français. Bien sûr, vous pouvez parler de différence de tempérament, mais je crois que nous avons affaire à quelque chose d'un peu plus important. Il est indécent de continuer de cette façon à haïr un ennemi une fois le conflit terminé. Une fois qu'on a mis un homme à terre, on devrait s'arrêter là. On ne se met pas ensuite à lui donner des coups de pied. À nos yeux, la conduite des Français est de plus en plus barbare. »

Ces paroles semblèrent apporter à Mr. Lewis une certaine satisfaction. Il marmonna une vague formule amicale et sourit d'un air heureux à tous les convives, dans les nuages de fumée de tabac qui s'étaient accumulés au-dessus de la table.

Il y eut le lendemain d'autres arrivées précoces, avec les deux dames venues d'Allemagne, qui avaient voyagé ensemble, malgré ce que l'on aurait pu considérer comme une grande différence de milieu, et amenaient avec elles toute une équipe de dames de compagnie et de valets de pied, ainsi qu'une grande quantité de malles. Puis, dans l'après-midi, un monsieur arriva d'Italie, accompagné d'un valet de chambre, d'un secrétaire, d'un « expert » et de deux gardes du corps. J'ai du mal à imaginer dans quel genre d'endroit ce monsieur croyait qu'il allait se trouver pour se munir de ce type de personnes, mais je dois dire que cela faisait un effet un peu curieux de voir à Darlington Hall ces deux hommes robustes et silencieux qui se trouvaient toujours à quelques mètres de l'Italien et dont les regards soupçonneux fusaient dans toutes les directions. Par ailleurs, le plan de travail de ces deux gardes du corps, apprit-on au bout de quelques jours, en forçait toujours un à monter se coucher à une heure extraordinaire, de façon qu'un tour de garde nocturne fût assuré. Mais lorsque, ayant eu connaissance de ces dispositions, j'essayai d'en informer Miss Kenton, elle refusa de nouveau de s'entretenir avec moi, et pour la bonne marche des affaires je fus bel et bien contraint d'écrire un billet et de le glisser sous la porte de son office.

Le jour suivant amena plusieurs autres invités ; alors qu'il restait deux jours avant le début de la conférence, Darlington Hall se remplit de gens de toutes les nationalités, qui parlaient dans les chambres ou que l'on voyait debout, apparemment inactifs, dans le hall, dans les couloirs, sur les paliers, s'occupant à examiner des tableaux ou des objets. Les invités ne manquaient jamais de courtoisie dans leurs rapports mutuels, et cependant une atmosphère plutôt tendue, essentiellement caractérisée par la méfiance, semblait prévaloir à ce stade. Comme s'ils avaient reflété ce malaise, les domestiques des visiteurs semblaient se traiter mutuellement avec une froideur marquée, et mon propre personnel était assez content d'avoir trop à faire pour pouvoir passer beaucoup de temps avec eux.

Ce fut à peu près à ce moment-là, alors que je faisais face aux nombreuses obligations qui s'imposaient à mon attention, qu'ayant jeté par hasard un regard à la fenêtre, j'aperçus la silhouette du jeune Mr. Cardinal qui prenait l'air dans le parc. Il serrait contre lui sa serviette, comme à l'accoutumée, et je pouvais le voir s'avancer lentement le long de l'allée qui suit le périmètre extérieur de la pelouse, profondément plongé dans ses pensées. Cela me rappela forcément la mission dont j'étais investi vis-à-vis du jeune homme, et il me vint à l'idée que le cadre du parc, avec la proximité de la nature et en particulier l'exemple des oies voisines, ne conviendrait pas mal du tout au genre de message que j'étais chargé de transmettre. Je remarquai également que si je me hâtais de sortir pour dissimuler ma personne derrière le gros rhododendron, en bordure de l'allée, peu de temps s'écoulerait avant l'arrivée de Mr. Cardinal. Je serais alors en mesure d'émerger et de lui communiquer mon message. Ce n'était pas, je l'avoue, la plus subtile des stratégies, mais vous comprendrez que cette tâche, bien qu'elle eût indéniablement son importance, pouvait difficilement en pareille période être au premier plan de mes préoccupations.

Une gelée blanche couvrait le sol et une bonne partie du feuillage, mais il faisait doux pour la saison. Je traversai vivement la pelouse, plaçai ma personne derrière le buisson, et avant longtemps j'entendis les pas de Mr. Cardinal qui venait vers moi. Je fis malheureusement une petite erreur d'évaluation en calculant le moment où je devais apparaître. J'avais prévu de surgir lorsque Mr. Cardinal serait encore à une distance raisonnable, de façon à ce qu'il me voie à temps et puisse supposer que je me dirigeais vers la gloriette, ou bien vers la loge du jardinier. J'aurais alors pu feindre de découvrir sa présence, et j'aurais engagé la conversation de façon impromptue. Mais j'apparus un peu tardivement, et je crains, en fait, d'avoir surpris le jeune homme, qui éloigna immédiatement sa serviette de moi et la serra des deux bras contre sa poitrine.

« Je suis vraiment désolé, monsieur.

— Mon Dieu, Stevens. Vous m'avez fait un choc. Je croyais que ça commençait à s'agiter un peu, là-bas.

— Je suis vraiment désolé, monsieur. Mais en fait, je suis chargé de vous dire quelque chose.

— Mon Dieu, sérieusement, vous m'avez fait une belle peur.

— Si vous me permettez d'en venir tout de suite au fait, monsieur. Vous remarquerez ces oies, non loin de nous.

— Des oies ? » Il regarda de tous côtés, l'air un peu ahuri. « Ah oui. En effet, ce sont des oies.

— Ainsi que les fleurs, et que les arbustes. Ce n'est pas, en fait, la meilleure période de l'année pour les voir dans toute leur splendeur, mais vous pouvez vous douter, monsieur, qu'à l'arrivée du printemps, ce lieu tout entier sera l'objet d'un changement — un changement d'un genre bien particulier.

— Oui, je suis certain que le parc, actuellement, n'est pas aussi beau qu'il pourrait l'être. Mais pour être absolument franc, Stevens, je n'accordais pas une grande attention aux splendeurs de la nature. Tout ça est assez ennuyeux. Ce M. Dupont est arrivé dans une humeur tout à fait abominable. Ce qu'il y a de pire pour nos affaires, à vrai dire.

— M. Dupont est arrivé ici, il est dans cette maison, monsieur ?

— Il y a environ une demi-heure. Il est d'une humeur massacrante.

— Excusez-moi, monsieur, il faut immédiatement que j'aille m'occuper de lui.

— Bien sûr, Stevens. Eh bien, merci d'être venu bavarder avec moi.

— Je vous en prie, monsieur, excusez-moi. En fait, j'avais encore à dire un ou deux mots sur le thème — pour reprendre vos propres termes — des splendeurs de la nature. Si vous avez la bonté de me prêter attention, je vous en serai très reconnaissant. Cependant, je crains que cela ne doive attendre une autre occasion.

— Eh bien, je m'en réjouis à l'avance, Stevens. Encore que personnellement, je m'intéresse plutôt aux poissons. Je sais tout sur les poissons, eau douce ou salée.

— Tous les êtres vivants seront concernés par notre future conversation, monsieur. Mais il va falloir que vous m'excusiez. Je ne me doutais pas du tout que M. Dupont était arrivé. »

Je me hâtai de regagner la maison, où je fus accueilli aussitôt par le premier valet de pied qui me dit : «Nous vous cherchions partout, monsieur. Le monsieur français est arrivé. »

M. Dupont était grand, élégant ; il avait une barbe grise et un monocle. Il était arrivé avec le genre de vêtements que l'on voit souvent les messieurs du Continent porter lors de leurs vacances, et tout au long de son séjour, à vrai dire, il eut soin de conserver l'apparence d'un visiteur venu à Darlington Hall dans un but d'agrément et d'amitié. Comme l'avait indiqué Mr. Cardinal, M. Dupont, en arrivant, n'était pas de bonne humeur ; je n'ai pas gardé le souvenir de tous les motifs d'agacement qu'il avait eus depuis son arrivée en Angleterre, quelques jours auparavant, mais en particulier, il souffrait de plaies aux pieds qu'il s'était faites en visitant Londres, et dont il craignait qu'elles ne fussent en train de s'infecter. J'envoyai son valet de chambre à Miss Kenton, mais cela n'empêcha pas M. Dupont de me faire signe en claquant des doigts plusieurs fois par jour, pour me dire : «Majordome ! Il me faut d'autres bandages. »

Son humeur sembla s'améliorer nettement lorsqu'il vit Mr. Lewis. Le sénateur américain et lui se saluèrent comme de vieux collègues et on les vit ensemble pendant une bonne partie de ce qu'il restait de la journée, s'amusant de leurs souvenirs communs. À vrai dire, on voyait bien que la présence presque constante de Mr. Lewis au côté de M. Dupont gênait sérieusement Lord Darlington, qui éprouvait évidemment le désir d'entrer en contact personnel avec cet éminent personnage avant le début des discussions. Je fus à plusieurs reprises le témoin des efforts de Sa Seigneurie pour obtenir un tête-à-tête avec M. Dupont, et vis à chaque fois Mr. Lewis s'imposer à eux en souriant, par une formule du genre : « Je vous demande pardon, messieurs, mais il y a une question qui m'intrigue énormément », de sorte que bientôt, Sa Seigneurie se retrouvait encore en train d'écouter Mr. Lewis raconter d'autres anecdotes distrayantes. Cependant, Mr. Lewis mis à part, les autres invités, soit qu'ils fussent impressionnés, soit par un sentiment d'antagonisme, restaient à distance respectueuse de M. Dupont, d'une façon flagrante même dans ce climat général de réserve, et cela semblait souligner encore davantage le rôle clef de M. Dupont, de qui dépendait, apparemment, l'issue des journées à venir.

La conférence commença par un matin pluvieux de la dernière semaine de mars 1923, dans le cadre quelque peu inattendu du salon, lieu de réunion choisi en raison du caractère officieux de plusieurs participations. En fait, à mes yeux, le manque délibéré de cérémonie frôlait presque le ridicule. Il était déjà bizarre de voir cette pièce d'aspect plutôt féminin bondée de messieurs à l'expression sévère et au costume sombre, assis parfois à trois ou quatre sur le même canapé ; mais certains préservaient l'apparence d'une simple réunion mondaine avec une telle détermination qu'ils étaient allés jusqu'à ouvrir sur leurs genoux des périodiques ou des journaux.

Je fus obligé, au cours de cette première matinée, d'aller et venir sans arrêt, ne restant jamais long-temps dans la pièce, et il me fut donc impossible d'assister aux débats de façon suivie. Mais je me rappelle que Lord Darlington ouvrit la conférence en souhaitant solennellement la bienvenue aux invités, après quoi il résuma les arguments moraux de poids qui plaidaient en faveur d'un assouplissement de divers aspects du traité de Versailles, soulignant qu'il avait lui-même, en Allemagne, constaté une grande détresse. Bien entendu, j'avais déjà à plusieurs reprises entendu Sa Seigneurie exprimer les mêmes sentiments, mais elle parla ce jour-là, dans ces augustes circonstances, d'un ton si profondément convaincu que je ne pus m'empêcher d'être à nouveau ému. Sir David Cardinal prit la parole ensuite, et même si je manquai une bonne partie de son discours, il me parut d'un registre beaucoup plus technique, et j'avouerai franchement qu'il me dépassait un peu. Mais son propos, dans l'ensemble, paraissait proche de celui de Sa Seigneurie, concluant par un appel au gel du paiement allemand des réparations et au retrait des troupes françaises de la région de la Ruhr. La comtesse allemande intervint alors mais je fus à ce moment-là, pour une raison que je ne me rappelle pas, obligé de quitter le salon pour une période prolongée. Lorsque je revins, les invités étaient en plein débat, et la discussion — où il était beaucoup question de commerce et de taux d'intérêt — était tout à fait hors de ma portée.

M. Dupont, autant que je pus voir, ne participait

pas aux discussions, et il était difficile de juger, d'après son attitude morne, s'il prêtait soigneusement attention à ce qui se disait ou s'il était profondément plongé dans ses pensées. À un moment où je me trouvai quitter la pièce au milieu d'une allocution prononcée par un des messieurs allemands, M. Dupont se leva brusquement et me suivit.

« Majordome, me dit-il lorsque nous fûmes dans le hall, je me demande si on pourrait me changer mes bandages. Mes pieds me causent un tel désagrément que j'arrive à peine à écouter ces messieurs. »

Autant qu'il m'en souvienne, j'avais transmis à Miss Kenton une demande d'assistance — par l'intermédiaire d'un messager, naturellement — et j'avais laissé M. Dupont attendre son infirmière, assis dans la salle de billard, quand le premier valet de pied descendit en courant l'escalier, assez troublé, et m'informa que mon père venait de se trouver mal à l'étage.

Je montai en toute hâte et, arrivé sur le palier, j'obliquai pour découvrir un étrange spectacle. À l'autre bout du couloir, presque devant la grande fenêtre, qui ne laissait voir alors qu'une lumière grise et de la pluie, on discernait la silhouette de mon père, figée dans une posture qui aurait pu faire croire qu'il se livrait à une cérémonie rituelle. Il était tombé sur un genou et, la tête inclinée, semblait pousser le chariot situé devant lui, qui pour une raison mystérieuse refusait obstinément de bouger. Deux femmes de chambre, debout à distance respectueuse, contemplaient ses efforts, impressionnées et effrayées. J'allai vers mon père et, desserrant ses mains agrippées au bord du chariot, je l'allongeai doucement sur le tapis. Ses yeux étaient fermés, son visage était couleur de cendre, et la sueur perlait à son front. On fit venir du renfort, un fauteuil roulant finit par arriver, et on transporta mon père dans sa chambre.

Une fois que mon père eut été couché, je me trouvai dans l'incertitude sur la marche à suivre ; il ne semblait pas désirable que je quitte mon père dans l'état où il était, mais en réalité, je n'avais plus un instant de libre. Tandis que j'hésitais, debout sur le seuil de la pièce, Miss Kenton apparut à mes côtés et me dit : «Mr. Stevens, j'ai actuellement un peu plus de temps que vous. Si vous le désirez, je veillerai sur votre père. Je ferai monter le Dr Meredith et je vous avertirai s'il a quelque chose d'important à dire.

— Je vous remercie, Miss Kenton», dis-je, et je pris congé.

Lorsque je revins au salon, un prêtre parlait des privations dont étaient victimes les enfants de Berlin. Je me retrouvai immédiatement fort occupé à servir aux invités du thé et du café. Quelques messieurs, remarquai-je, buvaient de l'alcool, et un ou deux d'entre eux, malgré la présence des deux dames, s'étaient mis à fumer. Je venais, je m'en souviens, de quitter le salon, une théière vide à la main, lorsque Miss Kenton m'arrêta pour me dire :

«Mr. Stevens, le Dr Meredith est sur le point de partir.»

Pendant qu'elle prononçait ces mots, j'apercevais le médecin qui mettait son imperméable et son chapeau dans le hall; je le rejoignis donc, la théière toujours à la main. Le médecin me regarda d'un air contrarié. «Votre père ne va pas trop bien, dit-il. Si son état s'aggrave, appelez-moi de nouveau, et immédiatement.

— Oui, monsieur. Merci, monsieur.

— Quel âge a votre père, Stevens?

— Soixante-douze ans, monsieur.»

Le Dr Meredith réfléchit là-dessus, puis dit encore : «Si son état s'aggrave, appelez-moi immédiatement.»

Je remerciai de nouveau le médecin et le conduisis jusqu'à la porte.

Ce fut ce soir-là, peu avant le dîner, que je surpris la conversation entre Mr. Lewis et M. Dupont. J'étais monté, pour une raison ou une autre, à la chambre de M. Dupont, et j'étais sur le point de frapper, mais avant de le faire, comme j'en ai coutume, je marquai une pause d'une seconde pour écouter devant la porte. Peut-être, quant à vous, n'avez-vous pas l'habitude de prendre cette petite précaution pour éviter de frapper à un moment extrêmement peu approprié, mais personnellement, je le fais toujours, et je garantis que c'est une pratique répandue chez de nombreux professionnels. En vérité, il n'y a dans cette action aucun élément de subterfuge, et pour ma part, je n'avais nullement l'intention de surprendre une conversation, comme je le fis ce soir-là. Cependant, la Providence voulut qu'en mettant l'oreille contre la porte de M. Dupont j'entende la voix de Mr. Lewis, et encore que je ne me rappelle pas exactement les mots que j'entendis en premier, ce fut son ton qui éveilla mes soupçons. J'écoutais cette même voix chaleureuse et lente grâce à laquelle l'Américain avait charmé tant de personnes depuis son arrivée, et pourtant elle recelait une intonation indéniablement dissimulée. C'est pour cette raison, et aussi parce qu'il était dans la chambre de M. Dupont et qu'il s'adressait vraisemblablement à ce personnage au rôle déterminant, que je m'interrompis avant de frapper, et continuai à prêter l'oreille.

Les portes des chambres de Darlington Hall sont d'une certaine épaisseur, de sorte qu'il m'était impossible de percevoir le dialogue dans son entièreté ; c'est pourquoi j'ai aujourd'hui du mal à me rappeler précisément ce que j'ai entendu, de même, à dire vrai, que cela me fut difficile ce soir-là, lorsque je fis à Sa Seigneurie un rapport sur la question. Ce n'est cependant pas pour autant que je ne parvins pas à avoir une notion assez claire de ce qui se passait à l'intérieur de la chambre. En gros, l'Américain avançait l'idée que M. Dupont était l'objet d'une manipulation de la part de Sa Seigneurie et des autres participants à la conférence ; M. Dupont, selon lui, avait été délibérément invité plus tard que les autres, pour que des sujets importants puissent être discutés en son absence ; enfin, même après son arrivée, on avait pu voir Sa Seigneurie poursuivre de petites discussions confidentielles avec les délégués les plus importants sans inviter M. Dupont. Mr. Lewis entreprit ensuite de répéter certaines remarques émises par Sa Seigneurie et d'autres personnes, au dîner, le soir même de son arrivée.

« En toute franchise, monsieur, entendis-je Mr. Lewis dire, j'ai été scandalisé par leur attitude à l'égard de vos concitoyens. Ils sont allés jusqu'à employer des termes tels que "barbares" et "méprisables". D'ailleurs, je les ai notés dans mon journal à peine quelques heures après. »

M. Dupont prononça quelques mots qui m'échappèrent, puis Mr. Lewis reprit : « Je vous le dis, monsieur, j'étais scandalisé. Est-ce que ce sont des termes à employer au sujet d'un allié avec qui on a été au coude à coude quelques années auparavant ? »

Je ne suis pas certain aujourd'hui d'avoir fini par frapper à la porte ; il est tout à fait possible, étant donné le caractère alarmant de ce que je venais d'entendre, que j'aie jugé préférable de m'éclipser. En tout cas, je ne m'attardai pas assez longtemps — comme je fus obligé de l'expliquer à Sa Seigneurie peu de temps après — pour entendre la moindre parole susceptible de me donner une idée de la réaction de M. Dupont aux allégations de Mr. Lewis.

Le lendemain, les discussions du salon parurent atteindre un niveau d'intensité sans précédent, et à l'heure du déjeuner, les débats commençaient à s'échauffer. J'eus l'impression que les propos étaient dirigés sur un ton accusateur, et avec une hardiesse de plus en plus grande, vers le fauteuil où était assis M. Dupont, qui jouait avec sa barbe et ne parlait guère. Chaque fois que la séance était levée, je remarquais, et certainement c'était aussi le cas de Sa Seigneurie qui devait en être préoccupée, que Mr. Lewis entraînait rapidement M. Dupont dans un coin où ils pouvaient s'entretenir tranquillement. En fait, une fois, peu après le déjeuner, je me rappelle que je tombai sur les deux messieurs qui se parlaient de façon un peu furtive à l'entrée de la bibliothèque, et j'eus nettement l'impression qu'ils s'interrompirent en me voyant arriver.

Entre-temps, l'état de mon père ne s'était ni amélioré ni aggravé. À ce qu'on me dit, il dormait la plupart du temps, et en effet, ce fut ainsi que je le trouvai les rares fois où j'eus un moment de libre pour monter jusqu'à la petite mansarde. Je n'eus donc pas la possibilité de converser avec lui jusqu'au deuxième soir après sa rechute.

Cette fois-là aussi, mon père était assoupi lorsque j'entrai. Mais la femme de chambre que Miss Kenton avait chargée de le veiller se dressa en me voyant et se mit à secouer mon père par l'épaule.

« Petite sotte ! m'exclamai-je. Qu'est-ce qui vous prend ?

— Mr. Stevens a demandé qu'on le réveille si vous reveniez, monsieur.

— Laissez-le dormir. C'est l'épuisement qui l'a rendu malade.

— Il m'a dit que je devais le faire, monsieur », dit la jeune fille en secouant de nouveau mon père par l'épaule.

Mon père ouvrit les yeux, tourna un peu la tête sur l'oreiller, et me regarda.

« J'espère que Père se sent mieux maintenant », dis-je.

Il continua à me fixer pendant un moment, puis demanda : « La situation est-elle bien en main au rez-de-chaussée ?

— Il y a une certaine fièvre. Il est six heures passées, et Père doit pouvoir imaginer l'atmosphère à la cuisine en ce moment. »

Une expression d'impatience traversa le visage de mon père. « Mais est-ce que la situation est bien en main ? demanda-t-il de nouveau.

— Oui, je crois que vous pouvez être tranquille là-dessus. Je suis vraiment heureux que Père se sente mieux. »

Tout doucement, il sortit ses bras de dessous les draps et contempla d'un air las le dos de ses mains. Il continua à faire cela pendant quelque temps.

« Je suis heureux que Père se sente tellement mieux, répétai-je enfin. Et maintenant, je ferais mieux d'y retourner. Comme je le disais, il y a une certaine fièvre. »

Il regarda encore ses mains pendant un moment. Puis il dit avec lenteur : « J'espère que j'ai été un bon père pour toi. »

J'eus un petit rire et dis : « Je suis tellement heureux que vous vous sentiez mieux maintenant.

— Je suis fier de toi. Un bon fils. J'espère que j'ai été un bon père pour toi. Je suppose que non.

— Malheureusement, nous sommes extrêmement occupés pour le moment, mais nous pourrons nous parler de nouveau demain matin. »

Mon père regardait toujours ses mains comme si elles lui inspiraient un vague sentiment d'irritation.

« Je suis tellement heureux que vous vous sentiez mieux maintenant », dis-je de nouveau, après quoi je pris congé.

En descendant, je trouvai la cuisine au bord du chaos, et dans l'ensemble, une atmosphère de tension extrême à tous les niveaux du personnel. Cependant, j'ai plaisir à me remémorer que lorsque le dîner fut servi, environ une heure plus tard, mon équipe ne fit preuve que de son efficacité et d'un calme professionnel.

C'est un spectacle toujours mémorable que de voir cette magnifique salle des banquets utilisée à sa pleine mesure, et ce soir-là ne fit pas exception. Certes, l'effet produit par des lignes ininterrompues de messieurs en tenue de soirée, dont la supériorité numérique sur les représentantes du beau sexe était écrasante, était bien un peu sévère ; mais par ailleurs, en ce temps-là, les deux grands lustres suspendus au-dessus de la table fonctionnaient encore au gaz, donnant une lumière pénétrante et douce qui baignait toute la pièce ; ils ne produisaient pas cette clarté éblouissante qu'ils dispensent dorénavant, depuis leur électrification. Lors de ce dîner, deuxième et dernier de la conférence — la plupart des invités devaient se disperser le lendemain après déjeuner —, la compagnie avait perdu une bonne partie de la réserve que l'on avait pu noter au cours des jours précédents. Non seulement la conversation battait-elle son plein, sur un ton de plus en plus libre, mais nous pûmes remarquer que nous remplissions les verres à vin à un rythme qui s'accélérait. À la fin du dîner qui, d'un point de vue professionnel, s'était déroulé sans difficultés notables, Sa Seigneurie se leva pour s'adresser à ses invités.

Lord Darlington commença par exprimer sa gratitude à tous les assistants, car les discussions des deux journées précédentes, «tout en ayant parfois été d'une franchise tonique», avaient été menées dans un esprit d'amitié et dans le désir de faire triompher le bien. L'unité qui s'était manifestée au cours de ces deux journées avait été plus grande qu'il n'aurait pu l'espérer, et la séance de «finition» qui aurait lieu ce matin-là serait, voulait-il croire, l'occasion pour de nombreux participants de s'engager à prendre des mesures avant l'importante conférence internationale devant se tenir en Suisse. Ce fut à ce moment-là — et je ne sais pas du tout s'il avait prévu de le faire — que Sa Seigneurie se mit à évoquer son ami défunt, Herr Karl-Heinz Bremann. Ce fut un peu malencontreux, ce sujet étant cher au cœur de Sa Seigneurie et lui inspirant des développements assez longs. Il convient peut-être de préciser que Lord Darlington ne fut jamais ce que l'on appelle un orateur-né, et bientôt, on entendit dans toute la pièce ces petits bruits d'agitation qui révèlent que l'on a cessé de capter l'attention d'un public. À vrai dire, lorsque Lord Darlington en arriva enfin à inviter ses hôtes à se lever et à boire «à la paix et à la justice en Europe», ce brouhaha — lié, peut-être, aux doses généreuses de vin qui avaient été consommées — avait atteint un niveau qui, me sembla-t-il, frôlait l'impolitesse.

Les convives s'étaient rassis, et la conversation commençait à reprendre, lorsque retentit un bruit de doigts heurtant autoritairement le bois : M. Dupont s'était levé. Aussitôt, tous se turent dans la pièce. L'éminent personnage balaya la table d'un regard circulaire, empreint d'une sorte de sévérité. Puis il dit : «J'espère que je n'usurpe pas une obligation confiée à quelque autre personne présente, mais je n'ai entendu aucune proposition de porter un toast de remerciement à notre hôte, l'honorable et bienveillant Lord Darlington.» Il y eut un murmure d'approbation. M. Dupont continua : «Bien des choses intéressantes se sont dites dans cette maison, ces jours derniers. Bien des choses importantes.» Il s'interrompit ; un silence absolu régnait maintenant dans la salle.

«Beaucoup de ces propos, poursuivit-il, ont, implicitement ou non, *critiqué* — le mot n'est pas trop fort — *critiqué*, donc, la politique étrangère de mon pays.» Il s'interrompit de nouveau, une expression assez dure sur le visage. On aurait même pu le croire en colère. «Nous avons entendu, au cours de ces deux journées, plusieurs analyses intelligentes et approfondies de la très complexe situation actuelle en Europe. Mais aucune, je me permets de le dire, n'a pleinement compris les raisons de l'attitude que la France a adoptée à l'égard de sa voisine. Cependant — il leva un doigt —, ce n'est pas le moment d'aborder de tels débats. En fait, je me suis délibérément retenu d'aborder de tels débats ces jours derniers, parce que je suis principalement venu pour écouter. Et permettez-moi maintenant de dire que j'ai été impressionné par certains des arguments que j'ai entendus ici. Impressionné, mais jusqu'à quel point, demanderez-vous peut-être. » M. Dupont marqua une nouvelle pause, au cours de laquelle il regarda tour à tour et pour ainsi dire sans se presser tous les visages fixés sur lui. Enfin, il reprit : « Messieurs — et mesdames, pardonnez-moi —, j'ai longuement réfléchi à ces questions, et je souhaite vous dire ici, en confidence, que même s'il subsiste entre moi et plusieurs des personnes présentes des divergences dans la façon d'interpréter ce qui se passe actuellement en Europe, malgré cela, en ce qui concerne les points essentiels qui ont été soulevés ici, je suis convaincu, messieurs, *convaincu*, et de leur justice et de leur réalisme. » Un murmure où semblaient se mêler le soulagement et le triomphe parcourut toute la tablée, mais cette fois M. Dupont éleva un peu la voix et le couvrit pour déclarer : « Je suis heureux d'assurer tous ceux qui sont rassemblés ici que j'userai de mon influence, si modeste soit-elle, pour encourager certaines modifications de la politique française, inspirées par plusieurs des idées qui ont été avancées ici. Et je m'efforcerai de le faire à temps pour la conférence de Suisse. »

Il y eut une vague d'applaudissements, et je vis Sa Seigneurie échanger un regard avec Sir David. M. Dupont leva la main, sans que l'on vît clairement s'il prenait ainsi acte des applaudissements ou s'il voulait y mettre fin.

« Mais avant que je continue en remerciant notre hôte, Lord Darlington, il y a un petit quelque chose qui me pèse sur le cœur, et dont je voudrais me soulager. Certains d'entre vous estimeront peut-être que ce n'est pas très poli de se soulager à la fin d'un banquet. » Cette facétie souleva des rires enthousiastes. « Cependant, je suis pour la franchise dans ce domaine. De même qu'il est impératif de témoigner solennellement et publiquement toute sa gratitude à Lord Darlington, qui nous a rassemblés ici et qui a rendu possible le climat actuel d'unité et de bonne volonté, il est, je crois, tout aussi impératif de condamner ouvertement quiconque est venu ici pour abuser de l'hospitalité de son hôte, et pour dépenser son énergie uniquement pour essayer de semer le mécontentement et la suspicion. Non seulement de telles personnes sont humainement répugnantes, mais dans la conjoncture actuelle, elles sont extrêmement dangereuses. » Il se tut de nouveau, et là encore, un silence absolu régna. M. Dupont poursuivit d'une voix calme et posée : « Ma seule question, en ce qui concerne Mr. Lewis, est celle-ci. Jusqu'à quel point son comportement abominable représente-t-il l'attitude du gouvernement américain

146

actuel ? Mesdames et messieurs, permettez-moi de hasarder une réponse hypothétique, car lorsqu'un homme est capable de se montrer aussi fourbe qu'il l'a été ces jours derniers, on ne peut pas compter sur lui pour répondre de façon honnête. Voici donc mon hypothèse. Évidemment, l'Amérique est préoccupée de la façon dont nous paierons nos dettes à son égard au cas où il y aurait gel des réparations allemandes. Mais au cours des six derniers mois, j'ai eu l'occasion de discuter de cette question avec un certain nombre d'Américains en haut lieu, et il me semble que dans ce pays, ils se montrent bien plus clairvoyants que leur compatriote ici présent. Tous ceux parmi nous qui se préoccupent de l'avenir de l'Europe tireront un certain réconfort du fait que Mr. Lewis, désormais, est... comment dire ? loin d'être aussi influent que naguère. Peut-être me trouverez-vous cruel d'exprimer ces idées aussi ouvertement. Mais en réalité, mesdames et messieurs, je me montre compatissant. Voyez-vous, je me retiens de révéler ce que ce monsieur m'a dit — *à propos de vous tous*. Avec une technique extrêmement maladroite, si audacieuse et si grossière que j'avais du mal à le croire. Mais assez condamné. Il est temps maintenant de remercier. Joignez-vous donc à moi, je vous en prie, mesdames et messieurs, pour lever vos verres en l'honneur de Lord Darlington. »

M. Dupont n'avait pas regardé une seule fois dans la direction de Mr. Lewis pendant qu'il prononçait son discours, et d'ailleurs, lorsque l'assemblée eut porté un toast à Sa Seigneurie et se fut rassise, tous les convives semblèrent éviter soigneusement de tourner les yeux vers l'Américain. Un silence gêné régna pendant un moment, puis Mr. Lewis se leva enfin. Il avait, comme à l'accoutumée, un sourire avenant.

« Ma foi, puisque tout le monde y va de son discours, pourquoi pas moi », dit-il ; il était évident, d'après sa voix, qu'il avait beaucoup bu. « Je n'ai rien à répondre aux sottises que notre ami français vient de débiter. Je dédaigne ce genre de bavardages. C'est souvent qu'on a essayé de me rouler, et permettez-moi de vous le dire, ce n'est pas souvent qu'on y est arrivé. Pas souvent. » Mr. Lewis s'arrêta et sembla pendant un moment ne plus savoir comment continuer. Enfin, il sourit de nouveau et reprit : « Comme je le disais, je ne vais pas perdre mon temps avec notre ami français ici présent. Mais il se trouve que j'ai justement quelque chose à dire. Puisque tout le monde est si franc, moi aussi, je vais être franc. Pardonnez-moi, messieurs, mais vous n'êtes qu'un tas de rêveurs naïfs. Et si vous n'insistiez pas pour vous mêler des grandes affaires de la planète, vous seriez réellement charmants. Prenons notre bon hôte. Qu'est-ce qu'il est ? Un gentleman. Personne ici, j'en suis sûr, n'ira dire le contraire. Un gentleman anglais, à l'ancienne. Loyal, honnête, plein de bonnes intentions. Mais Sa Seigneurie ici présente est *un amateur*. » Il s'arrêta sur ce mot et lança un regard circulaire. « C'est un amateur, et de nos jours, les affaires internationales ne sont plus faites pour les amateurs distingués. Plus tôt vous autres Européens comprendrez cela, mieux ce sera. Tous tant que vous êtes, gentlemen loyaux et pleins de bonnes intentions, je vous le demande, avez-vous une idée de la façon dont le monde est en train d'évoluer autour de vous ? L'époque où vous pouviez agir en suivant vos nobles instincts est terminée. Sauf, évidemment, qu'en Europe vous n'avez pas l'air de vous en douter. Les messieurs dans le genre de notre bon hôte croient toujours que c'est leur affaire de se mêler de questions qu'ils ne comprennent pas. On n'a débité que des sornettes ici ces deux derniers jours. Des sornettes naïves, pleines de bonnes intentions. Vous autres Européens, vous avez besoin de professionnels pour veiller sur vos affaires. Si vous ne le reconnaissez pas rapidement, vous êtes voués à la catastrophe. Un toast, messieurs. Je voudrais porter un toast. Au professionnalisme. »

Il y eut un silence sidéré ; personne ne bougea. Mr. Lewis haussa les épaules, leva son verre à toute la compagnie, but et se rassit. Presque aussitôt, Lord Darlington se dressa.

« Je n'éprouve aucun désir, dit Sa Seigneurie, de me lancer dans un affrontement en cette dernière soirée où nous sommes réunis, alors que nous méritons de la passer ensemble dans le bonheur et le triomphe. Mais par respect pour vos positions, Mr. Lewis, je me dis qu'il ne faut pas se contenter de les négliger comme si elles venaient d'un de ces excentriques qui font des discours juchés sur des caisses à savon. Je dirai simplement ceci. Ce que vous désignez du terme d'"amateurisme", monsieur, n'est autre que ce que la plupart d'entre nous, je pense, préfèrent continuer à appeler "honneur". »

Ces paroles suscitèrent un fort murmure d'approbation, plusieurs « très bien, très bien », et quelques applaudissements.

« Qui plus est, monsieur, continua Sa Seigneurie, je crois que j'ai une idée assez précise de ce que vous entendez par "professionnalisme". Cela veut dire, semble-t-il, parvenir à ses fins par la tricherie et la manipulation. Cela veut dire que l'on fait ses choix par cupidité, par souci de son intérêt, au lieu d'être mû par le désir de voir la bonté et la justice l'emporter dans le monde. Si c'est cela, monsieur, le "professionnalisme" dont vous vous réclamez, je ne m'y intéresse guère et ne désire nullement en être doté. »

Cette déclaration fut saluée par des acclamations plus bruyantes qu'elles ne l'avaient encore été, suivies d'applaudissement chaleureux et prolongés. Je voyais Mr. Lewis sourire à son verre de vin et secouer la tête d'un air las. Ce fut à ce moment même que je pris conscience de la présence près de moi du premier valet de pied, qui murmura : « Miss Kenton aimerait vous dire un mot, monsieur. Elle attend à l'entrée de la pièce. »

Je m'éclipsai aussi discrètement que possible au moment où Sa Seigneurie, toujours debout, abordait un autre point.

Miss Kenton paraissait assez troublée. « Votre père va très mal, Mr. Stevens, dit-elle. J'ai fait prévenir le Dr Meredith, mais je crains qu'il n'ait un certain retard. »

Sans doute eus-je l'air un peu ahuri, car Miss Kenton poursuivit : « Mr. Stevens, son état s'est réellement aggravé. Vous feriez mieux de venir le voir.

— Je n'ai qu'un petit moment. Ces messieurs vont passer au fumoir d'une minute à l'autre.

— Bien sûr. Mais il faut que vous veniez tout de suite, Mr. Stevens, sans quoi vous risquez d'en avoir plus tard un grand regret. »

Miss Kenton me montrait déjà le chemin, et nous franchîmes précipitamment la distance qui nous séparait de la petite mansarde de mon père. La cuisinière, Mrs. Mortimer, était debout au chevet de mon père, encore vêtue de son tablier.

« Oh, Mr. Stevens, dit-elle en nous voyant entrer, il ne va pas bien du tout. »

En effet, le visage de mon père avait pris une teinte terne et rougeâtre que je n'avais jamais vue à aucun être vivant. J'entendis Miss Kenton dire à mi-voix derrière moi : « Son pouls est très faible. » Je gardai un moment les yeux fixés sur mon père, effleurai son front, puis retirai ma main.

« À mon avis, dit Mrs. Mortimer, il a eu une attaque. J'en ai vu deux au cours de ma vie, et je crois qu'il a eu une attaque. » Là-dessus, elle se mit à pleurer. Je remarquai qu'il se dégageait d'elle de puissants relents de graisse et de rôtissoire. Je me détournai et dis à Miss Kenton :

« Comme c'est affligeant. Il va pourtant falloir que je retourne au rez-de-chaussée.

— Bien sûr, Mr. Stevens. Je vous préviendrai quand le docteur sera là. Ou s'il y a le moindre changement.

— Merci, Miss Kenton. »

Je descendis rapidement l'escalier et j'arrivai à temps pour voir ces messieurs se diriger vers le fumoir. Les valets de pied eurent l'air soulagés de me voir, et je leur fis immédiatement signe de gagner leurs postes respectifs.

Je ne sais ce qui s'était passé dans la salle des banquets en mon absence, mais il régnait parmi les invités une véritable atmosphère de fête. Tout autour du fumoir, semblait-il, des messieurs debout en petits groupes riaient et se tapaient sur l'épaule. Mr. Lewis, pour autant que je pus voir, s'était déjà retiré. Je me retrouvai à me frayer un chemin entre les invités, portant une bouteille de porto sur un plateau. Je venais de servir un monsieur quand une voix derrière moi dit : « Ah, Stevens, vous vous intéressez aux poissons, n'est-ce pas ? »

Je me retournai et vis le jeune Mr. Cardinal qui me regardait d'un air épanoui. Je lui rendis son sourire et dis : « Aux poissons, monsieur ?

— Dans ma jeunesse, j'avais toutes sortes de poissons tropicaux dans un aquarium. Quel beau petit aquarium c'était ! Dites donc, Stevens, vous allez bien ? »

Je souris de nouveau. « Très bien, monsieur, je vous remercie.

— Comme vous l'avez si justement souligné, je devrais vraiment revenir ici au printemps. Darlington Hall doit être plutôt charmant à cette saison. La dernière fois que je suis venu, je crois que c'était également l'hiver. Dites donc, Stevens, vous êtes sûr que vous allez bien ?

— Parfaitement bien, merci, monsieur.

— Pas de malaise, hein ?

— Pas du tout, monsieur. Excusez-moi, je vous prie. »

Je continuai à servir du porto à quelques autres invités. Il y eut derrière moi un fort éclat de rire, et j'entendis le prêtre belge s'exclamer : « C'est vraiment hérétique ! Positivement hérétique ! » puis éclater de rire à son tour. Je sentis un contact sur mon coude et, m'étant retourné, vis Lord Darlington.

« Stevens, vous allez bien ?

— Oui, monsieur. Parfaitement bien.

— Vous avez l'air de pleurer. »

Je ris et, tirant un mouchoir, m'essuyai vivement le visage. « Je suis vraiment désolé, monsieur. La tension d'une journée difficile.

— Oui, le travail a été dur. »

Quelqu'un adressa la parole à Sa Seigneurie et elle se détourna pour répondre. J'étais sur le point de reprendre mon tour de pièce quand j'aperçus Miss Kenton qui me faisait signe par l'ouverture de la porte. J'entrepris de gagner l'entrée de la pièce, mais avant que j'y parvienne, M. Dupont me toucha le bras.

« Majordome, dit-il, je me demande si vous pourriez me trouver de nouveaux bandages. Mes pieds me font de nouveau souffrir le martyre.

— Oui, monsieur. »

Tandis que je me dirigeais vers la porte, je constatai que M. Dupont me suivait. Je me tournai et dit : « Je viendrai vous trouver, monsieur, dès que j'aurai le nécessaire.

— Pressez-vous, majordome, je vous en prie. Je souffre.

— Oui, monsieur. J'en suis navré, monsieur. »

Miss Kenton était toujours debout dans le hall, à l'endroit où je l'avais aperçue. Lorsque j'apparus, elle marcha en silence vers l'escalier, l'allure étrangement dépourvue de toute précipitation. Puis elle se retourna et dit : « Mr. Stevens, je suis vraiment désolée. Votre père nous a quittés il y a à peu près quatre minutes.

— Je vois. »

Elle regarda ses mains, puis leva les yeux vers moi. « Mr. Stevens, je suis vraiment désolée », dit-elle. Puis elle ajouta : « Je voudrais avoir quelque chose à dire.

— Ce n'est pas nécessaire, Miss Kenton.

— Le Dr Meredith n'est pas encore arrivé. » Puis, l'espace d'un instant, elle inclina la tête et un sanglot lui échappa. Mais presque aussitôt, elle retrouva sa maîtrise d'elle-même et demanda d'une voix ferme : « Voulez-vous monter le voir ?

— Je suis très occupé pour le moment, Miss Kenton. Dans un petit moment, peut-être.

— Dans ce cas, Mr. Stevens, me permettrez-vous de lui fermer les yeux ?

— Je vous en serais très reconnaissant, Miss Kenton. »

Elle commençait à monter l'escalier, mais je l'arrêtai avec ces mots : « Miss Kenton, je vous en prie, ne me croyez pas grossier de ne pas monter voir mon père dans son état de décès à ce moment précis. Vous comprenez, je sais que mon père aurait souhaité que je continue mon travail maintenant.

— Bien sûr, Mr. Stevens.

— Se conduire autrement, j'en suis convaincu, ce serait lui faire faux bond.

— Bien sûr, Mr. Stevens. »

Je m'éloignai, tenant toujours mon plateau avec la bouteille de porto, et pénétrai de nouveau dans le fumoir. Cette pièce relativement petite avait l'aspect d'une forêt de smokings noirs, de cheveux gris et de fumée de cigare. Je serpentai au milieu des invités, à la recherche de verres à remplir. M. Dupont me tapa sur l'épaule et dit :

« Majordome, avez-vous pris des dispositions pour moi ?

— Je suis vraiment désolé, monsieur, mais pour l'instant, il n'est pas immédiatement possible de vous porter assistance.

— Que voulez-vous dire, majordome ? Vous avez épuisé les stocks d'articles de premier secours ?

— De fait, monsieur, un médecin est en route.

— Ah, très bien ! Vous avez prévenu un médecin.

— Oui, monsieur.

— Bien, bien. »

M. Dupont reprit sa conversation et je continuai mon tour de la pièce pendant quelque temps. À un moment, la comtesse allemande se détacha de la foule des messieurs, et avant que j'aie eu la possibilité de la servir, entreprit de se remplir elle-même un verre de porto sur mon plateau.

« Vous transmettrez mes félicitations à la cuisinière, Stevens, dit-elle.

— Bien sûr, madame. Merci, madame.

— Et vous et votre équipe, vous avez aussi été très bien.

— Tous mes remerciements, madame.

— À un moment, pendant le dîner, Stevens, j'aurais juré que vous étiez au moins trois personnes », dit-elle en riant.

J'eus un rire rapide et dis : « Je suis heureux de pouvoir rendre service, madame. »

Un instant plus tard, je repérai le jeune Mr. Cardinal non loin de là, toujours seul, et l'idée me vint que le jeune monsieur se sentait peut-être un peu intimidé par une compagnie telle que celle-ci. En tout cas, son verre était vide, aussi me dirigeai-je vers lui. Il parut se réjouir de me voir arriver et tendit son verre.

« Je trouve cela admirable que vous soyez un amoureux de la nature, Stevens, dit-il pendant que je le servais. Et j'imagine qu'il est très précieux pour Lord Darlington de disposer de quelqu'un qui peut suivre d'un œil expert les activités du jardinier.

— Excusez-moi, monsieur ?

— La nature, Stevens. Nous parlions l'autre jour

des merveilles du monde naturel. Et je suis parfaitement d'accord avec vous : nous sommes beaucoup trop indifférents aux grandes merveilles qui nous entourent.

— Oui, monsieur.

— Je veux dire, toutes ces histoires dont nous avons discuté. Les traités, les frontières, les réparations, les occupations. Mais la Mère Nature, pendant ce temps-là, va toujours doucement son chemin. C'est drôle de voir les choses sous cet angle, non ?

— Oui, monsieur, en effet.

— Je me demande s'il n'aurait pas mieux valu que le Tout-Puissant nous crée tous sous la forme de — enfin, dans le sol. Comme ça, toutes ces âneries de guerres et de frontières ne se seraient même jamais déclenchées. »

Le jeune homme sembla trouver cette idée amusante. Il eut un petit rire puis, continuant à y penser, rit encore davantage. Je me mis à rire à l'unisson. Il me donna alors un coup de coude et dit : « Vous imaginez ça, Stevens ? », après quoi il rit de nouveau.

« En effet, monsieur, dis-je en riant avec lui, ç'aurait été une situation tout à fait curieuse.

— Mais nous aurions quand même eu des types dans votre genre pour acheminer les messages, servir le thé, tout ça. Autrement, comment est-ce qu'on arriverait à quoi que ce soit ? Vous imaginez ça, Stevens ? Tout le monde enraciné ? Imaginez un peu ! »

À ce moment-là, un valet de pied surgit derrière moi. « Miss Kenton voudrait vous dire un mot, monsieur », murmura-t-il.

Je m'excusai auprès de Mr. Cardinal et m'avançai vers la porte. J'aperçus M. Dupont, qui semblait monter la garde et dit à mon approche : « Majordome, le médecin est-il ici ?

— Je vais me renseigner à ce sujet, monsieur. J'en ai pour un instant.

— Je souffre.

— Je suis vraiment désolé, monsieur. Le médecin ne devrait plus tarder. »

Cette fois, M. Dupont quitta la pièce à ma suite. De nouveau, Miss Kenton était debout dans le hall.

« Mr. Stevens, dit-elle, le Dr Meredith est arrivé. Il est là-haut. »

Elle avait parlé à voix basse, mais M. Dupont, derrière moi, s'exclama immédiatement : « Ah, très bien ! »

Je me tournai vers lui et dit : « Si vous voulez bien me suivre, monsieur. »

Je l'emmenai dans la salle de billard où j'alimentai le feu pendant qu'il s'asseyait dans un des fauteuils en cuir et entreprenait d'enlever ses souliers.

« Je regrette qu'il fasse un peu froid ici, monsieur. Le médecin ne va pas tarder maintenant.

— Merci, majordome. Vous avez été très bien. »

Miss Kenton m'attendait toujours dans l'entrée, et nous gagnâmes en silence les hauteurs de la maison. Là-haut, dans la chambre de mon père, le Dr Meredith prenait des notes et Mrs. Mortimer pleurait à chaudes larmes. Elle portait toujours son tablier, dont elle s'était visiblement servie pour essuyer ses larmes ; pour cette raison, son visage était maculé de taches de graisse, ce qui lui donnait l'air d'une fausse négresse de music-hall. J'avais cru que la chambre sentirait la mort, mais à cause de Mrs. Mortimer, ou peut-être de son tablier, la pièce était envahie par l'odeur de la rôtissoire.

Le Dr Meredith se leva et dit : « Mes condoléances, Stevens. Il a été victime d'une attaque grave. Si cela peut vous réconforter, il n'a sans doute pas beaucoup souffert. Il n'y avait rien au monde que vous puissiez faire pour le sauver.

— Merci, monsieur.

— Je vais repartir maintenant. Vous prendrez les dispositions ?

— Oui, monsieur. Cependant, si je peux me permettre, il y a en bas un monsieur des plus éminents qui a besoin de vos soins.

— C'est urgent ?

— Il a exprimé un vif désir de vous voir, monsieur. »

Je conduisis le Dr Meredith au rez-de-chaussée, le fis entrer dans la salle de billard, puis je retournai rapidement au fumoir où l'atmosphère était devenue encore plus chaleureuse.

*

Certes, ce n'est pas à moi de laisser entendre que je suis digne d'être placé aux côtés des « grands » majordomes de notre génération, tels que Mr. Marshall ou Mr. Lane — encore qu'il soit vrai que d'aucuns, du fait peut-être d'une générosité qui s'égare, auraient tendance à le faire. Je voudrais que ceci soit clair : quand je dis que la conférence de 1923, et ce soir-là en particulier, a constitué un tournant vital de mon évolution professionnelle, je me réfère essentiellement à mes propres critères de valeur, qui restent bien plus humbles. Quoi qu'il en soit, si vous songez aux circonstances dans lesquelles j'étais placé ce soir-là, peut-être ne penserez-vous pas que je me leurre abusivement si je vais jusqu'à avancer que j'ai peut-être fait preuve, face à la situation et fût-ce à un degré modeste, d'une « dignité » qui aurait pu convenir à un personnage tel que Mr. Marshall ; ou, pour tout dire, à mon père. En vérité, pourquoi le nierais-je ? Malgré les tristes souvenirs qui s'y associent, lorsqu'il m'arrive aujourd'hui de me remémorer cette soirée, je m'aperçois que j'éprouve, à y repenser, un sentiment de triomphe.

Mortimer's Pond, Dorset

Il semblerait qu'il y a toute une dimension de la question : « Qu'est-ce qu'un "grand" majordome ? » que je n'ai pas, jusqu'à présent, examinée comme il convient. Voilà, je l'avoue, une prise de conscience quelque peu perturbante, s'agissant d'un sujet si cher à mon cœur, et auquel j'ai réfléchi de façon assidue au fil des années. Mais il m'apparaît que j'ai peut-être été un peu hâtif en rejetant certains aspects des critères d'appartenance de la Hayes Society. Je n'ai aucun désir, je le précise, de revenir sur mes idées au sujet de la « dignité » et de son lien crucial avec la « grandeur ». Mais j'ai poussé un peu plus loin ma réflexion sur cette autre formulation de la Hayes Society, stipulant comme condition d'appartenance à l'association que « le postulant soit au service d'une maison distinguée ». J'ai toujours, comme auparavant, le sentiment que l'association manifeste par cette exigence un snobisme irréfléchi. Cependant, il me vient à l'idée que l'on trouve peut-être surtout à redire à une conception surannée de ce que c'est qu'une « maison distinguée », plutôt qu'au principe général ainsi exprimé. À vrai dire, maintenant que j'y repense de façon plus approfondie, je me dis qu'il est sans doute correct de définir comme condition préalable de la grandeur le fait d'être « au service d'une maison distinguée », à condition que l'on donne au mot « distingué » une signification plus profonde que celle que lui attache la Hayes Society.

En fait, une comparaison entre l'interprétation que je pourrais proposer de la formule « une maison distinguée » et le sens de ce terme pour la Hayes Society éclaire nettement, me semble-t-il, la différence fondamentale entre les valeurs de notre génération de majordomes et celles de la génération précédente. Quand je dis cela, je n'attire pas simplement l'attention sur l'attitude moins snob de notre génération en ce qui concerne l'appartenance des employeurs à la noblesse terrienne ou à la classe des « affaires ». Ce que j'essaie de dire — et je ne crois pas me montrer injuste en le disant — c'est que nous étions une génération beaucoup plus idéaliste. Là où nos aînés se seraient peut-être souciés de savoir si un employeur était ou non titré, ou si du moins il était d'une « vieille » famille, nous avons eu tendance à nous intéresser bien davantage au statut *moral* d'un employeur. Cela ne signifie pas que nous nous préoccupions de la vie privée de nos employeurs. Non ; mais nous avions l'ambition, qui aurait été insolite une génération auparavant, de servir des personnes qui contribuaient, si l'on peut dire, au progrès de l'humanité. On aurait, par exemple, estimé bien plus méritoire de servir un personnage comme Mr. George Ketteridge, qui, malgré la modestie de ses débuts, a apporté une contribution indéniable au bien-être futur de l'empire, qu'un monsieur aux origines aristocratiques menant une vie oisive dans les clubs ou sur les terrains de golf.

Dans la pratique, évidemment, bien des personnes issues des familles les plus nobles ont cherché à résoudre les grands problèmes de notre époque, de sorte qu'au premier coup d'œil il se peut que les ambitions de notre génération ne paraissent pas très dissemblables de celles de nos prédécesseurs. Mais j'affirme qu'il existait une différence d'attitude capitale, qui se reflétait non seulement dans les propos que pouvaient échanger les collègues mais aussi dans les motifs qui poussèrent parfois certaines des personnes les plus capables de ma génération à quitter une place pour une autre. De telles décisions n'étaient plus prises simplement en fonction des gages, de l'importance du personnel dont on disposait ou de la splendeur d'une famille ; pour ma génération, je crois qu'il est juste de le dire, le prestige professionnel était essentiellement lié à la valeur morale de l'employeur.

Pour bien mettre en lumière la différence entre les générations, j'aurais volontiers recours à une image. Les majordomes de la génération de mon père, dirais-je, voyaient volontiers le monde comme une échelle, la famille royale, les ducs, les lords aux lignages anciens étant placés tout en haut, les « nouveaux riches » au-dessous, et ainsi de suite, la place occupée aux échelons inférieurs étant uniquement déterminée par la fortune, ou par son absence. Le majordome doté d'une certaine ambition faisait simplement de son mieux pour arriver aussi haut que possible sur cette échelle, et dans l'ensemble, plus il montait, plus son prestige professionnel était grand. Ce sont là, évidemment, les valeurs que l'on retrouve dans l'idée que la Hayes Society se faisait d'une « maison distinguée » ; et quand on sait qu'elle employait encore avec assurance une pareille formule en 1929, on comprend bien que la disparition de cette association était inévitable, et fut même étonnamment tardive. À cette époque, en effet, cette façon de penser était déjà à contre-courant des idées en vigueur chez les hommes qui prenaient alors leur place aux premiers rangs de notre profession. Aux yeux de notre génération, en effet, le monde n'était pas une échelle, mais plutôt, me semble-t-il, une *roue*. Peut-être convient-il que j'élucide cette formule.

J'ai l'impression que notre génération fut la première à reconnaître une réalité qui avait échappé à toutes les générations précédentes, à savoir que ce n'est pas seulement dans les assemblées parlementaires que se tranchent les grandes affaires du monde, ni au cours des quelques journées où se déroule une conférence internationale, sous le regard du public et de la presse. En fait, les débats sont menés dans l'ambiance discrète et tranquille des grandes maisons de ce pays, et c'est là que l'on parvient aux décisions capitales. Ce qui a lieu en public, avec tant de pompe et de cérémonie, est souvent la conclusion ou la simple ratification de ce qui a mis des semaines ou des mois à se préparer entre les murs de ces demeures. Pour nous, donc, le monde était une roue, qui tournait autour du moyeu formé par les grandes maisons, dont les décisions primordiales se répandaient jusqu'à tous les autres, riches et pauvres, qui tournaient autour d'elles. Quiconque parmi nous avait la moindre ambition professionnelle aspirait à se rapprocher de ce moyeu autant que ses capacités le lui permettraient. Car nous étions, comme je l'ai dit, une génération idéaliste pour qui il ne s'agissait pas seulement de savoir si nous pratiquions notre métier en experts, mais *dans quelle perspective* nous le pratiquions ; chacun de nous nourrissait le désir de contribuer, dans la modeste mesure de ses moyens, à la création d'un monde meilleur, et voyait que, dans le cadre de notre profession, le chemin le plus sûr pour y parvenir était de servir les grands personnages de notre époque, entre les mains de qui se trouvait le sort de la civilisation.

Évidemment, ce que j'avance ici est une généralisation, et je suis prêt à reconnaître que de trop nombreux représentants de notre génération auraient cru raffiner à l'excès en s'arrêtant à de telles considérations. En revanche, je suis certain que bien des hommes de la génération de mon père mesuraient instinctivement cette dimension « morale » de leur travail. Mais pour l'essentiel, je crois que ces généralisations sont exactes, et d'ailleurs, les motivations « idéalistes » que j'ai évoquées ont joué un rôle important dans ma propre carrière. Personnellement, je suis passé assez rapidement d'un employeur à un autre au début de ma carrière, car je voyais bien que ces situations ne m'apporteraient aucune satisfaction durable, avant d'avoir enfin la chance d'entrer au service de Lord Darlington.

Il est singulier que jusqu'à aujourd'hui je n'aie jamais envisagé la question sous cet angle ; pour tout dire, au long de toutes ces heures que nous avons passées à discuter de la « grandeur » devant le feu de la salle commune, Mr. Graham et moi, par exemple, n'avons jamais songé à cet aspect de la question. Et s'il est vrai que je ne retirerai rien de ce que j'ai affirmé précédemment en ce qui concerne la « dignité », je dois cependant convenir que même si un majordome possède cette qualité à un degré élevé, il ne peut guère s'attendre à ce que ses confrères lui reconnaissent de la « grandeur » s'il n'a pas trouvé le lieu où sa valeur peut s'exercer de façon appropriée. Il est indéniable que des personnages comme Mr. Marshall et Mr. Lane n'ont servi que des gentlemen d'une stature morale évidente : Lord Wakeling, Lord Camberley, Sir Leonard Gray ; et l'on ne peut s'empêcher de penser qu'ils n'auraient pas souhaité mettre leurs talents à la disposition de personnes d'un moindre calibre. En fait, plus on y réfléchit, plus cela paraît certain : l'affiliation à une maison *réellement* distinguée est bel et bien une condition de la « grandeur ». Nécessairement, un « grand » majordome doit pouvoir faire état de ses années de service en disant qu'il a consacré ses talents à servir un grand homme et, par l'intermédiaire de celui-ci, à servir l'humanité.

Comme je le disais, il ne m'est jamais arrivé, au fil de toutes ces années, de penser à la question sous cet angle ; mais peut-être que le seul fait de s'éloigner en partant en voyage amène à adopter un point de vue nouveau et surprenant sur des sujets qu'on croyait avoir explorés depuis longtemps de fond en comble. J'ai aussi certainement été poussé à ce genre de réflexions par le petit événement survenu il y a environ une heure, qui m'a, je l'avoue, quelque peu perturbé.

Ayant bien roulé toute la matinée par un temps splendide, et après un bon déjeuner dans une auberge de campagne, je venais de passer la limite du Dorset. Ce fut à ce moment-là que je perçus une odeur de surchauffe en provenance du moteur de la voiture. L'idée que j'avais pu endommager la Ford de mon employeur était évidemment fort alarmante, et je me hâtai d'arrêter le véhicule.

Je me trouvais sur une voie étroite, bordée de feuillage des deux côtés, de sorte que je ne pouvais guère deviner ce qui m'environnait. Je ne voyais pas non plus loin devant moi, la route dessinant un virage prononcé à une vingtaine de mètres de là. Je me rendis compte que je ne pouvais pas rester longtemps où j'étais sans courir le risque de voir un véhicule apparaître à la sortie de ce tournant et entrer en collision avec la Ford de mon employeur. Je remis donc le moteur en marche et me sentis un peu rassuré en constatant que l'odeur semblait moins forte qu'auparavant.

La meilleure solution, je le voyais bien, était de chercher un garage, ou alors une maison de maître où j'aurais une bonne chance de trouver un chauffeur qui pourrait déceler ce qui n'allait pas. Mais le chemin continuait de serpenter, et les hautes haies qui se dressaient de chaque côté persistaient également, me bouchant la vue au point que, passant devant plusieurs portails dont certains s'ouvraient visiblement sur des allées, il me fut impossible de distinguer les maisons elles-mêmes. Je continuai sur à peu près huit cents mètres, l'odeur inquiétante devenant de plus en plus forte, jusqu'au moment où j'arrivai à une portion de route plus dégagée. J'y voyais maintenant à quelque distance devant moi, et de fait, un peu plus loin sur ma gauche se dressait une haute maison victorienne, avec sur le devant une pelouse considérable et une route d'accès qui avait certainement servi autrefois d'avenue à des voitures à chevaux. En me dirigeant vers ce domaine, j'aperçus un signe encore plus encourageant : une Bentley apparaissait par les portes ouvertes d'un garage bâti en annexe du corps de logis principal.

Le portail était ouvert, lui aussi, et j'engageai donc la Ford dans l'avenue, après quoi je descendis de voiture pour gagner la porte de derrière. Celle-ci me fut ouverte par un homme en manches de chemise, sans cravate, mais qui, lorsque je demandai à voir le chauffeur du domaine, répondit joyeusement que j'avais « touché juste du premier coup ». Ayant appris ce qui me tracassait, l'homme vint voir la Ford sans hésiter, ouvrit le capot et me renseigna au bout de quelques secondes d'examen à peine : « De l'eau, chef. Il vous faut de l'eau dans votre radiateur. » Il semblait plutôt amusé par la situation, mais se montra assez serviable ; il repartit dans la maison et, au bout de quelques instants, en sortit de nouveau avec une cruche d'eau et un entonnoir. Tout en remplissant le radiateur, la tête penchée sur le moteur, il se mit à bavarder aimablement et, en apprenant que j'étais en voyage touristique dans la région, me recommanda une des attractions locales, un étang situé à moins d'un kilomètre de là.

Entre-temps, j'avais eu le loisir d'examiner la maison ; plus haute que large, elle comptait quatre étages, et le lierre couvrait une bonne partie de la façade, montant jusqu'aux pignons. Je voyais cependant par les fenêtres que dans la moitié au bas mot des pièces les meubles étaient couverts de housses. J'en fis la remarque à l'homme lorsqu'il eut fini de s'occuper du radiateur et refermé le capot.

« C'est vraiment dommage, dit-il. Une superbe vieille maison. Mais à vrai dire, le colonel essaie de vendre. Il a pas trop besoin d'une maison de cette taille-là, à l'heure qu'il est. »

Je ne pus m'empêcher de demander combien de gens étaient employés dans le domaine, et je ne fus pas vraiment étonné, je crois, d'apprendre qu'il n'y avait que lui et une cuisinière qui venait tous les soirs. Il était à la fois, apparemment, majordome, valet de chambre, chauffeur et homme de ménage.

Il avait été l'ordonnance du colonel pendant la guerre, expliqua-t-il ; ils s'étaient trouvés en Belgique ensemble lors de l'invasion allemande, et ils étaient de nouveau ensemble au moment du débarquement allié. Puis il m'observa attentivement et dit :

« Ça y est, j'y suis. Je vous saisissais pas trop au début, mais maintenant j'y suis. Vous êtes un de ces majordomes du gratin. D'une de ces grandes maisons aristo. »

Quand je lui répondis qu'il ne se trompait pas de beaucoup, il continua :

« Maintenant, j'y suis. J'y voyais pas trop clair au début, à cause que vous parlez presque comme un monsieur. Avec ça que vous conduisiez ce vieux bijou — il indiqua la Ford —, je me suis dit d'abord, ce type-là, il est vraiment chic. Et c'est vrai, chef. Vraiment chic, je veux dire. Moi, vous comprenez, j'ai jamais appris tout ça. J'suis qu'une vieille ordonnance tournée pékin. »

Il me demanda alors à quel endroit j'étais employé, et lorsque je le lui dis, il inclina la tête de côté d'un air perplexe.

« Darlington Hall, répéta-t-il. Darlington Hall. Ça doit être une maison vraiment chic, parce que même un idiot comme votre serviteur, ça lui dit quelque chose. Darlington Hall. Attendez, vous parlez de *Darlington* Hall, la résidence de Lord Darlington ?

— C'était la résidence de Lord Darlington jusqu'à sa mort, il y a trois ans, lui appris-je. Actuellement, le domaine est devenu la résidence de Mr. John Farraday, qui vient d'Amérique.

— Vous devez vraiment être du gratin, si vous travaillez dans un endroit pareil. Y doit pas en rester beaucoup dans votre genre, hein ? » Le ton de sa voix changea nettement quand il demanda ensuite : « Vous voulez dire que dans le temps, vous avez vraiment travaillé pour ce Lord Darlington ? »

De nouveau, il m'observait avec attention. Je répondis :

« Oh, non. Je suis au service de Mr. John Farraday, l'Américain qui a acheté la maison à la famille Darlington.

— Dans ce cas, vous n'avez pas connu le fameux Lord Darlington. C'est que je me demandais à quoi il ressemblait. Quel genre de bonhomme c'était. »

Je dis à mon interlocuteur que j'allais devoir repartir et le remerciai avec effusion pour son aide. Après tout, c'était un brave homme : il prit la peine de guider ma manœuvre de sortie en marche arrière par le grand portail, et avant que je le quitte, il se pencha vers moi et me recommanda encore d'aller voir l'étang local, réitérant ses instructions sur le chemin à prendre.

« C'est un beau petit coin, ajouta-t-il. Vous vous en voudrez de l'avoir raté. En fait, le colonel est justement en train de taquiner le goujon là-bas. »

La Ford avait l'air d'être de nouveau en pleine forme, et comme la visite de l'étang en question ne m'écartait que bien peu de mon itinéraire, je décidai de suivre le conseil de l'ordonnance. Ses indications m'avaient semblé assez claires, mais lorsque j'eus quitté la route principale dans l'intention de les suivre, je me trouvai égaré sur des chemins étroits et sinueux très semblables à celui où j'avais remarqué l'odeur inquiétante. Parfois, le feuillage était si épais de chaque côté que le soleil en était presque complètement caché, et les yeux peinaient à devoir s'adapter sans cesse au passage soudain de l'ombre profonde à la lumière éclatante. Enfin, après des recherches assez longues, je vis un panneau annonçant « Mortimer's Pond », et c'est ainsi que je suis arrivé ici même, il y a un peu plus d'une demi-heure.

Je me sens maintenant très reconnaissant à l'égard de l'ordonnance, car non seulement il m'a tiré d'affaire avec la Ford, mais il m'a aussi fait découvrir un endroit particulièrement charmant dont je n'aurais vraisemblablement pas soupçonné l'existence sans lui. L'étang n'est pas grand, son périmètre ne dépassant sans doute pas quatre cents mètres, de sorte qu'il suffit de prendre un peu de recul sur le moindre promontoire pour jouir de sa vue dans toute son étendue. On y éprouve une profonde impression de calme. Des arbres ont été plantés tout autour de l'eau, assez près pour ombrager agréablement les berges, tandis qu'ici et là, des bouquets de grands roseaux et de joncs brisent la surface de l'eau, miroir immobile du ciel. Je ne suis pas chaussé de façon à pouvoir faire facilement le tour de l'étang — même de l'endroit où je suis assis maintenant, je vois que le sentier se perd parfois dans une boue épaisse —, mais ce lieu a tant de charme, je dois le dire, qu'en arrivant ici, j'ai été sérieusement tenté de le faire. Il a fallu que je pense aux catastrophes qui menaçaient une pareille expédition, et aux dommages que risquait de subir mon costume de voyage, pour me convaincre que je devais me contenter de rester assis sur ce banc. C'est ce que je fais depuis une demi-heure, contemplant les mouvements des différents personnages assis tranquillement avec leur canne à pêche à différents emplacements tout autour de l'étang. Actuellement, j'en aperçois à peu près une douzaine, mais les lumières et les ombres fortement contrastées que crée le couvert des arbres m'interdisent de les distinguer clairement, de sorte que j'ai dû renoncer au petit jeu auquel je comptais m'amuser, de deviner lequel de ces pêcheurs était le colonel, maître du domaine où l'on vient de m'apporter une assistance si précieuse.

C'est certainement grâce à la tranquillité de ce lieu que j'ai pu méditer de façon si approfondie les pensées qui me sont venues en tête depuis environ une demi-heure. À vrai dire, sans le calme de l'endroit où je me trouve, je n'aurais peut-être pas songé plus avant à mon comportement lors de ma rencontre avec l'ordonnance. Peut-être n'aurais-je pas réfléchi davantage aux raisons pour lesquelles j'ai donné la nette impression de ne jamais avoir été employé par Lord Darlington. Car il n'est guère possible de contester qu'il en a été ainsi. À sa demande : « Vous voulez dire que vous avez vraiment travaillé pour ce Lord Darlington ? », j'ai donné une réponse qui ne pouvait être considérée que comme négative. Peut-être un caprice absurde s'est-il emparé de moi à ce moment-là ; mais ce n'est pas une façon très satisfaisante d'expliquer une conduite aussi bizarre. En tout cas, j'en suis maintenant venu à reconnaître que l'incident de l'ordonnance n'est pas unique en son genre ; il est très probable qu'il est en rapport — encore que je ne comprenne pas exactement la nature de ce rapport — avec ce qui s'est passé il y a quelques mois, lors de la visite des Wakefield.

Mr. et Mrs. Wakefield sont des Américains qui se sont installés en Angleterre, quelque part dans le Kent, je crois, il y a une vingtaine d'années. Partageant avec Mr. Farraday nombre de relations dans la bonne société bostonienne, ils firent une brève visite à Darlington Hall, restant pour déjeuner et partant avant l'heure du thé. Cela se produisit quelques semaines à peine après l'arrivée de Mr. Farraday lui-même au domaine, période où l'enthousiasme que lui inspirait son acquisition était à son apogée ; par conséquent, une bonne partie de la visite des Wakefield fut consacrée par mon employeur à un tour de la maison que d'aucuns auraient pu trouver excessivement complet, puisqu'il les entraîna même dans les pièces où l'on avait recouvert les meubles de housses. Cependant, Mr. et Mrs. Wakefield semblèrent aussi passionnés par cette exploration que Mr. Farraday ; tandis que je vaquais à mes obligations, j'entendais souvent des exclamations américaines exprimant le ravissement, en provenance de la partie de la maison où ils venaient d'arriver. Mr. Farraday avait commencé la visite par les étages supérieurs ; lorsqu'il eut amené ses invités au rez-de-chaussée pour leur faire admirer la splendeur des pièces du bas, il paraissait tout à fait exalté, soulignant certains détails des corniches ou du chambranle des fenêtres, et évoquant avec panache « ce que les lords anglais faisaient autrefois » dans chacune des pièces. Encore que, bien évidemment, je ne fisse aucun effort délibéré pour entendre, je ne pouvais guère éviter de distinguer l'essentiel de ce qui se disait, et je fus surpris par l'étendue des connaissances de mon employeur, dont les paroles, malgré une erreur de temps à autre, révélaient son enthousiasme pour les coutumes anglaises. On pouvait constater, par ailleurs, que les Wakefield, et Mrs. Wakefield en particulier, étaient pour leur part bien loin d'ignorer les traditions de notre pays, et il était clair, d'après les nombreuses remarques qu'ils formulaient, qu'ils possédaient, eux aussi, une demeure anglaise d'une certaine splendeur.

À un moment donné, au cours de cette visite du domaine — je traversais alors le hall, croyant que le groupe était parti explorer le parc —, je vis que Mrs. Wakefield était restée en arrière, et qu'elle examinait attentivement le linteau de pierre qui surmonte l'entrée de la salle à manger. Comme je passais, murmurant doucement un « excusez-moi, madame », elle se tourna vers moi et dit :

« Au fait, Stevens, c'est peut-être vous qui pourrez me renseigner. Ce linteau, là, a *un air* dix-septième siècle, mais est-ce qu'en réalité il n'a pas été

posé très récemment ? Du temps de Lord Darlington, peut-être ?

— C'est possible, madame.

— Il est très beau. Mais c'est sans doute une
copie d'ancien, qui date seulement d'il y a quelques
années. N'est-ce pas ?

— Je n'en suis pas sûr, madame, mais c'est tout
à fait possible. »

Alors, baissant la voix, Mrs. Wakefield demanda :
« Mais dites-moi, Stevens, comment était ce Lord
Darlington ? Je suppose que vous avez travaillé pour
lui.

— Non, madame, ce n'est pas le cas.

— Ah bon, je croyais. Je me demande ce qui m'a
fait croire ça. »

Mrs. Wakefield se tourna de nouveau vers le linteau, qu'elle effleura de la main en disant : « Bon,
on ne sait donc pas vraiment ce qu'il en est. Mais
j'ai quand même l'impression que c'est une copie.
Très bien faite, mais une copie. »

Ce dialogue aurait pu s'effacer rapidement de ma
mémoire ; mais après le départ des Wakefield, je ser-
vis le thé à Mr. Farraday, au salon, et remarquai qu'il
était d'humeur soucieuse. Après un petit silence, il
dit :

« Vous savez, Stevens, Mrs. Wakefield n'a pas été
aussi impressionnée par cette maison qu'elle aurait
dû l'être, à mon avis.

— C'est vrai, monsieur ?

— En fait, elle a eu l'air de penser que j'exagé-
rais le lignage de ce domaine. Que j'avais fabriqué

de toutes pièces ce que je lui disais sur le caractère séculaire de la construction.

— Vraiment, monsieur?

— Elle ne cessait d'affirmer que tout était une "copie". Elle vous a même pris pour une "copie", Stevens.

— Vraiment, monsieur?

— Parfaitement, Stevens. Je lui avais dit que vous étiez authentique. Un vrai *butler* anglais. Que vous étiez dans la maison depuis plus de trente ans, au service d'un vrai lord anglais. Mais Mrs. Wakefield m'a contredit sur ce point. En fait, elle m'a contredit avec beaucoup d'assurance.

— Est-ce possible, monsieur?

— Mrs. Wakefield, Stevens, était convaincue que vous n'aviez pas du tout travaillé ici avant que je vous engage. En fait, elle semblait même croire qu'elle le tenait de vous. Ça m'a fait passer pour un imbécile, comme vous pouvez l'imaginer.

— C'est extrêmement regrettable, monsieur.

— Enfin, Stevens, c'est bien une véritable grande demeure anglaise d'antan, non? J'ai payé pour ça. Et vous, vous êtes un véritable *butler* anglais à l'ancienne, pas un vague serveur qui joue la comédie. Vous êtes authentique, non? C'est ce que je voulais, et c'est bien ce que j'ai, non?

— J'oserai dire, monsieur, que c'est en effet ce que vous avez.

— Dans ce cas, pouvez-vous m'expliquer les paroles de Mrs. Wakefield? C'est un grand mystère pour moi.

177

— Il est possible que j'aie malencontreusement donné à la dame une idée légèrement erronée de ma carrière, monsieur. Je vous en fais toutes mes excuses s'il en a résulté une quelconque gêne.

— Et comment, qu'il en a résulté une gêne ! Ces gens me considèrent maintenant comme un vantard et un menteur. Et de toute façon, qu'est-ce que vous voulez dire, vous lui avez donné "une idée légèrement erronée" ?

— Je suis réellement désolé, monsieur. Je ne pensais pas du tout que cela vous gênerait à ce point.

— Mais bon Dieu, Stevens, pourquoi avoir été lui raconter une histoire pareille ? »

Je réfléchis pendant un moment à la situation, puis répondis enfin : « Je suis réellement désolé, monsieur. Mais c'est lié aux coutumes de ce pays.

— Qu'est-ce que vous me chantez là ?

— Je veux dire, monsieur, qu'en Angleterre on n'a pas coutume, lorsqu'on est employé, de discuter de ses employeurs précédents.

— Okay, Stevens, vous ne voulez pas divulguer les secrets qu'on vous a confiés. Mais est-ce que ça doit aller jusqu'à nier que vous avez travaillé pour quelqu'un d'autre que moi ?

— En effet, monsieur, cela semble un peu excessif, présenté sous cette forme. Mais on a souvent estimé que les employés se devaient de donner cette impression. Si je peux avoir recours à une comparaison, monsieur, il y a une parenté avec ce qui se passe pour les mariages. Si une dame divorcée est présente en compagnie de son deuxième mari, on estime souvent qu'il est préférable d'éviter toute allusion au premier mariage. Il existe une coutume similaire en ce qui concerne notre profession, monsieur.

— Eh bien, je regrette de ne pas avoir connu cette coutume plus tôt, Stevens, dit mon employeur en se renfonçant dans son fauteuil. Ça m'a vraiment fait passer pour un nigaud. »

Je crois m'être déjà rendu compte à l'époque que l'explication que je proposai à Mr. Farraday, si elle n'était pas entièrement inexacte, restait cependant désespérément insuffisante. Mais lorsqu'on a tant d'autres sujets de préoccupation, il est facile de ne pas accorder beaucoup d'attention à ce genre de problème, et ce fut ainsi que pendant un certain temps, je cessai absolument de penser à cet épisode. Mais maintenant, en me le remémorant dans le calme qui entoure cet étang, il est difficile de nier l'existence d'un rapport entre l'attitude que j'eus ce jour-là avec Mrs. Wakefield et ce qui s'est passé cet après-midi.

Bien sûr, de nombreuses personnes, aujourd'hui, ont beaucoup de sottises à dire sur le compte de Lord Darlington, et vous avez peut-être l'impression que je suis quelque peu gêné ou honteux de mes liens avec Sa Seigneurie, et que ce sentiment-là est à la base de ma conduite. Je tiens dans ce cas à affirmer que rien ne pourrait être plus loin de la vérité. La plus grande partie de ce qu'on entend dire actuellement au sujet de Sa Seigneurie est, en tout état de cause, totalement absurde, et fondé sur une ignorance presque complète de la réalité. En fait, il me semble que ma conduite bizarre peut s'expliquer de façon très plausible par un désir d'éviter tout risque d'entendre d'autres absurdités sur le compte de Sa Seigneurie ; c'est-à-dire que dans les deux cas, en faisant des mensonges inoffensifs, je choisissais le moyen le plus simple d'éviter une situation désagréable. Cela semble réellement une explication très plausible, quand j'y repense ; car il est vrai que rien ne m'agace plus ces jours-ci que d'entendre répéter ce genre de bêtises. Je tiens à dire que Lord Darlington était un gentleman d'une stature morale immense, assez haute pour transformer en nains la plupart des individus qui le prennent aujourd'hui pour cible de leurs racontars, et je suis prêt à témoigner qu'il est resté le même jusqu'à la fin. Rien ne serait moins exact que de laisser entendre que je regrette mes liens avec ce grand homme. En vérité, vous saurez reconnaître qu'en servant Sa Seigneurie à Darlington Hall au long de toutes ces années, je me suis rapproché du moyeu de cette roue qu'est le monde, autant que j'aurais jamais pu l'espérer. J'ai donné trente-cinq ans de service à Lord Darlington ; ce ne serait sans doute pas injustifié d'affirmer qu'au long de tant d'années on a été, dans toute l'acception du terme, « au service d'une maison distinguée ». En jetant sur ma carrière un regard rétrospectif, je tire ma plus grande satisfaction de ce que j'ai accompli au long de ces années, et aujourd'hui, je ne ressens que fierté et gratitude à l'idée d'avoir bénéficié d'un tel privilège.

Taunton, Somerset

La nuit dernière, j'ai logé à une auberge nommée La Diligence, un peu en dehors de la ville de Taunton, dans le Somerset. Cette construction au toit de chaume, en bordure de la route, m'avait paru particulièrement attirante, vue de la Ford, lorsque je m'en étais approché à la tombée du jour. L'aubergiste m'a conduit par un escalier de bois jusqu'à une petite chambre, plutôt dépouillée, mais parfaitement propre. Comme il désirait savoir si j'avais dîné, je lui ai demandé de me servir un sandwich dans ma chambre, ce qui s'est avéré une solution parfaitement satisfaisante à la question du repas. Mais au fil de la soirée, je me suis mis à éprouver une certaine agitation, ce qui m'a finalement décidé à gagner la salle du bas pour y essayer le cidre local.

Il y avait cinq ou six clients, rassemblés en groupe autour du comptoir — on pouvait deviner à leur allure que d'une manière ou d'une autre, ils s'occupaient d'agriculture —, mais à part eux, la salle était vide. M'étant procuré une chope de cidre auprès du patron, je me suis assis à une table placée plutôt à l'écart, comptant me détendre un peu et rassembler mes pensées sur la journée. Mais je me suis bientôt aperçu qu'à l'évidence, les gens du pays étaient dérangés par ma présence, éprouvant plus ou moins le besoin de se montrer hospitaliers. Chaque fois que leur conversation s'interrompait, l'un ou l'autre coulait un regard vers moi comme s'il cherchait à rassembler le courage nécessaire pour m'aborder. Il y en eut enfin un pour élever la voix et me dire :

« Apparemment, monsieur, vous prévoyez de passer la nuit ici ? »

Comme j'acquiesçais, mon interlocuteur, secouant la tête d'un air sceptique, remarqua : « Vous n'allez pas beaucoup dormir là-haut, monsieur. Sauf si ça vous plaît d'entendre le vieux Bob — il indiqua l'aubergiste — qui tape et qui cogne ici en bas toute la nuit. Et après, pour vous réveiller, vous aurez la patronne qui commence à lui brailler dessus à l'aube. »

Malgré les protestations de l'aubergiste, de grands rires fusèrent à la ronde.

« En est-il vraiment ainsi ? » dis-je. Et tout en parlant, je fus frappé par l'idée — cette même idée qui m'était déjà venue à plusieurs reprises, ces temps derniers, en présence de Mr. Farraday — que l'on attendait de moi une repartie spirituelle. D'ailleurs, les gens du pays s'étaient tus et attendaient poliment ce que j'allais dire ensuite. Je fouillai donc mon imagination et déclarai enfin :

« Une variation locale sur le chant du coq, assurément. »

Au début, le silence persista, comme si les gens de l'endroit avaient cru que j'avais l'intention de prolonger mon discours. Mais lorsqu'ils remarquèrent l'expression réjouie dont ma figure était empreinte, ils se mirent à rire, d'un air cependant quelque peu déconcerté. Là-dessus, ils reprirent leur conversation antérieure, et nous n'échangeâmes plus aucune parole avant de nous souhaiter mutuellement la bonne nuit, quelques instants après.

J'avais été assez content de ma boutade lorsqu'elle m'était venue à l'esprit, et je dois avouer que j'avais ressenti quelque déception devant l'accueil qui lui avait été réservé. Ma déception a sans doute été d'autant plus vive qu'au cours de ces derniers mois, j'ai consacré du temps et des efforts à perfectionner mes compétences dans ce domaine. En fait, je me suis efforcé d'ajouter ce savoir-faire à ma panoplie professionnelle afin de répondre avec assurance aux attentes de Mr. Farraday en ce qui concerne le badinage.

Par exemple, j'ai commencé dernièrement à écouter la TSF dans ma chambre chaque fois que je dispose de quelques instants de loisir ; ainsi, lorsqu'il arrive que Mr. Farraday soit sorti pour la soirée. Une des émissions que je suis s'appelle *Deux fois par semaine ou même plus*, elle est en fait diffusée trois fois par semaine, et présente essentiellement deux personnes qui font des commentaires amusants sur toutes sortes de sujets soulevés par le courrier des auditeurs. Je me suis intéressé à cette émission parce que les boutades que l'on y entend sont toujours du meilleur goût et d'un ton, à mon avis, qui est loin de jurer avec le genre de badinage que Mr. Farraday attend sans doute de moi. M'inspirant de cette émission, j'ai mis au point un exercice simple que j'essaie de pratiquer au moins une fois par jour ; dès qu'un moment libre se présente, je tente de formuler trois boutades correspondant à ce qui se trouve autour de moi à ce moment-là. À titre de variation sur ce même exercice, il m'arrive de chercher à élaborer trois boutades en relation avec les événements de l'heure qui vient de s'écouler.

Vous mesurerez donc sans doute ma déception à propos de ma boutade d'hier au soir. Au début, j'ai cru que son succès limité était peut-être dû à ma façon de parler, qui n'aurait pas été assez distincte. Mais l'idée m'est venue, une fois que je me suis retrouvé dans ma chambre, que j'avais pu offenser ces personnes. Après tout, on pouvait facilement comprendre qu'il y avait, selon moi, une ressemblance entre la femme de l'aubergiste et un coq, alors que rien n'avait été plus loin de mes intentions. Cette pensée a continué de me tourmenter tandis que j'essayais de m'endormir, et j'avais presque formé le projet de présenter mes excuses à l'aubergiste ce matin. Mais la mine qu'il m'a faite en me servant le petit déjeuner semblait parfaitement avenante, et j'ai finalement décidé de laisser les choses en l'état.

Ce petit épisode illustre aussi bien qu'un autre les dangers qu'il peut y avoir à faire des boutades. De par la nature même de la boutade, on ne dispose, avant le moment où il est opportun de la proférer, que d'un temps très limité pour évaluer ses répercussions possibles, et on court un risque grave de prononcer toutes sortes de paroles inconvenantes si l'on n'a pas acquis au préalable l'adresse et l'expérience nécessaires. Il n'y a pas de raison de supposer que ce n'est pas un domaine dans lequel je deviendrai capable, avec du temps et de l'entraînement, mais les dangers sont tels que j'ai décidé, au moins pour l'instant, de ne plus chercher à m'acquitter de cette tâche à l'égard de Mr. Farraday tant que je n'aurais pas poussé plus loin mes exercices.

En tout état de cause, je note avec regret que ce que les gens du pays avaient lancé hier soir comme une sorte de boutade, en m'assurant que ma nuit ne serait pas bonne à cause de perturbations venues du rez-de-chaussée, s'est hélas vérifié. La femme de l'aubergiste n'a pas vraiment crié, mais on l'entendait parler sans arrêt, aussi bien tard dans la nuit, tandis qu'avec son mari elle vaquait à ses occupations, que ce matin, très tôt. Cependant, j'étais tout à fait disposé à pardonner à ce ménage, car de toute évidence, il s'agissait de personnes travailleuses et diligentes, et le brait, j'en suis sûr, découlait entièrement de cette caractéristique. De surcroît, il y avait eu l'affaire de ma réflexion malheureuse. Je n'ai donc aucunement laissé entendre que j'avais passé une nuit troublée lorsque j'ai remercié l'aubergiste avant de prendre congé pour aller explorer Taunton, ville de marchés.

Peut-être aurais-je mieux fait de loger ici, à cet établissement où me voici assis au milieu de la matinée, à savourer une agréable tasse de thé. En effet, la pancarte, à l'extérieur, n'annonce pas seulement « thé, casse-croûte, gâteaux », mais aussi « chambres propres, calmes, confortables ». Situé dans la grand-rue de Taunton, tout près de la place du marché, c'est un bâtiment en contrebas, dont la façade est charpentée de lourdes poutres sombres. Je suis installé à présent dans une salle spacieuse, aux lambris de chêne, meublée de tables assez nombreuses pour que l'on y puisse accueillir, à mon avis, plus de vingt personnes sans le moindre encombrement. Deux jeunes filles joyeuses assurent le service, derrière un comptoir où l'on voit un choix attrayant de gâteaux et de pâtisseries. En somme, voilà un endroit où il fait bon prendre son thé du matin, mais étonnamment rares sont les habitants de Taunton qui profitent de cette possibilité. Actuellement, mes seuls compagnons sont deux dames d'un certain âge, assises de front à une table le long du mur d'en face, et un homme, peut-être un fermier à la retraite, à une table proche d'une des grandes baies. Je n'arrive pas à le distinguer nettement, car le vif soleil du matin l'a réduit pour l'instant à une silhouette. Mais je le vois étudier son journal, s'interrompant régulièrement pour lever les yeux vers les gens qui passent sur le trottoir. À cette façon de faire, j'avais d'abord cru qu'il attendait de la compagnie, mais apparemment, il souhaite simplement saluer des connaissances au moment où elles passent.

Pour ma part, je suis rencogné presque contre le mur du fond, mais même à travers toute la longueur de la pièce, j'aperçois clairement la rue ensoleillée, et je parviens à déchiffrer sur le trottoir d'en face un panneau qui indique plusieurs destinations proches. L'une d'elles n'est autre que le village de Mursden. «Mursden» : peut-être ce nom sera-t-il aussi évocateur pour vous qu'il l'a été pour moi quand je l'ai repéré hier sur la carte routière. En fait, je dois dire que j'ai même été tenté de me détourner légèrement de l'itinéraire prévu, rien que pour voir le village. Mursden, Somerset : c'était là que la société Giffen et compagnie était autrefois établie, et c'était à Mursden que l'on était prié d'envoyer sa commande pour s'approvisionner en sombres bougies de «pâte Giffen, à réduire en copeaux, mêler à de la cire et appliquer à la main». Pendant un certain temps, il n'y eut à coup sûr pas de meilleur produit pour l'entretien de l'argenterie que la pâte Giffen, et ce fut seulement lorsque furent commercialisées de nouvelles substances chimiques, peu avant la guerre, que les ventes de cet article remarquable subirent un déclin.

Autant qu'il m'en souvienne, la pâte Giffen apparut au début des années vingt, et je ne suis sûrement pas le seul à associer son arrivée sur le marché au changement de tendance que connut alors notre profession, changement qui conféra finalement au nettoyage de l'argenterie la place centrale que ce travail a gardé, pour l'essentiel, aujourd'hui. Cette évolution, me semble-t-il, comme tant d'autres grandes évolutions survenues à cette époque, fut liée à une question de génération ; ce fut à ce moment-là que notre génération de majordomes atteignit la « majorité professionnelle », et des personnages comme Mr. Marshall, en particulier, jouèrent un rôle capital dans le passage de l'argenterie au premier plan. Certes, il n'est pas question de laisser entendre que l'entretien de l'argenterie, et en particulier des pièces que l'on met sur la table, n'a pas toujours été considéré comme une tâche importante. Mais on peut avancer sans se montrer injuste que de nombreux majordomes de la génération de mon père, par exemple, n'y voyaient pas une question clef, et la preuve en est qu'en ce temps-là, il était rare qu'un majordome supervisât directement le nettoyage de l'argenterie ; généralement, il se contentait de laisser ce soin au bon vouloir du majordome adjoint, et n'effectuait que des inspections intermittentes. Ce fut, on en convient généralement, Mr. Marshall qui, le premier, comprit toute la signification de l'argenterie : à savoir qu'aucun autre objet n'est à ce point susceptible d'être examiné de près par des personnes extérieures à la maison, au cours d'un repas, et que de ce fait, l'argenterie est un véritable critère public de la bonne tenue d'une maison. Et ce fut Mr. Marshall qui, le premier, provoqua la stupéfaction des dames et des messieurs en visite à Charleville House en mettant sous leurs yeux une argenterie dont le brillant atteignait un degré inimaginable jusqu'alors. Bientôt, naturellement, aux quatre coins du pays, les majordomes durent, sous la pression de leurs employeurs, se consacrer à la question de l'entretien de l'argenterie. On vit surgir, je m'en souviens, différents majordomes qui affirmaient tous avoir découvert des méthodes leur permettant de surpasser Mr. Marshall ; méthodes dont ils proclamaient le caractère secret, comme les chefs français qui protègent jalousement leurs recettes. Mais je suis convaincu, comme je l'étais déjà à l'époque, que les procédés mystérieux et complexes utilisés, par exemple, par Mr. Jack Neighbours n'avaient guère d'effet réel sur le résultat final. À mes yeux, le problème était relativement simple : on se servait d'un bon produit, et on surveillait de près son application. La pâte Giffen, à l'époque, était le produit commandé par les majordomes éclairés, et pour peu que l'on utilisât cette pâte comme il fallait, on n'avait pas à craindre de voir son argenterie éclipsée par aucune autre.

C'est avec plaisir que je me remémore diverses circonstances où l'argenterie de Darlington Hall impressionna favorablement des visiteurs. J'entends encore Lady Astor, par exemple, dire non sans amertume que notre argenterie était « probablement sans rivale ». Je me rappelle aussi avoir observé Mr. George Bernard Shaw pendant un dîner ; le célèbre auteur dramatique examinait attentivement la cuiller à dessert posée devant lui, la levant vers la lumière et comparant sa surface à celle d'un plat tout proche, sans plus porter la moindre attention aux convives qui l'entouraient. Mais le cas qui me donne peut-être, aujourd'hui encore, la plus vive satisfaction se situa un soir où un personnage éminent — un ministre, à qui fut confié peu après le portefeuille des Affaires étrangères — rendit visite à la maison de façon absolument confidentielle. En fait, puisque les fruits issus de ces visites sont devenus tout à fait publics, il n'y a guère de raison de ne pas révéler que je fais allusion à Lord Halifax.

Comme on le sut par la suite, cette visite ne faisait qu'inaugurer une série de rencontres « officieuses » entre Lord Halifax et l'ambassadeur d'Allemagne, à l'époque Herr Ribbentrop. Mais lors de cette première soirée, Lord Halifax arriva dans un état de grande lassitude ; lorsqu'on le fit entrer, il eut pratiquement pour premières paroles : « Vraiment, Darlington, je ne sais pas dans quoi vous m'embarquez là. Je sais que je le regretterai. »

Comme on n'attendait pas Herr Ribbentrop avant environ une heure, Sa Seigneurie proposa à son invité une visite de Darlington Hall, stratagème qui avait souvent aidé des visiteurs nerveux à se détendre. Cependant, tandis que je vaquais à mes obligations, je continuai pendant un certain temps à entendre Lord Halifax, dans différentes parties du bâtiment, continuer à exprimer ses doutes sur la soirée à venir, tandis que Lord Darlington tentait en vain de le rassurer. Mais soudain, à un moment donné, j'entendis Lord Halifax s'exclamer : « Mon Dieu, Darlington, l'argenterie que vous avez ici est merveilleuse ! » Bien sûr, je fus ravi sur le moment, mais ce qui fut pour moi la suite vraiment satisfaisante de cet épisode vint deux ou trois jours plus tard, quand Lord Darlington me dit : «À propos, Stevens, Lord Halifax a été drôlement impressionné par l'argenterie, l'autre soir. Ça l'a mis dans une tout autre disposition. » Telles furent — je m'en souviens distinctement — les exactes paroles de Sa Seigneurie, et ce n'est donc pas pure fantaisie de ma part que de supposer que l'état de l'argenterie a contribué, de façon minime mais non négligeable, à améliorer les relations entre Lord Halifax et Herr Ribbentrop ce soir-là.

Le moment est sans doute venu de dire quelques mots de Herr Ribbentrop. On s'entend aujourd'hui, bien sûr, pour estimer que Herr Ribbentrop était un escroc ; qu'au long de toutes ces années, Hitler avait prévu de tromper l'Angleterre aussi longtemps que possible en ce qui concernait ses véritables intentions, et que la seule mission de Herr Ribbentrop dans notre pays était d'orchestrer cette tromperie. Comme je l'ai dit, tel est le point de vue général et je ne souhaite pas m'en écarter ici. Il est cependant quelque peu irritant d'entendre les gens parler aujourd'hui comme si Herr Ribbentrop ne leur avait jamais fait illusion, comme si Lord Darlington avait été le seul à prendre Herr Ribbentrop pour une personne honorable et à collaborer avec lui. À la vérité, Herr Ribbentrop, tout au long des années trente, fut fort bien considéré et jouissait même d'un certain prestige dans les maisons les plus respectables. Vers 1936 et 1937, en particulier, je me rappelle que, dans la salle commune, le personnel des invités n'avait sur les lèvres que «l'ambassadeur allemand», et il se dégageait clairement des propos tenus que nombre de dames et de messieurs parmi les plus éminents du pays étaient pour ainsi dire amoureux de lui. Comme je l'ai dit, il est irritant d'entendre la façon dont ces mêmes personnes parlent aujourd'hui de cette période, et en particulier ce que d'aucuns ont dit au sujet de Sa Seigneurie. La grande hypocrisie de ces gens vous sauterait aux yeux, dussiez-vous voir quelques-unes de leurs listes d'invités de cette époque ; vous verriez alors non seulement le nombre de fois où Herr Ribbentrop a dîné à leur propre table, mais même la place qui lui était souvent donnée : celle d'invité d'honneur.

De plus, vous entendrez ces mêmes personnes donner l'impression que Lord Darlington a eu une attitude sortant de l'ordinaire en acceptant l'hospitalité des nazis, lors de plusieurs voyages qu'il fit en Allemagne dans ces années-là. J'imagine qu'ils s'exprimeraient moins volontiers sur cette question si le *Times*, par exemple, publiait ne serait-ce qu'une liste d'invités des banquets donnés par les Allemands à l'époque du rassemblement de Nuremberg. Le fait est que les dames et les messieurs les plus haut placés et les plus respectés d'Angleterre acceptaient l'hospitalité des dirigeants allemands, et je peux affirmer en tant que témoin direct que la grande majorité de ces personnes, à leur retour, n'avaient pour leurs hôtes que des éloges et de l'admiration. Quiconque fait accroire que Lord Darlington entretenait une liaison clandestine avec un ennemi connu comme tel oublie commodément le véritable climat de cette période.

Il convient aussi de dire qu'il est absurde et obscène de prétendre que Lord Darlington était antisémite, ou qu'il avait un rapport étroit avec des organisations comme la *British Union of Fascists*. De telles allégations ne peuvent naître que d'une ignorance totale de la personnalité de Sa Seigneurie. Lord Darlington en vint à abhorrer l'antisémitisme ; je l'ai entendu, en maintes circonstances, exprimer son dégoût lorsqu'il avait affaire à des sentiments antisémites. Quant à l'affirmation selon laquelle Sa Seigneurie ne laissait jamais de Juifs pénétrer dans la maison et refusait d'avoir à son service du personnel juif, elle est entièrement infondée, si ce n'est, peut-être, un épisode tout à fait mineur dans les années trente, qui a été gonflé au-delà de tout sens des proportions. Pour ce qui est de la *British Union of Fascists*, ce que je peux dire, c'est que tout propos tendant à associer Sa Seigneurie à ces gens est parfaitement ridicule. Sir Oswald Mosley, dirigeant des « Chemises noires », est venu à Darlington Hall, à mon avis, au maximum trois fois, et ces visites ont toutes eu lieu peu après la naissance de cette organisation, lorsqu'elle n'avait pas encore révélé sa vraie nature. Une fois que le caractère répugnant du mouvement des « Chemises noires » devint apparent — et Sa Seigneurie, il faut le dire, s'en aperçut avant la plupart —, Lord Darlington coupa tous les ponts avec ces gens.

De toute façon, ce genre d'organisation était

complètement étrangère au cœur de la vie politique dans ce pays. Lord Darlington, comprenez-le bien, ne souhaitait s'occuper que de ce qui était véritablement au centre des choses, et les personnages qu'il rassembla au fil de toutes ces années d'efforts étaient aussi éloignés de ces groupes marginaux et déplaisants qu'on pouvait l'imaginer. Non seulement ils étaient extrêmement respectables, mais c'étaient des gens qui exerçaient une véritable influence dans la vie britannique : hommes politiques, diplomates, militaires, prêtres. D'ailleurs, certains étaient juifs, et ce seul fait devrait suffire à prouver l'absurdité d'une bonne partie de ce qui a été dit sur Sa Seigneurie.

Mais je dérive. En fait, j'évoquais la question de l'argenterie, et l'impression favorable que Lord Halifax en avait eue le soir de sa rencontre avec Herr Ribbentrop à Darlington Hall. Je tiens à être clair : je n'ai nullement voulu laisser entendre qu'une soirée qui aurait pu, initialement, être décevante pour mon employeur s'était soldée par un triomphe uniquement grâce à l'argenterie. Mais comme je l'ai rappelé, Lord Darlington lui-même souligna que l'argenterie avait pu constituer au moins un petit facteur du changement d'humeur de son invité ce soir-là, et peut-être n'est-il pas absurde de se remémorer de telles situations en éprouvant à ce souvenir une douce satisfaction.

À en croire certains membres de notre profession, la personnalité de l'employeur que l'on sert ne ferait, en dernière instance, pas grande différence ; ils estiment que le type d'idéalisme répandu parmi ceux de notre génération, fondé sur la notion que nous devrions, nous autres majordomes, aspirer à servir les grands personnages qui font progresser la cause de l'humanité, n'est qu'un discours prétentieux sans rapport avec la réalité. Certes, on constate que les individus qui se montrent si sceptiques se révèlent invariablement de fort médiocres professionnels, ceux qui se savent dépourvus de la capacité d'avancer jusqu'à une situation un peu élevée et qui n'aspirent qu'à rabaisser à leur propre niveau autant de collègues que cela est possible ; et de ce fait, on n'est guère tenté de prendre ce genre d'opinion au sérieux. Malgré tout, il reste satisfaisant de pouvoir mettre en lumière dans sa propre carrière des exemples qui montrent très clairement à quel point ces gens ont tort. Bien entendu, on s'efforce d'assurer à son employeur un service d'un caractère soutenu et constant, dont la valeur ne saurait être réduite à un certain nombre de cas particuliers tels que celui de Lord Halifax. Mais ce que je dis, c'est que ce sont ces exemples isolés qui finissent, au fil du temps, par symboliser une réalité irréfutable : le fait que l'on a eu le privilège de pratiquer sa profession en se trouvant précisément au pivot des grandes affaires. Et dès lors on est en droit, peut-être, d'éprouver une satisfaction que ne connaîtront jamais ceux qui se contentent de servir des employeurs médiocres : la satisfaction de pouvoir dire à bon escient que ses efforts, fût-ce à un titre bien modeste, comprennent une contribution au cours de l'histoire.

Mais peut-être ne devrait-on pas tant se tourner vers le passé. Après tout, j'ai encore devant moi bien des années de service qui me sont demandées. Et non seulement Mr. Farraday est un employeur tout à fait excellent, mais c'est de plus un Américain, à qui on a certainement le devoir tout particulier de montrer les meilleurs aspects du service en Angleterre. Il est donc essentiel de concentrer son attention sur le présent ; de se garder de toute suffisance, sentiment qui risque de faire une apparition furtive dès que l'on pense à d'éventuels mérites passés. Car il faut bien reconnaître qu'au cours des quelques derniers mois, les choses n'ont pas été exactement ce qu'elles pourraient être à Darlington Hall. Un certain nombre de petites erreurs se sont manifestées dernièrement, y compris cet incident d'avril dernier portant sur l'argenterie. Fort heureusement, ce n'était pas une fois où Mr. Farraday avait des invités, mais même dans ces conditions, ce fut pour moi un moment de gêne réelle.

Cela se produisit un matin, au petit déjeuner, et pour sa part, Mr. Farraday, soit par gentillesse, soit parce qu'étant américain il ne percevait pas l'étendue de la faute, ne m'adressa pas un seul mot de reproche d'un bout à l'autre de l'épisode. En s'asseyant, il prit simplement la fourchette, l'examina pendant une petite seconde, touchant les dents du bout d'un doigt, puis s'intéressa aux titres du journal. Il avait effectué cette série de gestes d'un air absent, mais bien entendu, j'avais compris ce qui se passait et je m'approchai vivement pour enlever l'objet indésirable. Il se peut même que ma vivacité ait été un peu excessive, en raison de mon trouble, car Mr. Farraday sursauta légèrement en marmonnant : «Ah, Stevens.»

Je quittai la pièce rapidement et revins sans tarder, apportant une fourchette satisfaisante. Comme je m'approchais de nouveau de la table — et d'un Mr. Farraday qui semblait maintenant plongé dans son journal —, j'eus l'idée de glisser doucement la fourchette sur la nappe, sans déranger mon employeur dans sa lecture. Cependant, il m'était déjà apparu que Mr. Farraday pouvait fort bien feindre l'indifférence pour me causer le moins de gêne possible, et on pouvait penser qu'en remettant si discrètement l'objet en place, je prenais visiblement mon erreur à la légère, ou pire encore, cherchais à la camoufler. Ce fut donc pour cette raison que je jugeai préférable de poser la fourchette sur la table de façon assez appuyée, ce qui déclencha un deuxième sursaut de mon employeur, et lui fit lever les yeux et marmonner de nouveau : «Ah, Stevens.»

Les erreurs telles que celles-ci, survenues au cours des derniers mois, ont été, comme il est naturel, éprouvantes pour l'amour-propre, mais il n'y a pas de raison de supposer qu'elles révèlent rien de plus sinistre qu'un manque de personnel. Ce n'est pas qu'un manque de personnel ne soit pas, en lui-même, significatif ; mais si Miss Kenton devait réellement revenir à Darlington Hall, ces petites lacunes, j'en suis sûr, ne seraient plus qu'un mauvais souvenir. Certes, il convient de se rappeler que dans la lettre de Miss Kenton — lettre que j'ai relue hier au soir, je le signale au passage, avant d'éteindre la lumière — aucune formulation explicite n'indique sans ambiguïté qu'elle souhaiterait retrouver son ancienne place. En fait, il faut bien le reconnaître, il est indéniablement possible que l'on ait antérieurement, peut-être parce qu'on aurait alors pris ses désirs professionnels pour des réalités, exagéré les indices qui révéleraient chez elle une telle aspiration. Car, je l'avoue, j'ai été un peu étonné, hier au soir, de la difficulté que j'ai eue à isoler un passage précis qui témoignât clairement de son désir de revenir.

Mais par ailleurs, il ne semble pas vraiment utile de se lancer dans de grandes spéculations sur cette question, alors que l'on sait que selon toute vraisemblance, on pourra s'entretenir avec Miss Kenton en personne dans les quarante-huit heures. Cependant, je dois le dire, j'ai tout de même consacré de longues minutes à méditer sur ces passages la nuit dernière, allongé dans l'obscurité, à écouter les bruits que faisaient au rez-de-chaussée l'aubergiste et sa femme en s'activant à leur ménage du soir.

Moscombe, près de Tavistock, Devon

Je devrais peut-être revenir un instant sur la question de l'attitude de Sa Seigneurie à l'égard des personnes juives, puisque ce problème de l'anti-sémitisme, à ce que je vois, a pris de nos jours un caractère plutôt sensible. Je voudrais en particulier éclaircir cette affaire d'une prétendue interdiction des personnes juives dans le personnel de Darlington Hall. Puisque cette allégation se rapporte très directement à mon domaine, je suis en mesure de la réfuter de façon absolument catégorique. Il y a eu beaucoup de personnes juives dans mon personnel au cours de toutes les années où j'ai servi Sa Seigneurie, et je tiens à préciser, de plus, qu'elles n'ont jamais reçu un traitement différent des autres en raison de leur race. On est bien en peine de comprendre la raison de ces allégations absurdes — à moins, ce qui serait vraiment grotesque, d'en trouver l'origine dans ces quelques brèves semaines, sans aucune portée, où, au début des années trente, Mrs. Carolyn Barnet se mit à exercer sur Sa Seigneurie une influence peu commune.

Mrs. Barnet, veuve de Mr. Charles Barnet, avait à l'époque plus de quarante ans ; c'était une dame d'une beauté remarquable, et même, selon certains, prestigieuse. Elle avait la réputation d'être redoutablement intelligente, et en ce temps-là, il était assez fréquent d'entendre raconter que, dînant avec tel ou tel personnage connu pour sa culture, elle l'avait humilié au cours d'une discussion sur un grand problème contemporain. Pendant une bonne partie de l'été 1932, elle se trouva régulièrement à Darlington Hall, où elle passait souvent des heures et des heures en tête à tête avec Sa Seigneurie, leur conversation abordant généralement des sujets d'ordre social et politique. Ce fut Mrs. Barnet, je m'en souviens, qui emmena Sa Seigneurie en « voyage organisé » dans les quartiers les plus pauvres de l'East End londonien, expéditions au cours desquelles Sa Seigneurie visita les logements de familles victimes de la terrible misère trop répandue en ces années. Autant dire que Mrs. Barnet contribua vraisemblablement à ces préoccupations croissantes éprouvées par Lord Darlington à l'égard des pauvres de notre pays, et de ce fait, on ne peut pas dire que son influence ait été entièrement négative.

Mais bien entendu, elle appartenait également aux « Chemises noires », l'organisation de Sir Oswald Mosley, et les contacts extrêmement réduits qui existèrent entre Sa Seigneurie et Sir Oswald eurent lieu cet été-là, au cours de ces quelques semaines. Et ce fut durant la même période que survinrent à Darlington Hall les incidents nullement caractéristiques qui ont dû, suppose-t-on, procurer un fondement presque immatériel à ces allégations absurdes.

Je parle d'«incidents», mais dans certains cas, ils furent extrêmement minimes. Par exemple, je me rappelle avoir entendu un soir, au dîner, alors qu'un certain périodique venait d'être mentionné, Sa Seigneurie remarquer : «Ah oui, vous parlez de cette feuille de propagande juive.» Une autre fois, à la même époque, il me donna la consigne de ne plus faire de dons à une œuvre charitable qui venait régulièrement frapper à notre porte, car, me dit-il, le comité d'organisation était «plus ou moins intégralement juif». Je me rappelle ces remarques parce qu'elles me surprirent réellement à l'époque, Sa Seigneurie n'ayant jamais exprimé auparavant le moindre antagonisme à l'égard de la race juive.

Vint enfin, bien sûr, cet après-midi où Lord Darlington me convoqua dans son bureau. Il commença par aborder des sujets d'ordre général, me demandant si tout allait bien dans la maison, et ainsi de suite. Puis il dit :

«J'ai beaucoup réfléchi, Stevens. Beaucoup réfléchi. Et je suis arrivé à une conclusion. Nous ne pouvons pas avoir de Juifs dans le personnel de Darlington Hall.

— Monsieur ?

— Pour le bien de la maison, Stevens. Dans l'intérêt des invités qui séjournent ici. J'ai examiné cette question attentivement, Stevens, et je vous communique ma conclusion.

— Très bien, monsieur.

« — Dites-moi, Stevens, nous en avons quelques-uns dans le personnel en ce moment, n'est-ce pas ? Des Juifs, je veux dire.

— Je pense, monsieur, que deux des membres actuels du personnel entreraient dans cette catégorie.

— Ah. » Sa Seigneurie se tut un instant, regardant par la fenêtre. « Évidemment, vous allez devoir les remercier.

— Je vous demande pardon, monsieur ?

— C'est regrettable, Stevens, mais nous n'avons pas le choix. Il faut penser à la sécurité et au bien-être de mes invités. Croyez-moi, j'ai examiné cette question et j'y ai réfléchi sous tous ses aspects. C'est absolument dans notre intérêt. »

Les deux domestiques concernées étaient toutes deux des femmes de chambre. Il n'aurait donc guère été correct de prendre des mesures sans mettre d'abord Miss Kenton au courant de la situation, et je résolus de le faire ce même soir, lorsque nous nous retrouverions dans son office pour y prendre une tasse de cacao. Je devrais peut-être donner ici quelques précisions sur ces réunions que nous tenions tous les soirs dans son office. Elles avaient, je tiens à le dire, une tonalité très largement professionnelle, encore que, naturellement, il nous soit parfois arrivé de discuter de questions diverses. La raison qui nous avait poussés à instituer ces réunions était simple : nous étions, nous l'avions constaté, pris par tant d'activités que plusieurs jours pouvaient s'écouler sans que nous ayons l'occasion d'échanger ne serait-ce que la plus élémentaire des informations. Cette situation, à notre avis, compromettait gravement la bonne marche des opérations, et passer un petit quart d'heure ensemble à la fin de la journée dans le calme de l'office de Miss Kenton nous parut être le remède le plus efficace. J'insiste là-dessus, ces réunions présentaient un caractère essentiellement professionnel ; c'est-à-dire, par exemple, que nous pouvions envisager l'organisation d'une réception prochaine, ou bien échanger nos points de vue sur les débuts d'une nouvelle recrue.

Quoi qu'il en soit, pour reprendre le fil de mon récit, vous vous doutez que je n'étais pas dépourvu de toute gêne à l'idée d'annoncer à Miss Kenton que j'allais congédier deux de ses femmes de chambre. À vrai dire, ces domestiques avaient donné toute satisfaction dans leur travail, et — je peux aussi bien le dire, puisque la question juive a pris ces temps derniers un caractère si sensible — tous mes instincts s'opposaient à l'idée de les congédier. Cependant, mon devoir, en l'occurrence, était absolument clair, et à mes yeux, il n'y avait rien à gagner à afficher de façon irresponsable les doutes que j'éprouvais. C'était une tâche difficile, mais il était d'autant plus nécessaire de s'en acquitter avec dignité. De ce fait, lorsque je soulevai enfin la question, vers la fin de notre conversation de ce soir-là, je le fis de façon aussi concise et pratique que possible, concluant sur ces mots :

« Je parlerai à ces deux employées dans mon office, demain matin à dix heures et demie. Je vous serais donc reconnaissant, Miss Kenton, de bien vouloir me les envoyer. Je vous laisse entièrement libre de les informer ou pas auparavant de la nature de ce que j'ai à leur dire. »

Miss Kenton semblait ne rien avoir à répondre. Aussi continuai-je : « Eh bien, Miss Kenton, merci pour le cacao. Il est grand temps que j'aille me reposer. Demain, il y aura encore beaucoup à faire. »

Ce fut alors que Miss Kenton dit : « Mr. Stevens, je n'en crois pas tout à fait mes oreilles. Il y a maintenant plus de six ans que Ruth et Sarah font partie de mon personnel. Je leur fais absolument confiance, et elles aussi me font confiance. Elles ont excellemment servi cette maison.

— J'en suis certain, Miss Kenton. Mais nous ne devons pas laisser les sentiments se mêler insidieusement à nos jugements. Et maintenant, je dois vraiment vous souhaiter la bonne nuit...

— Mr. Stevens, cela me scandalise de vous voir assis là et de vous entendre prononcer de telles paroles comme si vous parliez des prochaines commandes d'épicerie. Sérieusement, je ne peux pas le croire. Vous me dites qu'il faut renvoyer Ruth et Sarah sous prétexte qu'elles sont juives ?

— Miss Kenton, je viens à l'instant de vous expliquer la situation dans son ensemble. Sa Seigneurie a pris une décision, et vous et moi, nous n'avons rien à discuter.

— Il ne vous est pas apparu, Mr. Stevens, que renvoyer Ruth et Sarah pour de tels motifs, ce n'est tout simplement *pas bien* ? Je n'admettrai pas ce genre de choses. Je ne travaillerai pas dans une maison où ce genre de chose peut arriver.

— Miss Kenton, je vous demanderai de ne pas vous énerver et de vous conduire d'une façon seyant à votre position. Cette affaire est parfaitement simple. Si Sa Seigneurie souhaite qu'il soit mis fin à certains contrats de travail, il n'y a pas grand-chose à ajouter.

— Je vous préviens, Mr. Stevens, je ne continuerai pas à travailler dans une maison pareille. Si on renvoie mes filles, je partirai aussi.

— Miss Kenton, je suis étonné de vous voir réagir de cette manière. Je ne devrais pas avoir à vous rappeler que professionnellement, nous ne devons pas nous soumettre à nos penchants et à nos sentiments, mais aux vœux de notre employeur.

— Je vous le dis, Mr. Stevens, si vous renvoyez mes filles demain, ce sera mal, ce sera un péché entre tous les péchés, et je ne continuerai pas à travailler dans une maison pareille.

— Miss Kenton, permettez-moi de vous dire que vous n'êtes sans doute pas très bien placée pour former des jugements aussi présomptueux. À la vérité, le monde d'aujourd'hui est fort compliqué et trompeur. Il y a bien des choses que nous ne sommes pas, ni vous ni moi, à même de comprendre, en ce qui concerne, par exemple, la nature de la juiverie. Tandis que Sa Seigneurie, j'ose le supposer, est un peu mieux placée pour juger des mesures à prendre. Et maintenant, Miss Kenton, il faut vraiment que je parte. Encore merci pour le cacao. Dix heures et demie demain matin. Envoyez-moi les deux employées en question, je vous prie. »

Dès l'instant où les deux femmes de chambre entrèrent dans mon office le lendemain matin, il était évident que Miss Kenton leur avait déjà parlé, car elles sanglotaient toutes les deux. Je leur expliquai la situation aussi brièvement que possible, soulignant que leur travail avait donné satisfaction et qu'en conséquence, elles recevraient de bonnes références. Autant qu'il m'en souvienne, aucune des deux ne dit rien de remarquable au long de l'entretien, qui dura peut-être trois ou quatre minutes, et elles repartirent en sanglotant comme elles étaient arrivées.

Miss Kenton manifesta à mon égard une froideur extrême pendant les quelques jours qui suivirent le renvoi des employées. Il lui arriva, à vrai dire, de se montrer grossière avec moi, et cela même en présence de membres du personnel. Nous nous réunissions toujours le soir autour d'une tasse de cacao, mais ces séances avaient pris un tour peu amical et s'étaient abrégées. Lorsque au bout d'environ une quinzaine il apparut que son attitude ne s'adoucissait pas, vous comprendrez, je pense, que je me sois quelque peu impatienté. Je m'adressai donc à elle au cours d'une de nos réunions-cacao, adoptant un ton ironique :

« Miss Kenton, je m'attendais un peu à ce que vous ayez déjà remis votre démission. » J'accompagnai ces paroles d'un léger rire. J'espérais, j'imagine, qu'elle allait finir par fléchir et par réagir d'une façon un peu plus conciliante, ce qui nous aurait permis de considérer l'épisode comme définitivement réglé. Mais Miss Kenton me regarda d'un air sévère et dit :

« J'ai toujours l'intention de remettre ma démission, Mr. Stevens. Il se trouve simplement que j'ai été si occupée que je n'ai pas eu le temps de faire le nécessaire. »

J'avoue que cela m'inquiéta un peu ; pendant un moment, je me demandai s'il fallait prendre sa menace au sérieux. Mais les semaines succédant aux semaines, il devint évident qu'elle n'allait pas quitter Darlington Hall, et à mesure que le climat de nos relations se dégelait, sans doute m'arriva-t-il de la taquiner de temps à autre en lui rappelant sa menace de démission. Par exemple, si nous parlions d'une grande réception qui devait se tenir ultérieurement au domaine, je glissais : « Cela, Miss Kenton, si du moins vous êtes encore avec nous à ce moment-là. » Des mois après, ce genre de remarque provoquait encore le silence de Miss Kenton — mais à ce stade, je crois que sa réaction tenait davantage à la gêne qu'à la colère.

Au bout du compte, évidemment, on finit par oublier presque complètement cette affaire. Mais je me rappelle qu'elle revint encore une fois sur le tapis, plus d'un an après le renvoi des deux femmes de chambre.

Ce fut Sa Seigneurie qui la fit resurgir, un après-midi où je lui servais le thé au salon. C'en était fini, à cette époque, de l'influence exercée sur Sa Seigneurie par Mrs. Carolyn Barnet ; en fait, cette dame ne venait plus du tout à Darlington Hall. Il convient d'ailleurs de souligner que Sa Seigneurie avait alors rompu tous ses liens avec les « Chemises noires », ayant constaté la nature hideuse de cette organisation.

« Oh, Stevens, me dit-il ce jour-là. Je voulais vous parler. De cette histoire de l'an dernier. Les femmes de chambre juives. Vous vous souvenez de cette affaire ?

— Oui, monsieur.

— Je suppose qu'il n'y a pas moyen de savoir ce qu'elles sont devenues, hein ? Ce n'est pas bien, ce qui s'est passé, et on aimerait leur offrir une sorte de compensation.

— Je ne manquerai pas d'examiner cette question, monsieur. Mais je ne suis pas du tout certain qu'il soit possible de retrouver leur trace à l'heure actuelle.

— Voyez ce que vous pouvez faire. C'est mal, ce qui s'est passé. »

Je supposai que ce dialogue avec Sa Seigneurie intéresserait Miss Kenton, et j'estimai qu'il convenait de l'en informer, fût-ce au risque de la mettre de nouveau en colère. Comme le montra la suite des événements, l'entretien que j'eus dans ce but avec elle lors de l'après-midi brumeux où je la rencontrai à la gloriette aboutit à de curieux résultats.

Je m'en souviens, la brume commençait à tomber quand je traversai la pelouse, cet après-midi-là. Je montais vers la gloriette pour débarrasser les restes du thé que Sa Seigneurie avait partagé un peu plus tôt avec quelques invités. Je me rappelle avoir repéré d'assez loin, longtemps avant d'atteindre les marches où mon père était tombé autrefois, la silhouette de Miss Kenton qui se déplaçait dans la gloriette. Lorsque j'entrai, elle s'était assise sur une des chaises en osier dispersées à l'intérieur, et semblait absorbée par un ouvrage à l'aiguille. En y regardant de plus près, je vis qu'elle procédait à des réparations sur un coussin. Je rassemblai les différentes pièces de vaisselle éparpillées entre les plantes et sur les meubles de rotin, et tandis que je m'affairais ainsi, nous échangeâmes, je crois, quelques plaisanteries, et discutâmes peut-être d'une ou deux questions professionnelles. À la vérité, il était extrêmement délassant d'être dehors, dans la gloriette, après de nombreuses journées passées dans le corps de logis principal, et nous n'étions ni l'un ni l'autre enclins à précipiter l'achèvement de nos tâches. En fait, alors que la vue, ce jour-là, ne portait pas loin à cause de la brume envahissante, et que de plus le jour lui-même commençait à faiblir, obligeant Miss Kenton à lever son ouvrage vers les derniers rayons de lumière, je me rappelle que souvent, nous nous interrompions dans nos activités respectives pour contempler le paysage qui nous entourait. Je regardais justement la pelouse, où la brume s'épaississait autour des peupliers plantés le long de l'allée carrossable, lorsque j'amenai enfin dans la conversation le sujet des renvois de l'année précédente. De façon peut-être un peu prévisible, je commençai par dire :

« J'y repensais tout à l'heure, Miss Kenton. C'est un souvenir qui est maintenant assez drôle, mais savez-vous qu'il y a seulement un an, vous affirmiez encore que vous alliez démissionner ? Ça m'a vraiment amusé d'y repenser. » Je ris, mais derrière moi, Miss Kenton gardait le silence. Lorsque je me tournai enfin pour la regarder, elle contemplait à travers la vitre la vaste nappe de brouillard qui s'étendait au-dehors.

« Vous n'imaginez sans doute pas, Mr. Stevens, dit-elle enfin, à quel point mon intention de quitter cette maison était sérieuse. J'étais tellement bouleversée de ce qui s'était passé... Si j'avais été le moins du monde digne de respect, il y a certainement longtemps que je serais partie de Darlington Hall ». Elle se tut un instant, et je tournai à nouveau mon regard vers les peupliers lointains. Elle continua alors d'une voix fatiguée : « Je me suis montrée lâche, Mr. Stevens. Lâche, tout simplement. Où serais-je allée ? Je n'ai pas de famille. Rien que ma tante. Je l'aime tendrement, mais je ne peux pas passer un jour auprès d'elle sans avoir l'impression que ma vie est en train de fuir en pure perte. Bien sûr, je me suis dit que je ne tarderais pas à trouver une autre situation. Mais j'avais si peur, Mr. Stevens. Chaque fois que je pensais à partir, je me voyais dehors, incapable de trouver quelqu'un qui me connaisse ou qui s'intéresse à moi. Et voilà, mes grands principes ne vont pas plus loin que ça. J'ai vraiment honte. Mais je ne suis pas arrivée à partir,

Mr. Stevens. Je ne suis pas arrivée à me décider à partir. »

Miss Kenton se tut de nouveau et sembla plongée dans ses pensées. Il me parut donc opportun de lui rapporter à ce moment-là, aussi précisément que possible, l'échange qui avait eu lieu un peu plus tôt entre Lord Darlington et moi. Je lui en fis le récit et conclus en disant :

« Ce qui est fait peut difficilement être défait. Mais du moins est-ce un grand réconfort d'entendre Sa Seigneurie déclarer sans équivoque que tout cela a été un terrible malentendu. Je pensais que vous seriez contente de le savoir, Miss Kenton, puisque je me souviens que vous étiez aussi malheureuse que moi de cette affaire.

— Je regrette, Mr. Stevens, dit Miss Kenton derrière moi d'une voix tout à fait différente, comme si elle venait d'être arrachée à un rêve, mais je ne vous comprends pas. » Puis, comme je me tournais vers elle, elle continua : « Autant que je me rappelle, vous trouviez parfaitement correct qu'on fasse faire leurs valises à Ruth et Sarah. Vous en étiez littéralement réjoui.

— Allons, Miss Kenton, ce n'est pas exact et ce n'est pas juste. Toute cette histoire m'a causé beaucoup de souci, vraiment beaucoup de souci. Ce n'est pas du tout le genre de chose que j'apprécie de voir survenir dans cette maison.

— Alors, Mr. Stevens, pourquoi ne me l'avez-vous pas dit à l'époque ? »

J'eus un petit rire, mais pendant un instant cherchai en vain une réponse. Avant que j'aie pu en formuler une, Miss Kenton posa son ouvrage et dit :

« Vous rendez-vous compte, Mr. Stevens, de ce que cela aurait signifié pour moi si vous aviez pensé, l'année dernière, à me faire part de vos sentiments ? Vous avez vu à quel point cela me bouleversait de voir mes filles renvoyées. Vous rendez-vous compte de l'aide que cela m'aurait apportée ? Pourquoi, Mr. Stevens, pourquoi, mais pourquoi, faut-il toujours que vous *fassiez semblant* ? »

J'eus un nouveau rire, suscité par la tournure ridicule que prenait brusquement la conversation. « Vraiment, Miss Kenton, dis-je, je ne suis pas sûr de comprendre ce que vous voulez dire. Faire semblant ? Enfin, vraiment...

— J'ai tellement souffert du départ de Ruth et de Sarah. Et j'ai souffert d'autant plus que je croyais être seule.

— Vraiment, Miss Kenton... » Je pris le plateau sur lequel j'avais rassemblé la vaisselle. « Naturellement, on désapprouvait les renvois. On aurait supposé que cela allait de soi. »

Elle ne dit rien, et en partant je lui jetai un dernier coup d'œil. Elle contemplait de nouveau la vue, mais il faisait maintenant si sombre à l'intérieur de la gloriette que je ne voyais plus d'elle que son profil se détachant sur un fond pâle et vide. Je m'excusai et entrepris d'effectuer ma sortie.

Maintenant que j'ai évoqué l'épisode du renvoi des employées juives, cela me rappelle ce que l'on pourrait appeler, je suppose, un curieux corollaire de toute cette affaire : à savoir l'arrivée de la femme de chambre nommée Lisa. C'est-à-dire que nous fûmes obligés de trouver des remplaçantes pour les deux Juives renvoyées ; et l'une d'elles fut cette Lisa.

Cette jeune femme s'était présentée munie de références des plus douteuses, qui signifiaient aux yeux d'un majordome expérimenté que, lorsqu'elle avait quitté sa place précédente, des soupçons pesaient certainement sur elle. De plus, quand nous l'interrogeâmes, Miss Kenton et moi, nous comprîmes qu'elle n'était jamais restée dans la même maison plus de quelques semaines. En général, l'ensemble de son attitude me donnait l'impression qu'elle n'avait pas sa place dans le personnel de Darlington Hall. À ma vive surprise, cependant, après nos entretiens avec la jeune fille, Miss Kenton insista pour que nous l'engagions. «À mes yeux, cette jeune fille a beaucoup de possibilités, persistait-elle à dire malgré mes protestations. Elle sera directement sous ma surveillance, et je veillerai à ce qu'elle fasse ses preuves.»

Je me souviens que notre désaccord resta au point mort pendant quelque temps ; ce fut peut-être uniquement parce que la question des femmes de chambre renvoyées était encore toute fraîche dans nos esprits que je ne maintins pas mes positions face à Miss Kenton avec toute la force que j'aurais pu y mettre. Toujours est-il que je finis par céder, en disant pourtant :

«Miss Kenton, j'espère que vous vous rendez compte que la responsabilité de l'engagement de cette jeune fille vous incombe entièrement. En ce qui me concerne, il est indubitable qu'à l'heure actuelle, elle est loin de répondre à ce que l'on attend d'un membre de notre personnel. Je ne l'autorise à s'y intégrer que dans la mesure où vous prenez personnellement en charge son développement.

— Elle tournera bien, Mr. Stevens. Vous verrez. »

Et à ma grande surprise, au cours des semaines qui suivirent, la jeune fille progressa en effet à un rythme remarquable. Son attitude semblait s'améliorer de jour en jour, et même sa façon de marcher et de travailler — qui avait été au début si négligée qu'on préférait détourner les yeux — s'améliora de façon spectaculaire.

Comme les semaines passaient et que la jeune fille semblait se transformer comme par miracle en membre utile du personnel, le sentiment de triomphe de Miss Kenton sautait aux yeux. Elle paraissait prendre un plaisir particulier à confier à Lisa des missions qui comportaient une part de responsabilité un peu spéciale, et si j'étais témoin, elle ne manquait pas de capter mon regard avec son expression légèrement moqueuse. Le dialogue que nous eûmes ce soir-là dans l'office de Miss Kenton autour d'une tasse de cacao est bien représentatif du genre de conversation que nous avions souvent sur la question de Lisa.

« Sans doute, Mr. Stevens, me dit-elle, serez-vous extrêmement déçu d'apprendre que Lisa n'a encore commis aucune véritable erreur qui vaille d'être mentionnée.

— Je ne suis pas du tout déçu, Miss Kenton. Je suis très content pour vous et pour nous tous. Je dois reconnaître que jusqu'à présent, vous avez assez bien réussi avec cette jeune fille.

— Assez bien réussi ! Et regardez-moi ce sourire sur votre visage, Mr. Stevens. Il apparaît chaque fois que je mentionne Lisa. Voilà qui est révélateur. Tout à fait révélateur, à la vérité.

— Vraiment, Miss Kenton. Et de quoi est-ce révélateur, je vous prie ?

— C'est très intéressant, Mr. Stevens. Il est très intéressant que vous ayez été si pessimiste à son sujet. Parce que Lisa est une jolie fille, on ne peut pas dire le contraire. Et j'ai remarqué que vous manifestiez une aversion curieuse à la présence de jolies filles dans le personnel.

— Vous savez très bien que vous dites des bêtises, Miss Kenton.

— C'est que je l'ai bien remarqué, Mr. Stevens. Vous n'aimez pas qu'il y ait des jolies filles dans le personnel. Est-ce que par hasard notre Mr. Stevens aurait peur d'être troublé ? Se peut-il que notre Mr. Stevens soit finalement en chair et en os et ne puisse pas se fier à lui-même ?

— Allons, Miss Kenton. Si je pensais qu'il y a un atome de bon sens dans ce que vous dites, je me donnerais peut-être la peine de me lancer dans une discussion. Mais les choses étant ce qu'elles sont, je crois que je vais appliquer ma réflexion à d'autres sujets pendant que vous vous perdez en bavardages.

— Mais dans ce cas, pourquoi ce sourire coupable sur votre visage, Mr. Stevens ?

— Ce n'est pas du tout un sourire coupable, Miss Kenton. Je suis quelque peu diverti par votre étonnante capacité à dire des bêtises, voilà tout.

— Si, si, c'est un petit sourire coupable, Mr. Stevens. Et j'ai remarqué que vous vous résigniez difficilement à regarder Lisa. Je commence à mieux comprendre pourquoi vous aviez tant de reproches à lui faire.

— Mes reproches, Miss Kenton, étaient fort bien fondés, vous le savez parfaitement. Cette jeune fille ne faisait absolument pas l'affaire quand elle est arrivée ici. »

Qu'il soit clairement entendu que nous n'aurions jamais eu pareille conversation à portée d'oreille des membres du personnel. Mais à cette époque, nos réunions autour d'une tasse de cacao, tout en conservant leur caractère essentiellement professionnel, s'ouvraient souvent à ce genre de bavardages innocents, ce qui aidait bien, il faut le dire, à défaire les tensions nombreuses résultant d'une dure journée.

Lisa était avec nous depuis huit ou neuf mois — et j'avais d'ailleurs à peu près oublié son existence — lorsqu'elle disparut de la maison en compagnie du deuxième valet de pied. Il se trouve que de tels incidents font complètement partie de la vie de tout majordome de grande maison. Ils sont excessivement irritants, mais on apprend à les accepter. En fait, dans le domaine des départs « à la cloche de bois », celui-ci comptait parmi les plus civilisés. À part un peu de nourriture, le couple n'avait rien pris qui appartînt à la maison, et de plus, les deux parties avaient laissé des lettres. Le deuxième valet de pied, dont le nom m'échappe aujourd'hui, avait laissé un court billet à mon adresse, disant à peu près : « S'il vous plaît, n'ayez pas trop mauvaise opinion de nous. Nous nous aimons, nous allons nous marier. » Lisa avait rédigé une missive beaucoup plus longue, adressée à « l'Intendante », et ce fut cette lettre que Miss Kenton apporta dans mon office, le matin qui suivit leur disparition. Il s'y trouvait, je m'en souviens, beaucoup de phrases mal bâties et mal orthographiées sur le grand amour qu'ils éprouvaient l'un pour l'autre, les charmes irrésistibles du deuxième valet de pied, et le merveilleux avenir qui les attendait tous les deux. Une des lignes, si je me rappelle bien, donnait à peu près ce qui suit : « On a pas d'argent mais qu'est-ce que ça fait on a l'amour et ça suffit nous sommes tout l'un pour l'autre qui pourrait vouloir autre chose. » Encore que la lettre s'étalât sur trois pages, il n'y était pas question de sentiments reconnaissants à l'égard de Miss Kenton, qui avait fait preuve d'une telle sollicitude pour la jeune fille, pas plus qu'on n'y trouvait le moindre mot de regret à la pensée de nous laisser dans l'embarras.

De toute évidence, Miss Kenton était très ébranlée. Pendant tout le temps que je passai à parcourir la lettre de la jeune fille, elle resta assise devant moi, regardant ses mains. En fait — et cela paraît un peu curieux — je ne me rappelle pas l'avoir jamais vue plus abattue que ce matin-là. Quand je reposai la lettre sur la table, elle dit :

« Eh bien, Mr. Stevens, on dirait que vous aviez raison, et que j'avais tort.

— Miss Kenton, il n'y a aucune raison de vous mettre dans cet état, dis-je. Ce sont des choses qui arrivent. Il n'y a vraiment pas grand-chose que des gens comme nous puissent faire pour les éviter.

— Je suis fautive, Mr. Stevens. Je le reconnais. Vous avez eu raison tout du long, comme toujours, et moi, j'ai eu tort.

— Miss Kenton, je ne peux en aucun cas me ranger à votre avis. Vous avez fait des merveilles avec cette jeune fille. Ce que vous avez réussi avec elle a largement prouvé qu'en fait, c'était moi qui étais dans l'erreur. Vraiment, Miss Kenton, ce qui vient de se passer aurait pu survenir avec n'importe quel employé. Vous avez obtenu des résultats remarquables avec elle. Sans doute avez-vous toutes les raisons d'estimer qu'elle vous a fait faux bond, mais vous n'avez aucune raison de vous croire vous-même responsable de la situation. »

Miss Kenton semblait toujours accablée. Elle dit doucement : « Vous êtes bien bon de me parler ainsi, Mr. Stevens. Je vous en suis très reconnaissante. » Puis elle poussa un soupir de lassitude et reprit : « Quelle sotte ! Elle aurait pu avoir devant elle une véritable carrière. Elle avait du talent. Tant de jeunes femmes comme elle gaspillent leurs chances, et tout ça pour quoi?»

Nous jetâmes tous les deux un regard à la lettre posée sur la table entre nous, et Miss Kenton détourna les yeux d'un air excédé.

«En effet, dis-je. Comme vous le dites, c'est un terrible gaspillage.

— Quelle sottise! Elle sera fatalement déçue. Et elle avait une bonne vie devant elle, si seulement elle avait persévéré. Encore un an ou deux, et je l'aurais suffisamment formée pour qu'elle soit à même de prendre un emploi d'intendante d'un petit domaine. Cela vous paraît peut-être excessif, Mr. Stevens, mais regardez le chemin que j'ai parcouru avec elle en si peu de mois. Et voilà qu'elle a tout laissé tomber. Tout ça pour rien.

— En vérité, elle s'est montrée bien sotte.»

J'avais commencé à rassembler les feuilles de papier posées devant moi, songeant à les classer dans les archives. Mais ce faisant, je me demandai si Miss Kenton avait vraiment prévu de me laisser cette lettre, ou si elle préférait la garder; je reposai donc les feuillets entre nous, sur la table. Quoi qu'il en fût, Miss Kenton semblait perdue dans ses pensées.

«Elle sera fatalement déçue, répéta-t-elle. Quelle sottise!»

Mais je vois que je m'égare quelque peu dans ces vieux souvenirs. Je n'en avais jamais eu l'intention, mais d'un autre côté, sans doute n'est-ce pas une mauvaise chose que d'éviter ainsi de me laisser préoccuper à l'excès par les événements de la soirée, événements qui, je l'espère, ont enfin trouvé leur conclusion. Car je dois dire que ces dernières heures ont été plutôt éprouvantes.

Je suis à l'heure actuelle installé dans la mansarde d'une maisonnette appartenant à Mr. et Mrs. Taylor. Il s'agit là, comprenez-le bien, d'une résidence privée ; cette chambre, mise si gentiment à ma disposition ce soir par les Taylor, a été occupée autrefois par leur fils aîné, depuis longtemps adulte et habitant Exeter. C'est une chambre que dominent des poutres et des chevrons imposants ; le plancher n'est couvert d'aucune espèce de tapis ou carpette ; et pourtant, l'atmosphère en est étonnamment douillette. De toute évidence, Mrs. Taylor ne s'est pas contentée de faire le lit à mon intention, mais elle a également nettoyé la pièce : à l'exception de quelques toiles d'araignée près des poutres, on ne peut guère deviner que cette pièce est restée inoccupée pendant des années. Quant à Mr. et Mrs. Taylor, j'ai appris qu'ils ont vendu des fruits et légumes dans ce village depuis les années vingt jusqu'à leur retraite, prise il y a trois ans. Ce sont de braves gens, et j'ai eu beau, ce soir, leur proposer à plusieurs reprises une rétribution de leur hospitalité, ils n'ont rien voulu savoir.

Si je me trouve maintenant ici, si j'en suis venu à dépendre ce soir de la générosité de Mr. et Mrs. Taylor, c'est que j'ai commis une négligence stupide, terriblement élémentaire : j'ai tout simplement laissé la Ford tomber en panne sèche. Si l'on ajoute cette erreur au problème de manque d'eau que j'ai eu hier avec le radiateur, on est en droit de croire que je suis chroniquement enclin à de graves défauts d'organisation. Certes, on peut souligner qu'en ce qui concerne les longs trajets en automobile, je suis une sorte de novice, et qu'il n'y a pas à être surpris de me voir sujet à de tels oublis. Pourtant, lorsqu'on se rappelle que la bonne organisation et la prévoyance sont des qualités essentielles à la profession que l'on exerce, il est difficile de ne pas avoir la sensation qu'en quelque sorte, on s'est de nouveau fait faux bond à soi-même.

Il n'en est pas moins vrai que bien des soucis ont gêné ma concentration au cours de l'heure de route qui a précédé la panne d'essence. J'avais prévu de loger pour la nuit dans la bourgade de Tavistock, où j'arrivai peu avant huit heures. Mais au plus grand hôtel de la ville, on m'apprit que toutes les chambres étaient occupées en raison d'une foire agricole locale. Plusieurs autres établissements me furent indiqués, mais chaque fois, on s'excusa de ne pouvoir m'accueillir en alléguant le même motif. Enfin, à la lisière de la ville, la propriétaire d'une pension me conseilla de rouler jusqu'à une hôtellerie située au bord de la route, à plusieurs kilomètres de là, et tenue par une personne de sa famille ; là, m'assura-t-elle, il y aurait certainement de la place, car l'éloignement de Tavistock était tel que les répercussions de la foire ne devaient pas s'y faire sentir.

Elle m'avait donné des indications détaillées, qui, sur le coup, m'avaient paru fort claires, et il est maintenant impossible de savoir à qui imputer mon incapacité à trouver la moindre trace de cet établissement. En tout cas, au bout d'environ un quart d'heure de trajet, je me retrouvai sur une longue route qui sinuait à travers un paysage dégagé et sévère. De chaque côté s'étendaient des sortes de marais, et des écharpes de brume se déroulaient sur mon chemin. À gauche, je voyais les dernières lueurs du couchant. Çà et là, dans le lointain des prés, des granges et des bâtiments de ferme se détachaient sur l'horizon, mais à cela près, on aurait pu croire que j'avais laissé derrière moi tout signe de vie humaine.

Je me rappelle, à ce moment-là, avoir rebroussé chemin et parcouru de nouveau une partie de la route en cherchant l'embranchement que j'avais manqué. Mais lorsque je l'eus trouvé, la nouvelle route s'avéra, en fait, encore plus désolée que celle que j'avais quittée. Pendant quelque temps, je roulai entre des haies élevées dans une quasi-obscurité, puis je m'aperçus que la route dessinait une côte assez raide. Ayant renoncé à tout espoir de trouver l'hôtellerie, j'avais résolu de continuer mon chemin jusqu'à la prochaine agglomération et d'y chercher un hébergement. Il serait assez facile, me disais-je, de reprendre dès le lendemain matin l'itinéraire prévu. Ce fut à cet endroit, alors que j'avais gravi la moitié de la pente, que le moteur se mit à avoir des ratés et que je découvris qu'il ne me restait plus d'essence.

La Ford roula encore sur quelques mètres, puis elle s'arrêta. Quand je descendis pour me rendre compte de la situation, je vis qu'il ne me restait plus que quelques minutes de jour. Je me tenais sur une montée bordée d'arbres et de haies ; beaucoup plus haut, je distinguais dans la haie une ouverture obturée par une large barrière qui se découpait sur le ciel. J'entrepris de m'y rendre, supposant que de là-haut, je pourrais me faire une idée de ma situation ; peut-être même que j'espérais apercevoir une ferme proche où l'on pourrait rapidement me porter secours. Je fus donc un peu déconcerté par le spectacle qui s'offrit finalement à mes yeux. De l'autre côté de la barrière, un champ descendait en pente si raide qu'il échappait à mes regards à une vingtaine de mètres de moi. Au-delà de la limite visible du champ, à quelque distance de là — peut-être deux kilomètres à vol d'oiseau —, je vis un petit village. Je discernais à travers la brume un clocher, entouré d'un amas de toits d'ardoise sombre ; çà et là, des volutes de fumée blanche montaient des cheminées. On est forcé d'avouer qu'à ce moment-là, on s'est senti submergé par un certain sentiment de découragement. Évidemment, la situation n'était absolument pas désespérée ; la Ford n'avait subi aucun dommage, elle manquait simplement de carburant. La descente jusqu'au village me prendrait environ une demi-heure, et là, je trouverais certainement un logis et un bidon d'essence. Cela n'avait pourtant rien de réjouissant d'être debout sur cette colline solitaire et de contempler par-dessus une barrière les lumières qui s'allumaient dans un village lointain, le jour presque évanoui, et la brume qui ne cessait de s'épaissir.

Il n'y avait cependant aucun avantage à sombrer dans la mélancolie. De plus, il aurait été stupide de ne pas profiter des dernières lueurs du jour. Je retournai à la Ford où je rangeai dans une mallette quelques articles indispensables. Puis, muni d'une lampe à bicyclette dont le faisceau était étonnamment puissant, je partis à la recherche d'un chemin qui me permettrait de descendre au village. Mais j'eus beau gravir encore une bonne partie de la pente, bien au-delà de la barrière, aucun chemin de ce genre ne s'offrit à moi. Lorsque je sentis que la route avait cessé de monter mais esquissait un virage descendant dans la direction *opposée* à celle du village, dont j'apercevais régulièrement les lumières à travers le feuillage, je fus de nouveau envahi par le découragement. En fait, je me demandai pendant un moment si la meilleure solution ne serait pas de retourner jusqu'à la Ford et de m'y installer jusqu'au moment où passerait un autre automobiliste. Mais la nuit était alors presque complètement tombée, et il m'apparut que si l'on faisait signe en de telles circonstances à un véhicule de passage, on risquerait fort d'être pris pour un brigand de grand chemin. De plus, je n'avais pas vu passer le moindre véhicule depuis que j'étais descendu de la Ford ; en fait, je ne me rappelais pas vraiment avoir vu une voiture depuis mon départ de Tavistock. Je décidai donc de retourner à la barrière et de couper à travers champs, en m'efforçant de m'orienter aussi directement que possible vers les lumières du village, qu'il y eût ou non un véritable chemin.

En fin de compte, ce ne fut pas une descente trop ardue. Une succession de pâtures menait jusqu'au village, et en suivant la lisière de chaque pré, on était assuré d'avancer sans difficulté excessive. Une seule fois, alors que j'étais déjà près du village, je ne vis aucun moyen évident d'accéder au pré suivant, et je dus éclairer à l'aide de ma lampe à bicyclette la haie qui me barrait la voie. Je finis par découvrir une petite brèche par laquelle je parvins à me faufiler, non sans endommager l'épaule de ma veste et les revers de mon pantalon. En outre, les dernières pâtures se trouvèrent être de plus en plus boueuses, et j'évitai délibérément de projeter le rayon de ma lampe sur mes souliers et mes revers, par crainte d'être de nouveau en proie au découragement.

Je me retrouvai enfin sur un chemin pavé qui descendait jusqu'au village, et c'est là que j'ai rencontré Mr. Taylor, mon hôte aimable de ce soir. Je l'avais vu apparaître à un tournant, quelques mètres plus loin ; ayant attendu courtoisement que je le rejoigne, il toucha sa casquette et me demanda s'il pouvait m'aider. Je lui expliquai ma situation aussi brièvement que possible, ajoutant que je lui serais reconnaissant de me conduire à une bonne auberge. Là-dessus, Mr. Taylor secoua la tête et dit : « J'ai bien peur qu'il n'y ait pas de véritable auberge dans notre village, monsieur. John Humphreys accueille généralement les voyageurs aux Clefs Croisées, mais en ce moment, il fait faire des réparations à sa toiture. » Cependant, avant que cette nouvelle affligeante ait pu faire pleinement son effet, Mr. Taylor ajouta : « Si ça ne vous ennuie pas d'être un peu à la dure, monsieur, nous pouvons vous donner une chambre et un lit pour la nuit. Ça n'est rien d'extraordinaire, mais la femme veillera à ce que tout soit suffisamment propre et confortable, bien que simple. »

Je crois que je proférai quelques paroles, sur un ton qui n'était peut-être pas très convaincu, d'où il ressortait que je ne voulais en aucun cas leur causer un tel embarras. Sur quoi Mr. Taylor répondit : « Je vous le dis, monsieur, ça nous ferait honneur de vous avoir chez nous. Ce n'est pas souvent que des personnes dans votre genre passent par Moscombe. Et en toute honnêteté, monsieur, je ne vois pas ce que vous pouvez faire d'autre à cette heure-là. La femme ne me pardonnerait jamais si je vous laissais repartir dans la nuit. »

Ce fut ainsi que j'acceptai l'aimable hospitalité de Mr. et Mrs. Taylor. Mais quand j'ai qualifié d'« éprouvants » les événements de la soirée, je ne faisais pas simplement allusion aux soucis occasionnés par la panne d'essence et au trajet pénible que j'ai dû effectuer jusqu'au village. En effet, ce qui s'est passé ensuite — ce qui s'est déroulé une fois que je me suis assis à table en compagnie de Mr. et Mrs. Taylor et de leurs voisins — s'est avéré, à sa façon, encore bien plus épuisant que les inconvénients essentiellement physiques que j'avais subis auparavant. J'ai été réellement soulagé, je vous l'assure, de pouvoir enfin monter dans cette chambre et de passer quelques instants à retourner dans ma tête les lointains souvenirs de Darlington Hall.

Ces temps derniers, à vrai dire, je me suis trouvé de plus en plus enclin à me laisser aller à ce genre de réminiscence. Et depuis que la perspective de revoir Miss Kenton s'est offerte à moi, il y a quelques semaines, sans doute ai-je passé beaucoup de temps à méditer sur les raisons qui ont pu entraîner un tel changement dans nos relations. Car changement il y eut indubitablement, vers 1935 ou 1936, après bien des années au long desquelles nous n'avions cessé d'édifier une remarquable entente professionnelle. En fait, à la fin, nous avions même abandonné notre habituelle réunion en soirée autour d'une tasse de cacao. Mais pour ce qui est de la cause réelle de ces changements, de la chaîne d'événements qui a précisément entraîné cette évolution, je n'ai jamais pu la déterminer à coup sûr.

Au cours de mes réflexions récentes, il m'est apparu que l'incident bizarre survenu le soir où Miss Kenton est entrée dans mon office sans y être invitée avait peut-être constitué un tournant capital. La raison pour laquelle elle était entrée dans mon office, je ne me la rappelle pas bien. J'ai dans l'idée qu'elle apportait peut-être un vase de fleurs «pour égayer l'atmosphère», mais là encore, je confonds peut-être avec la tentative du même genre qu'elle avait faite des années auparavant, au début de notre collaboration. Je suis certain qu'elle essaya d'introduire des fleurs dans mon office au moins à trois reprises, au fil des années, mais il se peut que je m'embrouille en croyant que ce fut la raison de sa venue, ce soir-là. Je tiens, en tout cas, à souligner que nonobstant des années d'excellentes relations professionnelles, je n'avais jamais laissé la situation dégénérer : il n'était pas question que l'intendante passe son temps à pénétrer dans mon office. L'office du majordome est à mes yeux un centre vital, au cœur du fonctionnement de la maison, à la façon d'un quartier général lors d'une bataille, et il est impératif que tout y soit rangé — et y reste rangé — exactement comme je le désire. Je n'ai jamais été le genre de majordome à tolérer les allées et venues de toutes sortes de gens qui viennent exposer leurs problèmes et leurs jérémiades. Pour que les opérations soient harmonieusement coordonnées, il est absolument évident, à mon avis, que l'office du majordome doit rester l'endroit par excellence ou le calme et la solitude sont garantis.

Il se trouve que ce soir-là, lorsqu'elle entra dans mon office, je ne m'occupais pas de questions professionnelles. C'était à la fin de la journée, au cours d'une semaine tranquille, et je profitais exceptionnellement d'une heure de repos. Comme je le disais, je ne suis pas certain que Miss Kenton soit entrée avec son vase de fleurs, mais je me souviens bien de ses paroles :

« Mr. Stevens, votre pièce a un aspect encore moins avenant la nuit que dans la journée. Cette ampoule électrique est trop faible pour éclairer votre lecture, c'est évident.

— Elle est parfaitement suffisante, je vous remercie, Miss Kenton.

— Vraiment, Mr. Stevens, cette pièce a l'air d'une cellule de prison. Tout ce qu'il manque, c'est une petite couchette dans le coin, et on pourra imaginer sans mal dans ce décor les dernières heures d'un condamné. »

Peut-être répondis-je quelque chose, je ne sais plus. En tout cas, je ne levai pas les yeux de mon livre, et quelques instants s'écoulèrent, au cours desquels j'attendis que Miss Kenton prît congé. Mais je l'entendis alors dire :

« Je me demande bien ce que vous pouvez lire, Mr. Stevens.

— Un livre, tout simplement. Miss Kenton.

— Je m'en aperçois, Mr. Stevens. Mais quel genre de livre ? Voilà ce qui m'intéresse. »

Levant les yeux, je vis Miss Kenton s'avancer vers moi. Je fermai le livre, et le serrant contre moi, je me mis debout.

« Vraiment, Miss Kenton, dis-je, je vous prie de respecter mon intimité.

— Mais pourquoi tenez-vous à cacher votre livre, Mr. Stevens ? J'ai dans l'idée que ça doit être quelque chose d'un peu leste.

— Il est absolument impensable, Miss Kenton, que quelque chose de "leste", comme vous dites, puisse se trouver dans les rayonnages de Sa Seigneurie.

— J'ai entendu dire que souvent, c'est dans les livres savants qu'on trouve les passages les plus lestes, mais je n'ai jamais eu le cran de regarder. S'il vous plaît, Mr. Stevens, laissez-moi voir ce que vous lisez.

— Miss Kenton, je vous prie de me laisser seul. Il est absolument impossible que vous persistiez à me poursuivre de la sorte pendant les rares moments de temps libre dont je dispose. »

Mais Miss Kenton continuait à avancer, et je dois dire qu'il était assez délicat de déterminer quelle attitude j'avais intérêt à prendre. Je fus tenté de jeter le livre dans le tiroir de mon bureau et de le fermer à clef, mais ces gestes auraient été excessivement théâtraux. Je reculai de quelques pas, tenant toujours le livre tout contre ma poitrine.

« Montrez-moi le volume que vous tenez, je vous en prie, Mr. Stevens, dit Miss Kenton tout en continuant d'avancer, et je vous laisserai aux plaisirs de votre lecture. Qu'est-ce que vous pouvez donc bien vouloir ainsi dissimuler ?

— Miss Kenton, que vous découvriez ou non le titre de ce volume, cela n'a pour moi pas la moindre importance. Mais sur le plan des principes, je proteste contre votre intrusion dans ma vie privée.

— Je me demande... est-ce un volume parfaitement respectable, Mr. Stevens, ou avez-vous entrepris de me protéger de ses effets répréhensibles ? »

Elle arriva alors jusqu'à moi, et tout à coup, l'atmosphère se modifia singulièrement — presque comme si nous avions, tous les deux, été projetés subitement jusqu'à un mode d'existence radicalement autre. Je crains qu'il ne soit difficile de décrire clairement ce que j'entends par là. Tout ce que je peux dire, c'est qu'autour de nous, tout s'immobilisa subitement ; il me sembla que l'attitude de Miss Kenton se modifiait aussi, et tout aussi rapidement ; son expression était empreinte d'une gravité étrange, et j'eus l'impression qu'elle avait presque peur.

« Je vous en prie, Mr. Stevens, laissez-moi voir votre livre. »

Elle tendit la main et se mit doucement à dégager le volume de mon emprise. J'estimai préférable de détourner le regard pendant qu'elle faisait cela, mais sa personne étant placée à une grande proximité, je fus contraint de tordre le cou suivant un angle qui n'était pas très naturel. Miss Kenton continua très doucement à libérer le livre, détachant pratiquement un seul doigt à la fois. Cette opération sembla prendre un temps très long, pendant lequel je parvins à conserver ma position, jusqu'au moment où je l'entendis enfin dire :

« Mon Dieu, Mr. Stevens, mais cela n'a rien de scandaleux. Ce n'est qu'une histoire d'amour sentimentale. »

Je crois que ce fut à peu près à ce moment-là que j'estimai qu'il n'y avait pas lieu de supporter la situation plus longtemps. Je ne me rappelle pas précisément ce que je dis, mais je me rappelle avoir montré assez fermement à Miss Kenton le chemin de la sortie, ce qui amena l'épisode à son dénouement.

Il serait sans doute bon que j'apporte quelques précisions en ce qui concerne le volume qui se trouva être au centre de ce petit incident. Il s'agissait, en effet, de ce qu'on peut appeler un « roman sentimental », genre dont il y avait quelques échantillons dans la bibliothèque, et aussi dans plusieurs chambres d'invités, pour le divertissement des dames de passage. Il y avait une raison simple pour que j'eusse pris l'habitude de parcourir de tels ouvrages : c'était une façon extrêmement efficace d'entretenir et de développer la connaissance de la langue anglaise. À mon avis — je ne sais pas si vous serez d'accord — on a eu tendance, en ce qui concerne notre génération, à surestimer l'importance professionnelle d'un bon accent et d'une maîtrise parfaite du langage, ces éléments ayant parfois été mis en avant aux dépens de qualités professionnelles plus fondamentales. Je n'ai pour autant jamais considéré que le bon accent et la maîtrise du langage n'étaient pas des caractéristiques désirables, et j'ai toujours tenu pour une obligation de m'efforcer de progresser dans ce domaine. Il existe une bonne méthode pour ce faire, qui consiste tout simplement à lire quelques pages d'un ouvrage bien écrit lorsqu'on se trouve avoir un moment de libre. C'est ainsi que je procédais depuis quelques années, et souvent, je choisissais le genre de volume que Miss Kenton avait trouvé entre mes mains ce soir-là, simplement parce que ces livres sont fréquemment écrits en bon anglais et comportent nombre de dialogues élégants qui présentent une grande valeur pratique. Un ouvrage d'un plus grand poids, un essai philosophique, par exemple, tout en ayant peut-être un caractère plus édifiant, aurait sans doute été rédigé en termes d'un usage plus limité dans les relations quotidiennes avec les dames et les messieurs.

J'avais rarement le temps, ou l'envie, de lire un de ces romans d'un bout à l'autre, mais pour autant que je pouvais en juger, leurs intrigues étaient en général absurdes, purement sentimentales, et je n'aurais pas perdu une minute à leur lecture sans les avantages que j'ai signalés plus haut. Cela posé, je n'hésite pas à confesser aujourd'hui — ne voyant d'ailleurs aucune raison d'en avoir honte — que je tirais parfois de ces histoires une sorte de plaisir passager. Peut-être ne me l'avouais-je pas à l'époque, mais comme je l'ai dit, quelle honte y a-t-il à cela ? Pourquoi ne se divertirait-on pas, sans y attacher d'importance, à des récits où des dames et des messieurs tombent amoureux et expriment leurs sentiments l'un pour l'autre en employant souvent les tournures les plus élégantes ?

Mais en disant cela, je ne veux pas donner à entendre que l'attitude que j'adoptai ce soir-là à propos de ce livre aurait été en quelque sorte sans fondement. Ce que je vous demande de comprendre, c'est qu'un principe important était en jeu. En vérité, j'étais « au repos » lorsque Miss Kenton avait fait irruption dans mon office. Et bien entendu, tout majordome fier de son engagement professionnel, tout majordome qui aspire le moins du monde à posséder « une dignité conforme à la place qu'il occupe », pour reprendre les termes employés jadis par la Hayes Society, ne saurait se laisser surprendre

« au repos » par des personnes extérieures. Peu importait, à vrai dire, que ce fût Miss Kenton ou un inconnu qui eût fait intrusion à ce moment. Un majordome d'une certaine qualité doit, aux yeux du monde, *habiter* son rôle, pleinement, absolument ; on ne peut le voir s'en dépouiller à un moment donné pour le revêtir à nouveau l'instant d'après, comme si ce n'était qu'un costume d'opérette. Il existe une situation et une seule où un majordome qui se préoccupe de sa dignité peut se sentir libre de se décharger de son rôle : lorsqu'il est entièrement seul. Vous comprendrez donc aisément qu'à l'arrivée inopinée de Miss Kenton alors que j'avais supposé, non sans fondement, que j'allais me trouver seul, cela devenait une question de principe, une question, en vérité, de dignité, de ne pas apparaître autrement qu'en assumant pleinement mon rôle.

Je n'avais cependant pas l'intention d'analyser ici les diverses facettes de ce petit épisode survenu il y a des années. Il compta surtout dans la mesure où il attira mon attention sur l'état des relations entre Miss Kenton et moi, me révélant qu'elles avaient pris, certainement à l'issue de plusieurs mois d'une évolution progressive, un caractère peu convenable. Il était assez alarmant qu'elle pût se comporter comme elle l'avait fait ce soir-là ; et après que je lui eus montré la porte de mon office, dès que j'eus remis un peu d'ordre dans mes idées, je pris, je m'en souviens, la résolution de redonner des bases plus correctes à nos rapports professionnels. Mais quant à savoir à quel point cet incident contribua aux grands changements que nos relations connurent ensuite, cela est aujourd'hui difficile à déterminer. Il se peut que d'autres motifs plus fondamentaux aient été en cause. Par exemple, la question des jours de congé de Miss Kenton.

Du jour où elle était arrivée à Darlington Hall jusqu'à une période située environ un mois avant l'incident de mon office, les jours de congé de Miss Kenton avaient obéi à des règles constantes. Toutes les six semaines, elle prenait deux jours pour aller voir sa tante à Southampton ; à cette exception près, suivant mon propre exemple, elle ne prenait pas à proprement parler de congés, sauf lors de périodes particulièrement peu chargées où il pouvait lui arriver de passer une journée à flâner dans le parc ou à lire dans son office. Mais cela changea brusquement. Elle se mit à profiter pleinement des congés prévus dans son contrat, quittant régulièrement la maison tôt le matin sans laisser d'autre indication que l'heure à laquelle elle rentrerait le soir. Bien entendu, elle n'outrepassa jamais ses droits, et j'estimais donc ne pas pouvoir me permettre de chercher à en savoir plus sur ses sorties. Mais ce changement dut quand même me troubler, car je me rappelle en avoir parlé à Mr. Graham, valet de chambre-majordome de Sir James Chambers — un excellent collègue avec qui, à propos, j'ai apparemment perdu le contact —, alors que nous bavardions près du feu, un soir, au cours d'une de ses visites accoutumées à Darlington Hall.

En fait, je n'avais pas dit grand-chose, indiquant simplement que l'intendante avait été «d'humeur un peu changeante, ces temps derniers», de sorte que je fus assez étonné quand Mr. Graham hocha la tête, se pencha vers moi et me dit d'un air entendu :

«Je me demandais combien de temps ça allait encore durer. »

Lorsque je le priai de mieux s'expliquer, Mr. Graham continua : «Votre Miss Kenton. Je crois qu'elle a, quoi? Trente-trois ans? Trente-quatre? Elle a manqué ses meilleures années de maternité, mais il n'est pas encore trop tard.

— Miss Kenton, l'assurai-je, est une professionnelle dévouée. Il se trouve que je sais qu'elle ne désire pas fonder une famille. »

Mais Mr. Graham sourit en secouant la tête et reprit : «N'allez jamais croire une intendante qui vous dit qu'elle ne veut pas de famille. Sérieusement, Mr. Stevens, je pense que vous et moi, tout de suite, là, nous arriverions à nous deux à en décompter une bonne dizaine qui l'ont affirmé, après quoi elles se sont mariées et elles ont quitté la profession. »

Je me rappelle que ce soir-là, je rejetai avec une certaine assurance la théorie de Mr. Graham, mais par la suite, je l'avoue, je trouvai difficile d'exclure l'hypothèse selon laquelle les mystérieuses sorties de Miss Kenton auraient eu pour but de retrouver un soupirant. C'était en vérité une idée troublante, car il n'était pas difficile de voir que le départ de Miss Kenton représenterait une perte professionnelle majeure, une perte dont Darlington Hall aurait du mal à se remettre. De surcroît, j'étais obligé de reconnaître certains petits signes qui semblaient corroborer la théorie de Mr. Graham. Par exemple, comme la collecte du courrier faisait partie de mes tâches, je ne pouvais éviter de remarquer que Miss Kenton recevait désormais des lettres de façon assez régulière, à peu près une fois par semaine, toujours du même correspondant, et que ces lettres étaient affranchies localement. Peut-être devrais-je préciser ici qu'il m'aurait été pratiquement impossible de ne pas le remarquer, car au long de toutes les années qu'elle avait passées dans la maison, elle n'avait reçu qu'un tout petit nombre de lettres.

D'autres signes, plus vagues, allaient eux aussi dans le sens de la théorie de Mr. Graham. Par exemple, encore qu'elle continuât à s'acquitter de ses obligations professionnelles avec son zèle habituel, son humeur semblait subir des variations d'une ampleur tout à fait insolite à mes yeux. En fait, les périodes où elle se montrait extrêmement joyeuse pendant des jours, sans raison constatable, étaient presque aussi troublantes pour moi que ses accès soudains et souvent prolongés de morosité. Comme je le disais, elle ne cessa jamais d'être professionnellement irréprochable, mais il fallait aussi, pour ma part, que je songe à l'avenir de la maison, et si ces indices étayaient l'idée de Mr. Graham, si en vérité Miss Kenton songeait à démissionner à cause d'une relation amoureuse, il m'incombait assurément de creuser la question. Je me permis donc de lui demander un soir, tandis que nous buvions notre cacao :

« Et pensez-vous sortir de nouveau jeudi, Miss Kenton ? À l'occasion de votre jour de congé, je veux dire. »

Je m'étais un peu attendu à voir ma question susciter sa colère, mais au contraire, on aurait presque cru qu'elle attendait depuis longtemps l'occasion d'aborder ce sujet. Elle dit aussitôt d'un air soulagé :

« Oh, Mr. Stevens, c'est simplement quelqu'un que j'ai connu quand j'étais à Granchester Lodge. En fait, il était majordome là-bas à l'époque, mais maintenant, il a complètement quitté le métier et il travaille dans une entreprise des environs. Il a su que j'étais ici, et il s'est mis à m'écrire en me proposant de renouer avec moi. Et voilà, Mr. Stevens, l'histoire se résume à cela.

— Je vois, Miss Kenton. Assurément, cela change les idées de quitter le domaine de temps à autre.

— C'est ce que je constate, Mr. Stevens. »

Il y eut un court silence. Puis Miss Kenton sembla prendre une décision et poursuivit :

« Cette personne que je connais. Je me rappelle quand il était majordome à Granchester Lodge, il nourrissait les ambitions les plus mirifiques. En fait, j'imagine que son rêve ultime aurait été de devenir majordome d'une maison comme celle-ci. Mais quand je pense maintenant à certaines de ses méthodes ! Vraiment, Mr. Stevens, j'imagine votre réaction si vous aviez affaire aujourd'hui à de pareils procédés. Il n'est vraiment pas étonnant que ses ambitions ne se soient pas réalisées.»

J'eus un petit rire. «Si j'en crois mon expérience, dis-je, trop de gens se croient capables de travailler à ces niveaux élevés sans avoir la moindre idée des exigences que cela implique. Cela ne convient certes pas à n'importe qui.

— Comme c'est vrai! Franchement, Mr. Stevens, qu'auriez-vous dit si vous l'aviez observé à l'époque!

— À de tels niveaux, Miss Kenton, la profession n'est pas faite pour tout le monde. Il est facile d'avoir de grandes ambitions, mais en l'absence de certaines qualités, un majordome ne peut pas progresser au-delà d'un certain point.»

Miss Kenton sembla réfléchir un moment à cela, puis elle dit :

«Il me vient à l'idée que vous devez être un homme comblé, Mr. Stevens. Vous voilà, en fin de compte, arrivé au sommet de votre profession, maîtrisant parfaitement tous les aspects de votre compétence. Je ne vois vraiment pas ce que vous pourriez demander de plus à la vie.»

D'abord, je ne trouvai rien à répondre à cela. Dans le silence un peu embarrassé qui s'ensuivit, Miss Kenton plongea son regard dans les profondeurs de sa tasse de cacao comme si elle avait été fascinée par quelque chose qu'elle y aurait vu. Enfin, après quelques délibérations, je dis :

«En ce qui me concerne, Miss Kenton, ma vocation ne sera pas réalisée tant que je n'aurai pas fait tout mon possible pour aider Sa Seigneurie à accomplir les grandes tâches qu'elle s'est fixées. Le jour où le travail de Sa Seigneurie sera achevé, le jour où elle sera, *elle*, prête à se reposer sur ses lauriers, contente de savoir qu'elle a fait tout ce qu'on pouvait raisonnablement attendre d'elle, ce jour-là seulement, Miss Kenton, je pourrai me considérer, pour reprendre votre formule, comme un homme comblé. »

Peut-être fut-elle un peu déconcertée par mes paroles ; à moins que, pour une raison ou une autre, elles ne lui aient déplu. Toujours est-il que son humeur sembla changer, et notre conversation perdit rapidement le ton assez personnel qu'elle commençait à adopter.

Ce fut peu de temps après que cessèrent les réunions dans son office autour d'une tasse de cacao. En fait, je me rappelle très nettement la toute dernière fois que nous nous retrouvâmes ainsi ; je souhaitais discuter avec Miss Kenton d'un événement à venir, un week-end lors duquel devaient se rassembler d'éminents personnages venus d'Écosse. Il est vrai qu'un mois nous séparait encore de ce rassemblement, mais nous avions toujours eu coutume de nous y prendre très à l'avance pour préparer ce genre d'événement. Ce soir-là, il y avait quelque temps que j'abordais différents aspects de la question lorsque je m'aperçus que Miss Kenton n'était guère présente : en fait, au bout d'un moment, il devint absolument évident que ses pensées étaient ailleurs. À plusieurs reprises, j'eus recours à des phrases du genre : « Vous me suivez, Miss Kenton ? », surtout lorsque mon développement précédent avait été un peu long ; chaque fois, elle redevenait un peu plus alerte, mais au bout de quelques secondes je voyais son attention flancher à nouveau. Après avoir parlé pendant plusieurs minutes sans qu'elle participât autrement que par des formules du genre : « Bien sûr, Mr. Stevens » ou « Je partage votre avis, Mr. Stevens », je finis par lui dire :

« Pardonnez-moi, Miss Kenton, mais je ne vois pas vraiment l'intérêt de poursuivre. Vous ne semblez absolument pas mesurer l'importance de cette discussion.

— Désolée, Mr. Stevens, dit-elle en se redressant un peu. Mais je suis plutôt fatiguée ce soir.

— Vous êtes de plus en plus souvent fatiguée, Miss Kenton. C'était une excuse dont vous n'aviez pas besoin, naguère. »

À ma stupéfaction, Miss Kenton répondit par une véritable explosion :

« Mr. Stevens, j'ai eu une semaine très chargée. Je suis très fatiguée. En fait, il y a bien trois ou quatre heures que j'aspire à retrouver mon lit. Je suis très, très fatiguée. Mr. Stevens, êtes-vous incapable de le comprendre ? »

Ce n'était pas que je me fusse attendu à ce qu'elle fît preuve de contrition, mais la violence de sa réaction me décontenança un peu, je l'avoue. Je décidai cependant de ne pas me laisser entraîner dans une dispute inconvenante avec elle, et veillai à marquer une pause révélatrice avant de dire très calmement :

« Si tel est votre sentiment, Miss Kenton, il n'est

pas du tout nécessaire que nous persistions dans ces réunions du soir. Je suis navré de n'avoir eu aucune idée, pendant tout ce temps, de la charge qu'elles représentaient pour vous.

— Mr. Stevens, j'ai simplement dit que j'étais fatiguée ce soir...

— Mais non, mais non, Miss Kenton, c'est parfaitement compréhensible. Vous avez beaucoup à faire, et ces réunions ajoutent à vos activités une surcharge qui n'a rien d'indispensable. Il y a beaucoup d'autres solutions permettant d'atteindre le niveau de communication professionnelle nécessaire, sans que nous ayons à nous réunir de cette façon.

— Mr. Stevens, ce n'est pas du tout nécessaire. J'ai simplement dit...

— Je suis sérieux, Miss Kenton. En fait, il y a quelque temps que je me demande si nous ne devrions pas mettre fin à ces réunions, qui prolongent des journées déjà très pleines. Ce n'est pas parce que nous nous retrouvons ainsi depuis des années que nous ne pouvons pas chercher à élaborer à partir de maintenant un autre moyen plus commode.

— Mr. Stevens, je vous en prie, j'estime que ces réunions sont très utiles...

— Mais elles sont pénibles pour vous, Miss Kenton. Elles vous épuisent. Puis-je suggérer qu'à partir d'aujourd'hui, nous nous efforcions simplement de nous communiquer les informations importantes dans le courant de notre journée de travail ? Au cas où il nous serait difficile de nous rencontrer, je propose que nous laissions des messages écrits à nos portes respectives. Il me semble que cette solution est parfaitement correcte. Et maintenant, Miss Kenton, pardonnez-moi de vous avoir forcée à veiller si tard. Tous mes remerciements pour le cacao. »

Naturellement — pourquoi ne le reconnaîtrais-je pas ? —, je me suis parfois demandé comment les choses auraient tourné à la longue si je n'avais pas pris une position aussi ferme sur la question de nos réunions du soir ; à savoir, si j'avais cédé aux instances de Miss Kenton, qui, au fil des semaines qui suivirent, proposa à plusieurs reprises de rétablir cette pratique. Si je me livre aujourd'hui à des spéculations à ce sujet, c'est qu'on pourrait aisément soutenir, à la lumière des événements ultérieurs, qu'en prenant la décision de supprimer définitivement ces réunions du soir, je ne me rendais peut-être pas compte de toutes les conséquences de mon acte. En fait, on pourrait même dire que cette décision mineure représenta une sorte de tournant capital ; que ce choix orienta de façon inéluctable le cours des événements vers leur issue finale.

Mais à ce qu'il me semble, lorsqu'on commence à examiner le passé en y cherchant de tels « tournants », on a tendance, avec le recul, à trouver partout ce que l'on cherche. Si l'on en avait le désir, on pourrait considérer comme un « tournant » non seulement ma décision concernant les réunions du soir, mais aussi l'épisode survenu dans mon office. Qu'est-ce qui serait arrivé, on peut se le demander, si l'on avait réagi de façon un tant soit peu différente le soir où elle était entrée avec son vase de fleurs ? Et même — puisque cela se produisit à peu près à la même période que les événements précités — ma rencontre avec Miss Kenton à la salle à manger l'après-midi où elle apprit la mort de sa tante pourrait passer, elle aussi, pour une sorte de « tournant ».

La nouvelle du décès était arrivée quelques heures plus tôt ; d'ailleurs, j'avais frappé moi-même à la porte de son office, ce matin-là, pour lui donner la lettre. J'étais entré un moment pour discuter d'un problème professionnel, et je me rappelle que nous étions assis à sa table, et en pleine conversation, au moment où elle ouvrit la lettre. Elle se figea complètement et se tut, mais elle resta calme, ce qui était tout à son crédit, et lut la lettre du début à la fin au moins deux fois. Puis elle la rangea soigneusement dans son enveloppe, et me regarda.

« Cela vient de Mrs. Johnson, une amie de ma tante. Elle dit que ma tante est morte avant-hier. » Elle se tut un instant, puis reprit : « L'enterrement aura lieu demain. Je me demande s'il serait possible que je prenne ma journée.

— On peut certainement arranger cela, Miss Kenton.

— Merci, Mr. Stevens. Pardonnez-moi, mais maintenant, je pourrais peut-être rester un moment seule.

— Bien sûr, Miss Kenton. »

Je quittai la pièce, et ce ne fut qu'après être sorti que je m'aperçus que je ne lui avais pas vraiment présenté mes condoléances. J'imaginais quel choc cette nouvelle devait lui infliger, sa tante lui ayant en fait servi de mère, et je m'immobilisai dans le couloir, me demandant si je devais rebrousser chemin, frapper et réparer mon omission. Mais je pensai qu'en agissant de la sorte, je risquais fort de la déranger alors qu'elle était tout à sa douleur personnelle. En réalité, il n'était pas impossible que tout près de moi, à ce moment même, Miss Kenton fût en train de pleurer. À cette pensée, une sensation étrange se fit jour en moi, et je restai quelques instants debout dans le couloir, en proie à l'hésitation. Mais finalement, j'estimai qu'il valait mieux attendre une autre occasion d'exprimer ma sympathie, et je repartis à mes affaires.

En fait, je ne la revis pas jusqu'à l'après-midi, où, comme je le disais, je la trouvai à la salle à manger, occupée à ranger de la vaisselle dans le dressoir. J'avais déjà passé quelques heures à m'interroger sur le chagrin de Miss Kenton, et j'avais en particulier réfléchi à ce que je pourrais faire ou dire pour soulager un peu son fardeau. Quand je l'avais entendue entrer dans la salle à manger — j'étais, quant à moi, occupé dans le hall — j'avais laissé s'écouler une minute ou deux, puis j'avais posé mon ouvrage et je lui avais emboîté le pas.

«Ah, Miss Kenton, dis-je. Et comment vous sentez-vous cet après-midi?

— Assez bien, merci, Mr. Stevens.

— Est-ce que tout est en ordre?

— Tout est absolument en ordre, merci.

— Je voulais vous demander si vous aviez des

problèmes particuliers avec les nouvelles recrues. »
J'eus un petit rire. « De menues difficultés de toute
espèce surviennent parfois quand tant de nouvelles
recrues arrivent au même moment. J'oserai dire que
les meilleurs d'entre nous peuvent trouver avantage
à une petite discussion professionnelle, en pareille
conjoncture.

— Merci, Mr. Stevens, mais les nouvelles me
donnent toute satisfaction.

— Vous n'estimez pas nécessaire de modifier
le plan de travail actuel en fonction des arrivées
récentes ?

— À mon avis, il ne sera pas nécessaire d'apporter des modifications, Mr. Stevens. Mais si je change
de point de vue à ce sujet, je vous le ferai aussitôt
savoir. »

Elle recommença à s'occuper du dressoir, et l'espace d'un instant, je songeai à quitter la salle à manger. En fait, je crois que je fis bel et bien quelques
pas vers la porte, mais là-dessus, je me tournai de
nouveau vers elle et dis :

« Ainsi, Miss Kenton, vous dites que les nouvelles
recrues s'en tirent bien.

— Elles font toutes les deux très bien leur travail, je vous assure.

— Ah, voilà qui fait plaisir à entendre. » J'eus de
nouveau un petit rire. « Je me posais simplement
cette question, parce que nous avions constaté
qu'aucune des jeunes filles n'avait travaillé dans une
maison de cette taille.

— En effet, Mr. Stevens. »

Je la regardais remplir le dressoir, et j'attendais la suite de sa réponse. Un long moment s'étant écoulé, il apparut qu'elle ne comptait pas poursuivre. Je dis alors : « En fait, Miss Kenton, j'ai un mot à vous dire. J'ai remarqué sur un ou deux points une baisse de la qualité du travail. Il me semble que vous pourriez être un peu moins coulante en ce qui concerne les nouvelles.

— Mais que voulez-vous dire, Mr. Stevens ?

— Pour ma part, Miss Kenton, quand de nouvelles recrues arrivent, je déploie un surcroît d'efforts pour veiller à ce que tout aille bien. Je vérifie tous les aspects de leur travail, et j'essaie de voir comment elles se conduisent avec les autres membres du personnel. En somme, il est important de les jauger avec précision, aussi bien sur le plan technique qu'en ce qui concerne leur effet sur le moral de l'ensemble. Je regrette de devoir vous le dire, Miss Kenton, mais je crois que vous avez été un peu négligente sur ces points. »

L'espace d'une seconde, Miss Kenton parut troublée. Puis elle se tourna vers moi ; une certaine tension se lisait sur son visage.

« Je vous demande pardon, Mr. Stevens ?

— Par exemple, Miss Kenton, bien que la vaisselle soit lavée de façon aussi impeccable que d'ordinaire, j'ai remarqué que la façon dont elle est disposée sur les étagères de la cuisine, sans présenter un danger flagrant, risque à la longue d'augmenter inutilement le nombre d'articles cassés.

— Est-ce possible, Mr. Stevens ?

« — Oui, Miss Kenton. De plus, il y a un certain temps que cette petite alcôve à l'entrée de la salle à manger du matin n'a pas été époussetée. Vous m'excuserez, mais je pourrais encore signaler une ou deux petites choses.

— Inutile d'insister, Mr. Stevens. Comme vous le suggérez, je surveillerai le travail des nouvelles femmes de chambre.

— Cela ne vous ressemble pas d'avoir négligé des détails aussi évidents, Miss Kenton. »

Miss Kenton détourna les yeux, et de nouveau, une expression particulière apparut sur son visage : on aurait cru qu'elle essayait d'élucider un problème qui la désemparait complètement. Elle avait l'air plus las que bouleversé. Enfin, elle referma le dressoir, dit : « Excusez-moi, je vous prie, Mr. Stevens », et quitta la pièce.

Mais à quoi bon s'interroger sans cesse sur ce qui serait arrivé si tel ou tel moment avait tourné différemment ? Sans doute de telles spéculations pourraient-elles conduire à la folie. En tout cas, on peut bien parler de « tournants », mais ce n'est que rétrospectivement qu'on peut les identifier. Naturellement, quand on regarde en arrière aujourd'hui, ces circonstances peuvent revêtir l'apparence de moments cruciaux, d'un grand prix ; mais évidemment, à l'époque, on n'avait pas cette impression. C'était plutôt comme si on avait eu à sa disposition un nombre illimité de jours, de mois, d'années au long desquels on pourrait tirer au clair les caprices de sa relation avec Miss Kenton ; une infinité d'oc-

casions ultérieures permettant de réparer les conséquences de tel ou tel malentendu. Certainement,
aucun indice ne révélait à l'époque que des incidents
d'allure si anodine rendraient des rêves entiers à
jamais impossibles.

Mais je vois que je m'abandonne plus qu'il ne
convient à l'introspection, et qui plus est, sur un
mode assez morose. Cela est sans doute lié à l'heure
tardive, et au caractère éprouvant de ce que j'ai subi
ce soir. Il est également probable que mon humeur
présente ne soit pas sans lien avec ce que demain me
réserve, à condition que le garage local me procure
de l'essence, ce qui sera le cas, selon les Taylor : je
devrais arriver à Little Compton vers l'heure du
déjeuner, et vraisemblablement, après tant d'années,
je vais revoir Miss Kenton. Il n'y a, bien sûr, aucune
raison de supposer que notre rencontre ne sera pas
empreinte de cordialité. En fait, je pense que notre
entrevue, à part quelques propos sans conséquence,
bien naturels en de telles circonstances, aura un
caractère essentiellement professionnel. C'est-à-dire
qu'il m'incombera de voir si cela intéresse Miss Kenton, maintenant que son mariage, malheureusement, est semble-t-il rompu et qu'elle n'a plus
de foyer, de retrouver sa place ancienne à Darlington Hall. Je ferais aussi bien de dire tout de suite
qu'ayant de nouveau relu sa lettre ce soir, je suis
enclin à croire que j'ai peut-être mis dans certaines
de ses lignes plus de choses que je n'aurais dû. Mais
je n'en maintiens pas moins que certains passages de
sa lettre traduisent une indéniable nostalgie, un fort

accent de regret, surtout lorsqu'elle écrit, par exemple : « J'aimais tant cette vue que l'on avait des chambres à coucher du deuxième étage, avec la pelouse en contrebas et la ligne des collines dans le lointain. »

Mais à quoi bon, là encore, me perdre en spéculations interminables sur les aspirations actuelles de Miss Kenton, alors que dès demain, je pourrai savoir de ses propres lèvres ce qu'il en est ? De toute façon, je me suis égaré trop loin du récit que j'avais entrepris des événements de ce soir. Ces dernières heures, permettez-moi de le dire, se sont avérées pénibles au-delà de toute mesure. On aurait pu croire que se trouver forcé d'abandonner la Ford sur une colline déserte, puis devoir gagner le village dans une quasi-obscurité en empruntant une voie aussi peu conventionnelle, cela représenterait une part d'épreuves suffisante pour un seul soir. Et mes hôtes si aimables, Mr. et Mrs. Taylor, ne m'auraient jamais, j'en suis sûr, infligé délibérément ce que je viens d'endurer. Mais le fait est que lorsque je me fus assis à leur table pour le souper, lorsque plusieurs de leurs voisins furent venus en visite, une succession d'événements extrêmement désagréables a commencé à se dérouler autour de moi.

*

La salle sise au rez-de-chaussée, sur le devant de la maison, semble servir à Mr. et Mrs. Taylor à la fois de salle à manger et de séjour. C'est une pièce assez confortable, dominée par une table imposante en bois grossièrement équarri, comme on s'attend à en voir dans une cuisine de ferme, la surface non vernie portant de nombreuses petites marques laissées par les hachoirs et les couteaux à pain. Je distinguais très nettement ces marques, alors que nous n'étions éclairés que par la faible lueur jaune d'une lampe à pétrole posée sur une étagère, dans un coin.

« Ce n'est pas que nous n'ayons pas l'électricité par ici, monsieur, remarqua à un moment Mr. Taylor, en montrant la lampe d'un signe de tête. Mais quelque chose s'est détraqué dans le circuit, et il y a maintenant presque deux mois que nous nous en passons. Pour vous dire la vérité, ça ne nous manque pas beaucoup. Il y a au village quelques maisons qui n'ont jamais eu l'électricité. Le pétrole donne une lumière plus chaude. »

Mrs. Taylor nous avait servi une bonne soupe, que nous avions mangée avec des tranches de pain croustillant, et à ce moment-là, je ne pouvais guère entrevoir que cette soirée serait employée autrement qu'à une petite heure d'agréable conversation, avant d'aller au lit. Mais au moment même où nous venions d'achever le souper, alors que Mr. Taylor me servait un verre d'une *ale* brassée par un voisin, nous avons entendu des pas sur le gravier, devant la maison. Ces pas qui se rapprochaient dans l'obscurité d'une chaumière isolée rendaient à mes oreilles un son un peu sinistre, mais ni mon hôte ni mon hôtesse ne semblaient y voir la moindre menace. Ce fut en effet sur le ton de la curiosité, et rien d'autre, que Mr. Taylor dit : « Tiens, qui donc ça peut-il être ? »

Il s'était posé la question à lui-même, mais nous avons alors entendu, en manière de réponse, une voix lancer au-dehors : « C'est George Andrews. Je me trouvais passer par là. »

Un instant après, Mrs. Taylor faisait entrer un homme bien bâti, d'une cinquantaine d'années, qui, à en juger par sa tenue, avait dû consacrer la journée à des travaux agricoles. Avec un naturel qui semblait révéler en lui un familier de la maison, il se plaça sur un petit tabouret près de l'entrée et enleva, non sans effort, ses bottes en caoutchouc, tout en échangeant avec Mrs. Taylor quelques propos anodins. Puis il s'avança vers la table et s'arrêta, se tenant au garde-à-vous devant moi comme s'il était venu faire son rapport à un officier de l'armée.

« Je me présente : Andrews, monsieur, dit-il. Je vous souhaite le bonsoir. Désolé d'apprendre votre mésaventure, mais j'espère que vous n'êtes pas trop contrarié de passer la nuit ici à Moscombe. »

Légèrement intrigué, je me demandais comment ce Mr. Andrews avait appris ma « mésaventure », comme il disait. En tout cas, je répondis en souriant que loin d'être « contrarié », j'étais extrêmement reconnaissant de l'hospitalité dont je bénéficiais. Je faisais allusion, évidemment, à la gentillesse de Mr. et Mrs. Taylor, mais Mr. Andrews se crut apparemment englobé dans mon témoignage de gratitude, car il répliqua immédiatement, levant ses deux grandes mains d'un geste défensif :

« Pas du tout, monsieur, vous êtes le bienvenu. Nous sommes très contents de vous recevoir. Ce n'est pas souvent que des personnes comme vous passent par ici. Nous sommes tous très contents que vous ayez pu vous arrêter pour la nuit. »

À l'entendre, il semblait que tout le village était au courant de ma « mésaventure » et de mon arrivée ultérieure sous le toit des Taylor. En fait, et j'allais bientôt m'en rendre compte, c'était à peu près le cas ; je suis obligé de supposer que dans les quelques minutes qui s'écoulèrent après que l'on m'eut montré cette chambre, pendant que je me lavais les mains et que je m'efforçais de réparer le mieux possible les dégâts infligés à mon veston et aux revers de mon pantalon, Mr. et Mrs. Taylor avaient répandu auprès des passants la nouvelle de ma venue. En tout cas, les minutes suivantes virent l'arrivée d'un autre visiteur, un homme dont l'apparence était très similaire à celle de Mr. Andrews : plutôt large et agricole, et chaussé de bottes boueuses qu'il entreprit d'enlever en procédant tout à fait comme Mr. Andrews. À vrai dire, ils se ressemblaient tellement que je les pris pour des frères, jusqu'à ce que le nouveau venu se présentât à moi : « Morgan, monsieur. Trevor Morgan. »

Mr. Morgan exprima ses regrets à l'égard de mon « accident », m'assurant que tout s'arrangerait dès le lendemain matin, après quoi il me dit qu'on était très heureux de m'avoir au village. À peine quelques minutes plus tôt, j'avais déjà entendu le même genre de formules ; mais Mr. Morgan alla jusqu'à dire :

« C'est un privilège d'avoir un monsieur comme vous ici à Moscombe, monsieur. »

Avant que j'aie eu le temps de réfléchir à une réponse, on entendit à nouveau des pas résonner sur le chemin. On fit bientôt entrer un couple entre deux âges, que l'on me présenta sous le nom de Mr. et Mrs. Harry Smith. Ceux-là n'avaient pas du tout l'air agricole ; la femme avait un aspect ample et maternel qui me rappela Mrs. Mortimer, qui fut cuisinière à Darlington Hall durant une bonne partie des années vingt et trente. Mr. Harry Smith, par contre, était un petit homme à l'expression si grave que son front en était plissé. Pendant qu'ils s'installaient autour de la table, il me dit : « Votre voiture, ça serait la belle Ford ancienne qui est en haut de Thornley Bush Hill, monsieur ?

— Si c'est ainsi que l'on nomme la route qui surplombe le village, dis-je. Mais je suis étonné d'apprendre que vous l'avez vue.

— Je ne l'ai pas vue moi-même, monsieur. C'est Dave Thomton qui est passé devant en tracteur il n'y a pas longtemps de ça, en rentrant chez lui. Il était si étonné de la voir garée là qu'il s'est arrêté et qu'il est descendu. » Là-dessus, Mr. Harry Smith se tourna pour s'adresser aux personnes assises autour de la table. « Une pure beauté, cette auto. Il dit qu'il n'a jamais rien vu de pareil. À côté de ça, la voiture que conduisait Mr. Lindsay dans le temps est complètement éclipsée ! »

Cette phrase déclencha autour de la table des rires que Mr. Smith, assis à côté de moi, expliqua par ces mots : « C'était un monsieur qui habitait la grande maison pas loin d'ici, monsieur. Il faisait des choses un peu bizarres et on ne l'appréciait pas trop, par ici. »

Il y eut un murmure général d'approbation. Puis quelqu'un dit : « À votre santé, monsieur », en levant une des chopes d'*ale* que Mrs. Taylor venait de distribuer ; et un instant après, toute la compagnie me portait un toast.

Je souris et dis : « Je vous assure que tout l'honneur est pour moi.

— Vous êtes trop aimable, monsieur, dit Mrs. Smith. Voilà comment sont les vrais gentlemen. Ce Mr. Lindsay, ce n'était pas un gentleman. Peut-être qu'il avait beaucoup d'argent, mais ce n'était pas un gentleman. »

De nouveau, un murmure approbateur parcourut l'assemblée. Puis Mrs. Taylor chuchota quelque chose à l'oreille de Mrs. Smith, à quoi celle-ci répondit : « Il a dit qu'il essaierait d'être là aussi tôt que possible. » Elles se tournèrent toutes deux vers moi d'un air gêné, et Mrs. Smith dit : « Nous avons annoncé au Dr Carlisle que vous étiez là, monsieur. Le docteur serait très heureux de faire votre connaissance.

— Je suppose qu'il a des patients à voir, ajouta Mrs. Taylor en manière d'excuse. Malheureusement, nous ne pouvons pas vous promettre qu'il arrivera avant que vous ne soyez désireux de vous retirer, monsieur. »

Ce fut alors que Mr. Harry Smith, le petit

homme au front plissé, se pencha de nouveau et dit : « Ce Mr. Lindsay, il se trompait du tout au tout, vous savez ? À se conduire comme il le faisait. Il pensait qu'il valait tellement mieux que nous, et il nous prenait tous pour des imbéciles. Mais je vous le garantis, monsieur, il a vite appris ce qu'il en était. Dans ce pays, on réfléchit et on discute beaucoup, et sérieusement. On a des opinions, on s'y tient et on n'a pas peur de les exprimer. Et ça, ce fameux Mr. Lindsay n'a pas tardé à le savoir.

— Ce n'était pas un gentleman, dit doucement Mr. Taylor. Ce n'était pas un gentleman, ce Mr. Lindsay.

— C'est exact, monsieur, reprit Mr. Harry Smith. Rien qu'à le regarder, on voyait que ce n'était pas un *gentleman*. C'est sûr, il avait une belle maison et des costumes élégants, mais d'une façon ou d'une autre, on s'en rendait compte. Et au bout du compte, ça s'est confirmé. »

Il y eut un murmure d'assentiment, et pendant un moment, les personnes présentes semblèrent se demander s'il convenait ou pas de me révéler l'anecdote concernant ce personnage local. Enfin, Mr. Taylor brisa le silence en disant :

« C'est vrai, ce que dit Harry. On peut reconnaître un véritable gentleman d'un faux qui est simplement paré de beaux habits. Vous-même, par exemple, monsieur. Ce n'est pas seulement la coupe de vos vêtements, ni même votre élégante façon de parler. Il y a quelque chose d'autre qui révèle en vous le gentleman. Difficile de mettre le doigt dessus, mais ça saute aux yeux.»

De nouveau, différents bruits approbateurs s'élevèrent autour de la table.

«Le Dr Carlisle ne devrait plus être long, monsieur, intervint Mrs. Taylor. Vous aurez plaisir à lui parler.

— Le Dr Carlisle aussi, il a ce truc-là, dit Mr. Taylor. Il l'a. C'est un vrai monsieur, lui.»

Mr. Morgan, qui n'avait pas dit grand-chose depuis son arrivée, se pencha et me dit : «À votre avis, monsieur, de quoi s'agit-il ? Peut-être que quelqu'un qui a ce truc-là est mieux placé pour en parler. On est tous là à parler des gens qui l'ont et de ceux qui ne l'ont pas, et on n'est pas plus capables pour autant de savoir de quoi on parle. Peut-être que vous pourriez éclairer un peu notre lanterne, monsieur.»

Le silence se fit autour de la table et je sentis que tous les visages se tournaient vers moi. Je toussai légèrement et dis :

«Ce n'est guère à moi de me prononcer sur des qualités dont je suis peut-être, mais pas nécessairement, doté. Cependant, en ce qui concerne cette question en particulier, on a dans l'idée que la qualité dont il s'agit se verrait utilement définie par le terme "dignité".»

Il ne me paraissait pas nécessaire de m'expliquer plus avant là-dessus. À vrai dire, j'avais simplement exprimé les pensées qui m'avaient parcouru l'esprit pendant que j'écoutais la conversation antérieure, et je n'aurais vraisemblablement jamais rien dit de pareil si la situation ne l'avait pas subitement exigé. Ma réponse sembla cependant susciter une grande satisfaction.

« Il y a beaucoup de vrai dans ce que vous dites, monsieur », dit Mr. Andrews en hochant la tête, et plusieurs voix firent écho à la sienne.

« Ce Mr. Lindsay, ça ne lui aurait pas fait de mal d'avoir un peu plus de dignité, affirma Mrs. Taylor. Ce qui est embêtant avec ce genre de personnes, c'est qu'elles confondent les grands airs et la dignité.

— Attention, intervint Mr. Harry Smith, avec tout le respect que je dois à vos paroles, monsieur, il y a une chose qu'il faut dire. La dignité, ça n'est pas seulement pour les gentlemen. La dignité, tous les hommes et les femmes de ce pays peuvent y aspirer et l'acquérir. Vous me pardonnerez, monsieur, mais comme je l'ai dit tout à l'heure, ici, quand nous avons des opinions à exprimer, nous ne faisons pas de manières. Et voilà mon opinion : prenez-la pour ce qu'elle vaut. La dignité n'est pas seulement pour les gentlemen. »

Je me rendais compte, évidemment, que Mr. Harry Smith et moi avions sur cette question des points de vue assez divergents, et qu'il serait beaucoup trop compliqué pour moi de m'expliquer plus clairement à tous ces gens. J'estimai donc préférable de sourire et de dire : « Bien entendu, vous avez parfaitement raison. »

Cela eut pour effet immédiat de dissiper le léger climat de tension qui s'était instauré dans la pièce pendant que Mr. Harry Smith parlait. Quant à Mr. Harry Smith en personne, il sembla se défaire de toutes ses inhibitions ; se penchant en avant, il continua ainsi :

« C'est pour ça, après tout, que nous avons combattu Hitler. Si Hitler avait eu le dessus, nous ne serions que des esclaves aujourd'hui. Le monde entier serait fait de quelques maîtres dominant des millions et des millions d'esclaves. Et je n'ai besoin de le rappeler à personne ici, être esclave, ça ne comporte aucune dignité. Nous nous sommes battus pour ça, et c'est ce que nous avons gagné. Nous avons gagné le droit d'être libres. Et c'est un des privilèges d'être né anglais : qui que vous soyez, que vous soyez riche ou pauvre, vous êtes né libre, vous êtes né en ayant le droit d'exprimer librement votre opinion, de voter pour votre député au Parlement ou de voter contre lui. La dignité, en réalité, c'est ça, si vous voulez bien m'excuser, monsieur.

— Allons, allons, Harry, dit Mr. Taylor. Je vois que tu es en train de te préparer à prononcer un de tes discours politiques. »

À ces mots, des rires fusèrent. Mr. Harry Smith eut un sourire un peu timide, mais il poursuivit :

« Non, je ne parle pas politique. Tout ce que je dis, c'est ça. On n'a pas de dignité quand on est esclave. Mais tout Anglais peut s'en saisir, s'il le veut. Parce que nous nous sommes battus pour ce droit.

— Ça a l'air d'un petit pays éloigné de tout, notre village, monsieur, dit sa femme. Mais nous avons donné plus que notre part pendant la guerre. Plus que notre part. »

Un climat de gravité régna dans la pièce après qu'elle eut parlé ainsi, jusqu'à ce que Mr. Taylor me dît enfin : « Harry ici présent s'occupe beaucoup des campagnes de notre député local. Donnez-lui-en seulement l'occasion, et il vous dira tout ce qui ne va pas dans le gouvernement du pays.

— Mais non, cette fois, je parlais justement de ce qu'il y a de bien dans le pays.

— Et vous, monsieur, vous êtes-vous beaucoup occupé de politique ? demanda Mr. Andrews.

— Pas directement, répondis-je. Et je ne m'en occupe plus actuellement. Avant la guerre, un peu plus, peut-être.

— C'est que je crois me souvenir d'un Mr. Stevens qui était membre du Parlement il y a un ou deux ans. Je l'ai entendu une ou deux fois à la TSF. Il avait des choses très sensées à dire sur le logement. Mais ce ne serait pas vous, monsieur ?

— Oh, non », dis-je en riant. Je n'arrive pas bien à savoir maintenant ce qui me poussa à prononcer la phrase suivante ; tout ce que je peux dire, c'est qu'elle me semblait s'imposer, dans les circonstances où je me trouvais placé. En tout cas, je déclarai ensuite : « En fait, je me suis davantage occupé d'affaires internationales que de questions intérieures. De politique étrangère, en somme. »

Je fus un peu déconcerté par l'effet que cela sembla faire à mon auditoire. Ils semblèrent saisis d'une sorte de stupeur respectueuse. J'ajoutai donc rapidement : « Notez bien que je n'ai jamais exercé de fonction importante. Si j'ai pu avoir de l'influence, cela s'est produit sur un plan entièrement officieux. » Mais le silence qui s'était instauré persista pendant plusieurs secondes.

« Excusez-moi, monsieur, dit enfin Mrs. Taylor, avez-vous rencontré Mr. Churchill ?

— Mr. Churchill ? Oui, il est effectivement venu chez nous plusieurs fois. Mais pour être tout à fait franc, Mrs. Taylor, pendant la période où j'ai été davantage mêlé aux grandes affaires, Mr. Churchill ne jouait pas encore un rôle central, et on ne s'attendait pas à ce qu'il le fasse. Des personnages comme Mr. Eden ou Lord Halifax étaient en ce temps-là des visiteurs plus habituels.

— Mais vous avez réellement rencontré Mr. Churchill, monsieur ? Quel honneur de pouvoir dire une chose pareille !

— Je suis souvent en désaccord avec ce que dit Mr. Churchill, affirma Mr. Harry Smith, mais c'est incontestablement un grand homme. Ça doit être vraiment quelque chose, monsieur, de discuter avec quelqu'un comme ça.

— Je tiens à le répéter, dis-je, je n'ai pas eu grand-chose à faire avec Mr. Churchill. Mais comme vous le soulignez à juste titre, il est assez flatteur d'avoir eu l'occasion de le fréquenter. En fait, tout bien considéré, j'ai sans doute eu beaucoup de chance, je serai le premier à l'admettre. J'ai eu le bonheur, après tout, de fréquenter non seulement Mr. Churchill, mais beaucoup d'autres grands dirigeants et personnages influents, d'Amérique et d'Europe. Et quand on pense que j'ai eu le bonheur d'avoir leur oreille sur beaucoup de grands problèmes de l'époque, oui, quand j'y repense, j'éprouve en effet une certaine gratitude. C'est un grand privilège, en somme, d'avoir reçu un rôle à jouer, si petit soit-il, sur la scène du monde.

— Pardonnez ma curiosité, monsieur, demanda Mr. Andrews, mais quelle sorte d'homme est Mr. Eden ? Je veux dire, au niveau personnel. J'ai toujours eu l'impression que c'était un chic type. Le genre à parler volontiers avec n'importe qui, haut placé ou humble, riche ou pauvre. Est-ce que j'ai raison, monsieur ?

— Dans l'ensemble, à mon avis, c'est une description exacte. Cela dit, je n'ai pas vu Mr. Eden depuis des années, et il se peut que les charges qu'il a dû assumer l'aient beaucoup changé. J'ai constaté que la vie publique pouvait changer les gens en quelques années au point de les rendre méconnaissables.

— Ça ne m'étonne pas, monsieur, dit Mr. Andrews. Même Harry, ici. Il y a quelques années qu'il se mêle de politique, et depuis, il n'a plus jamais été le même. »

Des rires résonnèrent de nouveau, pendant que Mr. Harry Smith haussait les épaules et laissait un sourire passer sur son visage. Il dit ensuite :

« C'est vrai que j'ai consacré beaucoup d'énergie aux campagnes. Ça reste à un niveau local, et je n'ai jamais rencontré personne qui soit à moitié aussi important que le genre de grands hommes que vous côtoyez, monsieur, mais à mon échelle, je crois que j'apporte ma contribution. Telles que je vois les choses, l'Angleterre est une démocratie, et nous, gens de ce village, nous avons souffert tout autant que d'autres pour qu'elle le reste. Et maintenant, c'est à nous d'exercer nos droits, à tous et à chacun. De beaux gars de ce village ont donné leur vie pour que nous ayons ce privilège, et à ce qu'il me semble, nous leur devons maintenant de jouer tous notre rôle. Ici, nous avons tous des opinions bien établies, et c'est à nous de faire en sorte qu'elles soient entendues. Nous sommes loin de tout, c'est vrai, un petit village, nous sommes de moins en moins jeunes, et le village est de moins en moins peuplé. Mais à ce qu'il me paraît, c'est un devoir que nous avons à l'égard des gars du village que nous avons perdus. Voilà pourquoi, monsieur, je consacre maintenant autant de temps à faire en sorte que notre voix soit entendue en haut lieu. Et si ça me fait changer, ou que ça précipite ma fin, peu m'importe.

— Je vous avais prévenu, monsieur, dit Mr. Taylor en souriant. Il ne fallait pas compter que Harry allait laisser un personnage influent comme vous passer par le village sans vous déverser ses discours dans les oreilles. »

Des rires éclatèrent encore, mais je dis presque aussitôt :

« Je crois que je comprends très bien votre position, Mr. Smith. Je comprends bien que vous souhaitez voir le monde devenir meilleur, et qu'avec vos concitoyens de ce village, vous voudriez avoir la possibilité de contribuer à le rendre meilleur. C'est un sentiment louable. J'ose dire que ce fut une aspiration très similaire qui me poussa, avant la guerre, à me mêler de grandes affaires. À l'époque, tout comme maintenant, la paix mondiale semblait fragile et près de s'évanouir entre nos mains, et j'ai voulu apporter ma contribution.

— Excusez-moi, monsieur, dit Mr. Harry Smith, mais ce n'est pas exactement ce que je voulais dire. Pour les gens de votre espèce, il a toujours été facile d'exercer une influence. Les hommes les plus puissants du pays comptent parmi vos amis. Mais nous, monsieur, les gens de notre espèce, nous pouvons voir s'écouler des années sans même jamais poser les yeux sur un vrai monsieur — sauf peut-être le Dr Carlisle. C'est un médecin de premier ordre, mais avec tout le respect que je lui dois, il n'a pas vraiment de *relations*. Il nous est facile, ici, d'oublier notre responsabilité de citoyens. Voilà pourquoi je m'évertue à ce point à préparer les élections. Que les gens soient d'accord ou pas — et je sais que dans cette pièce, il n'y a pas une âme qui serait d'accord maintenant avec tout ce que je dis —, au moins, je les fais réfléchir. Au moins, je leur rappelle leurs devoirs. Ce pays où nous vivons est un pays démocratique. Nous nous sommes battus pour lui. Nous devons tous jouer notre rôle.

— Je me demande ce qui a pu arriver au Dr Carlisle, dit Mrs. Smith. Je crois bien que maintenant, le monsieur apprécierait d'entendre parler quelqu'un d'*instruit*. »

Cela suscita d'autres rires.

« En fait, dis-je, bien que j'aie eu le plus grand plaisir à faire votre connaissance à tous, je vous avouerai que je commence à me sentir un peu fatigué...

— Bien sûr, monsieur, dit Mrs. Taylor, vous devez être très fatigué. Je vais peut-être chercher une autre couverture pour vous. Les nuits commencent à être vraiment fraîches.

— Mais non, je vous assure, Mrs. Taylor. Je serai parfaitement bien. »

Mais avant que j'aie pu quitter la table, Mr. Morgan dit :

« Je me demandais, monsieur, il y a un type qu'on aime bien écouter à la TSF, il s'appelle Leslie Mandrake. Je me demandais si par hasard vous l'aviez rencontré. »

Je répondis par la négative, et je m'apprêtais à tenter encore une fois de me retirer quand je fus de nouveau retenu par une série de questions portant sur différentes personnes que j'étais censé avoir pu rencontrer. Je me trouvais donc encore assis devant la table quand Mrs. Smith dit :

« Tiens, voilà quelqu'un. C'est sûrement le docteur qui arrive enfin.

— Je ferais vraiment mieux de me retirer, dis-je. Je suis épuisé.

— Mais je suis sûre que c'est bien le docteur,

monsieur, insista Mrs. Smith. Attendez donc encore quelques minutes. »

Au moment où elle prononçait ces paroles, on frappa et une voix dit : « Ce n'est que moi, Mrs. Taylor. »

Le personnage que l'on fit entrer était encore assez jeune — autour de la quarantaine —, grand et mince : si grand, en fait, qu'il dut se baisser pour passer par la porte d'entrée. Il nous avait à peine souhaité le bonsoir que Mrs. Taylor lui dit :

« Voilà notre monsieur, docteur. Sa voiture est coincée là-haut, à Thornley Bush, et à cause de ça le voilà forcé de supporter les discours de Harry. »

Le docteur s'approcha de la table et me tendit la main.

« Richard Carlisle, dit-il avec un sourire chaleureux tandis que je me levais pour la lui serrer. Sale coup pour votre voiture. Enfin, je suis sûr qu'on s'occupe bien de vous ici. Plutôt trop bien, j'imagine.

— Merci, répondis-je. Tout le monde a été extrêmement gentil.

— Eh bien, on est content de vous avoir ici. » Le Dr Carlisle s'assit de l'autre côté de la table, presque en face de moi. « De quelle région venez-vous ?

— De l'Oxfordshire », dis-je, et j'eus toutes les peines du monde à refouler la tentation d'ajouter « monsieur ».

« Une bien belle région. J'ai un oncle qui vit tout près d'Oxford. Oui, une bien belle région.

266

— Le monsieur était en train de nous raconter, docteur, dit Mrs. Smith, qu'il connaissait Mr. Churchill.

— Ah oui? J'ai connu un neveu à lui, mais j'ai à peu près perdu le contact. Moi, je n'ai jamais eu le privilège de rencontrer le grand homme.

— Et pas seulement Mr. Churchill, continua Mrs. Smith. Il connaît Mr. Eden. Et Lord Halifax.

— Vraiment? »

Je sentais les yeux du docteur m'examiner attentivement. Je m'apprêtais à faire une remarque appropriée, mais sans m'en laisser le temps, Mr. Andrews dit au docteur :

« Le monsieur nous disait qu'il s'était beaucoup occupé d'affaires étrangères en son temps.

— Ah oui, vraiment? »

Il me semblait que le Dr Carlisle persistait à me regarder pendant un laps de temps excessivement long. Puis il retrouva toute sa cordialité et demanda :

« Vous voyagez pour votre plaisir?

— Principalement, dis-je, et je poussai un petit rire.

— Il y a de jolis coins par ici. Au fait, Mr. Andrews, toutes mes excuses : je ne vous ai pas encore rendu votre scie.

— Ce n'est pas pressé, docteur. »

L'espace d'un moment, je cessai d'être la cible de l'attention générale, ce qui me permit de garder le silence. Puis, saisissant ce qui me semblait être un instant favorable, je me levai en disant : « Je vous prie de m'excuser. Cette soirée a été tout à fait agréable, mais maintenant je dois vraiment me retirer.

— Quel dommage que vous deviez déjà vous retirer, monsieur ! dit Mrs. Smith. Le docteur vient à peine d'arriver. »

Mr. Harry Smith se pencha par-devant sa femme et dit au Dr Carliste : « J'espérais que ce monsieur aurait quelques mots à dire sur vos idées à propos de l'Empire, docteur. » Puis, se tournant vers moi, il poursuivit : « Notre docteur que voici est d'accord pour que toutes sortes de petits pays deviennent indépendants. Je ne suis pas assez instruit pour prouver qu'il a tort, tout en étant sûr que c'est le cas. Mais j'aurais été intéressé de voir ce qu'une personne telle que vous aurait à lui dire sur cette question, monsieur. »

De nouveau, le regard du Dr Carlisle sembla m'étudier. Puis il dit : « C'est bien dommage, mais nous devons laisser ce monsieur aller au lit. Il a dû avoir une journée fatigante.

— En effet », dis-je, et, poussant un autre petit rire, j'entrepris de contourner la table. À mon grand embarras, toutes les personnes présentes, y compris le Dr Carlisle, se levèrent.

« Je vous remercie tous vivement, dis-je en souriant. Mrs. Taylor, je me suis régalé de cet excellent souper. Je vous souhaite à tous une très bonne nuit. »

Alors s'éleva en réponse un chœur de « Bonne nuit, monsieur ». J'avais presque quitté la pièce quand la voix du docteur m'arrêta net sur le pas de la porte.

«Dites donc, mon vieux», lança-t-il; je vis en me retournant qu'il était resté debout. «J'ai un patient à voir à Stanbury tôt demain matin. Je me ferai un plaisir de vous emmener jusqu'à votre voiture : comme ça, vous ne serez pas forcé de marcher. Et en chemin, nous prendrons un bidon d'essence chez Ted Hardacre.

— C'est très aimable à vous, dis-je. Mais je ne voudrais surtout pas vous déranger.

— Ça ne me dérange pas du tout. Sept heures trente, ça vous convient?

— Cela me rendrait un grand service.

— Très bien, alors va pour sept heures trente. Veillez à ce que votre invité soit levé et nourri à sept heures trente, Mrs. Taylor.» Puis, se tournant vers moi, il ajouta : «Ainsi nous pourrons quand même bavarder. Mais Harry que voici n'aura pas la satisfaction d'être témoin de mon humiliation.»

Il y eut des rires, et un autre échange de salutations avant qu'enfin on me permît de monter jusqu'au refuge de cette chambre.

Je crois qu'il est à peine besoin de souligner à quel point j'ai souffert ce soir du pénible malentendu portant sur ma personne. Je ne peux que dire qu'en toute honnêteté, je ne vois pas comment j'aurais pu empêcher la situation de prendre ce cours; car lorsque j'eus enfin compris ce qui se passait, les choses étaient allées si loin que je ne pouvais pas révéler la vérité à ces gens sans créer un climat de gêne désagréable. Quoi qu'il en soit, bien que cette affaire soit regrettable, il ne m'apparaît pas que le moindre dommage ait été infligé à quiconque. Après tout, je prendrai congé de ces gens dès demain matin, et vraisemblablement je ne les reverrai jamais. Il ne semble guère utile de s'appesantir là-dessus.

Cependant, indépendamment de cet ennuyeux malentendu, il y a peut-être un ou deux aspects des événements de ce soir qui demandent qu'on y réfléchisse, ne serait-ce que pour éviter d'en être tracassé au cours des journées à venir. Par exemple, il y a la question des déclarations de Mr. Harry Smith sur la nature de la « dignité ». Dans tous ses propos, assurément, il n'y a pas grand-chose qui mérite sérieusement réflexion. Évidemment, il faut tenir compte de ce que Mr. Harry Smith employait le mot « dignité » dans un sens totalement différent de celui qu'il a pour moi. Même ainsi, même en se plaçant sur son propre terrain, ses déclarations étaient assurément trop idéalistes, trop théoriques, pour valoir qu'on s'y arrête. Jusqu'à un certain point, il y a bien quelque vérité dans ce qu'il dit : dans un pays comme le nôtre, il se peut que les gens aient en effet le devoir de réfléchir aux grandes affaires et de se forger une opinion. Mais la vie étant ce qu'elle est, comment peut-on croire que les gens ordinaires vont avoir des « opinions bien établies » sur toutes sortes de sujets, opinions que Mr. Harry Smith attribue de façon assez fantaisiste aux habitants de ce village ? Non seulement il s'agit là d'une idée peu réaliste, mais je me demande même si cela serait souhaitable. Il existe, après tout, une limite véritable à ce que les gens ordinaires peuvent apprendre et savoir, et l'exigence de les voir, tous jusqu'au dernier, contribuer de leurs « opinions bien établies » aux grands débats de la nation manque certainement de sagesse. En tout état de cause, il est absurde d'imaginer que la « dignité » d'une personne peut se définir selon ces critères.

Il me vient justement à l'esprit un exemple qui illustre assez bien, je crois, les limites exactes de ce que peuvent contenir de vérité les idées de Mr. Harry Smith. Il se trouve que cet exemple est emprunté à ma propre expérience, s'agissant d'un épisode qui se déroula avant la guerre, aux environs de 1935.

Si je me rappelle bien, on me sonna, tard dans la soirée — il était minuit passé — au salon où Sa Seigneurie se trouvait avec trois messieurs depuis le dîner. Naturellement, on m'avait déjà fait venir plusieurs fois au salon ce soir-là, pour resservir ces messieurs, et j'avais alors constaté qu'ils étaient en pleine discussion sur des sujets de grande conséquence. Mais lorsque j'entrai au salon à cette dernière occasion, tous cessèrent de parler et se tournèrent vers moi. Puis Sa Seigneurie dit :

« Venez un instant par ici, Stevens, je vous prie, Mr. Spencer voudrait échanger quelques mots avec vous. »

Le monsieur en question continua à me regarder pendant un moment sans changer la pose quelque peu langoureuse qu'il avait adoptée dans son fauteuil. Il dit ensuite :

« Mon brave, j'ai une question à vous poser. Nous

avons besoin d'aide à propos d'un sujet dont nous débattons. Dites-moi, à votre avis, est-ce que l'état de la dette à l'égard de l'Amérique constitue un facteur significatif de la faiblesse actuelle des échanges commerciaux ? Ou croyez-vous que ce soit une fausse piste et que l'abandon de l'étalon-or soit en réalité au cœur du problème ? »

Naturellement, je fus un peu étonné, mais je compris rapidement de quoi il retournait : de toute évidence, on s'attendait à ce que je sois décontenancé par la question. En fait, pendant les quelques instants qu'il me fallut pour m'en rendre compte et élaborer une réponse adéquate, il se peut même que j'aie donné extérieurement l'impression de me colleter avec cette question, car je vis tous les messieurs présents échanger des sourires amusés.

« Je le regrette beaucoup, monsieur, dis-je, mais je ne suis pas en mesure de prêter assistance sur cette question. »

J'avais dès lors parfaitement maîtrisé la situation, mais les messieurs continuèrent à rire sous cape. Mr. Spencer dit alors :

« Dans ce cas, vous pourrez peut-être nous aider sur une autre question. Estimez-vous que la situation monétaire en Europe s'améliorerait ou se détériorerait en cas d'accord militaire entre les Français et les bolcheviks ?

— Je le regrette beaucoup, monsieur, mais je ne suis pas en mesure de prêter assistance sur cette question.

— Mon Dieu, dit Mr. Spencer. Ainsi, là non plus, vous ne pouvez pas nous aider. »

De nouveau, il y eut des rires étouffés avant que Sa Seigneurie dise : « Très bien, Stevens. Ce sera tout.

— Si vous voulez bien, Darlington, j'ai encore un problème à soumettre à notre homme, dit Mr. Spencer. J'avais sérieusement besoin de son aide sur une question qui préoccupe actuellement beaucoup d'entre nous, et qui joue un rôle crucial, nous nous en rendons tous compte, dans la détermination de notre politique étrangère. Mon brave, je vous en prie, venez à notre aide. Quelles intentions véritables cachait le récent discours de M. Laval sur la situation en Afrique du Nord ? Partagez-vous l'opinion selon laquelle il ne s'agissait que d'une ruse destinée à saborder la frange nationaliste de son propre parti ?

— Je regrette, monsieur, mais je ne suis pas en mesure de vous aider sur cette question.

— Comme vous le voyez, messieurs, dit Mr. Spencer en se tournant vers les autres, notre homme n'est pas en mesure de nous aider sur toutes ces questions. »

Cette phrase déclencha de nouveaux rires, de moins en moins étouffés.

« Et pourtant, continua Mr. Spencer, nous persistons encore dans l'idée que le sort de la nation devrait être laissé entre les mains de ce brave homme et de ses quelques millions de semblables. Est-il surprenant, affublés que nous sommes de notre système parlementaire actuel, que nous ne parvenions à trouver aucune solution à nos nombreuses difficultés? Vous pourriez aussi bien demander à une section de l'association des mères d'organiser une campagne militaire. »

Après cette remarque, qui suscita des éclats de rire joviaux, Sa Seigneurie marmonna : « Merci, Stevens », ce qui me permit de prendre congé.

Certes, je m'étais trouvé dans une situation un peu inconfortable, mais ce n'était ni la plus difficile, ni même la plus insolite, que l'on pût rencontrer dans l'exercice de ses fonctions ; et, vous en conviendrez certainement, un professionnel d'un niveau correct devrait être prêt à faire face sans difficulté à de tels événements. J'avais donc pratiquement oublié cet épisode lorsque, le lendemain matin, Lord Darlington entra dans la salle de billard où j'époussetais des portraits, debout sur un escabeau, et dit :

« Écoutez, Stevens, c'était affreux. Les tourments qu'on vous a infligés hier au soir. »

Je m'interrompis dans ma besogne et dit : « Pas du tout, monsieur. J'ai été heureux de pouvoir me rendre utile.

— C'était tout à fait affreux. Nous avions tous très bien dîné, un peu trop bien, je crois. Je vous prie d'accepter mes excuses.

— Je vous remercie, monsieur. Mais je vous assure que je n'ai subi aucun dérangement excessif. »

Sa Seigneurie marcha avec une certaine lassitude jusqu'à un fauteuil en cuir, s'assit et soupira. Bénéficiant de ma position élevée sur l'escabeau, je voyais presque toute sa longue silhouette baignée par le soleil hivernal qui se déversait par les portes-fenêtres et éclairait une bonne partie de la pièce. Ce fut, je m'en souviens, un de ces moments qui me firent sentir à quel point les circonstances de la vie avaient marqué Sa Seigneurie en relativement peu d'années. Lord Darlington avait toujours été élancé, mais il était devenu d'une maigreur alarmante, et son corps semblait presque déformé ; ses cheveux avaient blanchi prématurément, son visage était tendu et hagard. L'espace d'un moment, il resta assis à regarder par la porte-fenêtre dans la direction des collines, puis il dit à nouveau :

« C'était vraiment tout à fait affreux. Mais voyez-vous, Stevens, Mr. Spencer avait quelque chose à prouver à Sir Leonard. En fait, si cela peut vous consoler, vous avez bel et bien servi à démontrer un point très important. Sir Leonard ne cessait de nous raconter des fadaises démodées. Comme quoi il fallait s'en remettre à l'arbitrage de la volonté du peuple, etc. N'est-ce pas incroyable, Stevens ?

— En effet, monsieur.

— Nous mettons vraiment longtemps, dans ce pays, à reconnaître qu'une notion est démodée. D'autres grandes nations comprennent clairement que pour faire face aux défis de chaque ère nouvelle, il faut rejeter certaines vieilles méthodes, même si l'on y est parfois attaché. En Grande-Bretagne, ce n'est pas le cas. Nombreux sont encore ceux qui parlent comme Sir Leonard hier au soir. Voilà pourquoi Mr. Spencer a éprouvé le besoin de démontrer son point de vue. Et je vous le garantis, Stevens, si des personnes comme Sir Leonard peuvent être amenées à se réveiller et à réfléchir un peu, alors, croyez-moi, l'épreuve que vous avez subie hier soir n'aura pas été vaine.

— En effet, monsieur. »

Lord Darlington soupira de nouveau. « Nous sommes toujours les derniers, Stevens. Toujours les derniers à nous accrocher à des systèmes démodés. Mais tôt ou tard, nous allons devoir regarder la réalité en face. La démocratie convenait à une ère révolue. Le monde est devenu bien trop compliqué pour le suffrage universel et toutes ces histoires. Pour un Parlement où les députés se perdent en débats interminables sans avancer d'un pas. Tout ça, c'était peut-être très bien il y a quelques années, mais dans le monde d'aujourd'hui ? Qu'a donc dit Mr. Spencer hier soir ? C'était assez bien tourné.

— Je crois, monsieur, qu'il a comparé le système parlementaire actuel à une section de l'association des mères s'efforçant d'organiser une campagne militaire.

— Exactement, Stevens. Franchement, nous sommes tout à fait en retard dans ce pays. Et il est impératif que ceux qui savent aller de l'avant le fassent comprendre aux personnes du genre de Sir Leonard.

— En effet, monsieur.

— Écoutez-moi bien, Stevens. Nous sommes plongés dans une crise qui se prolonge. Je l'ai vu de mes propres yeux quand je suis allé dans le Nord avec Mr. Whittaker. Le peuple souffre. Les simples gens, les braves travailleurs souffrent terriblement. L'Allemagne et l'Italie ont mis leur maison en ordre en agissant. Ces misérables bolcheviks aussi, à leur façon, on peut le supposer. Même le président Roosevelt : regardez-le, il n'a pas peur de prendre quelques mesures hardies pour aider son peuple. Mais regardez ce qui se passe ici, Stevens. Les années s'écoulent, et rien ne s'améliore. Tout ce que nous faisons, c'est discuter, débattre, tergiverser. Quand une bonne idée se fait jour, on finit par la rendre inopérante à force de la soumettre à d'innombrables commissions chargées de l'amender et de la remanier. Les quelques personnes qui savent de quoi elles parlent sont paralysées par les discours des ignorants qui les entourent. Qu'en pensez-vous, Stevens ?

— En effet, monsieur, la nation semble être dans une situation déplorable.

— Tout à fait. Regardez l'Allemagne et l'Italie, Stevens. Regardez ce que peut faire une direction forte si on lui laisse les mains libres. Là-bas, pas de balivernes sur le suffrage universel. Si votre maison prend feu, vous n'allez pas convoquer toute la maisonnée au salon pour passer une heure à discuter des différentes options, hein ? Tout ça, c'était peut-être très bien dans le temps, mais le monde est devenu beaucoup plus compliqué. On ne peut pas demander à l'homme de la rue d'en savoir assez sur la politique, l'économie, le commerce international, et quoi encore ? Et pourquoi le lui demander ? En fait, vous avez très bien répondu hier soir, Stevens. Comment avez-vous tourné ça ? En gros, vous avez dit que ce n'était pas votre domaine ? Et pourquoi est-ce que ça le serait ? »

En évoquant ces paroles, je m'aperçois qu'aujourd'hui, beaucoup des idées de Lord Darlington paraîtront évidemment un peu bizarres, et même, parfois, déplaisantes. Mais on ne peut nier, assurément, qu'il y ait une part importante de vérité dans tout ce qu'il m'a dit ce matin-là, dans la salle de billard. Bien entendu, il est tout à fait absurde de s'attendre à ce qu'un majordome soit capable de répondre avec autorité à des questions du genre de celles que Mr. Spencer me posa ce soir-là, et lorsque des gens comme Mr. Harry Smith prétendent que la « dignité » d'une personne tient à cette capacité, il est évident qu'ils débitent des sottises. Établissons clairement ce qui suit : le majordome a pour devoir d'assurer un bon service. Il n'a pas à se mêler des grandes affaires de la nation. Le fait est que de telles affaires échapperont toujours à l'entendement de gens comme vous et moi ; et ceux d'entre nous qui souhaitent laisser une trace de leur passage doivent se rendre compte que la meilleure façon de le faire est de se concentrer sur ce qui est, effectivement, de notre ressort ; pour marquer notre époque, nous devons nous efforcer de servir le mieux possible ces grands personnages entre les mains de qui repose véritablement le destin de la civilisation. Cela peut paraître évident, mais il est facile de trouver des exemples trop nombreux de majordomes qui se sont fait, au moins pendant un certain temps, une autre idée de la question. En fait, les paroles prononcées ce soir par Mr. Harry Smith me rappellent de très près cette forme d'idéalisme mal compris qui s'est manifesté dans une partie non négligeable de notre génération, au cours des années vingt et trente. Je fais allusion à ce courant d'opinion au sein de la profession qui voulait qu'un majordome ayant de hautes aspirations s'applique sans cesse à réévaluer son employeur, examinant les motifs de ses actes, analysant les implications de ses positions. C'était à ce prix, soutenaient les partisans de ce point de vue, que chacun pouvait être sûr que ses compétences étaient employées à des fins respectables. Même si l'on comprend dans une certaine mesure l'idéalisme qui sous-tendait ce raisonnement, il n'est guère contestable que tout comme les sentiments exprimés ce soir par Mr. Smith, il résulte de conceptions erronées. Il suffit de regarder les majordomes qui ont tenté de mettre en œuvre cette vision des choses, et l'on constatera que leurs carrières, qui étaient dans certains cas très prometteuses, n'ont, de ce fait, abouti à aucun heureux développement. J'ai personnellement connu au moins deux professionnels, tous deux assez capables, qui sont allés d'un employeur à un autre, toujours insatisfaits, sans jamais se fixer nulle part, jusqu'au jour où l'on a cessé d'entendre parler d'eux. Le sort qu'ils ont connu n'a rien de surprenant. Car dans la pratique, il n'est tout simplement pas possible d'adopter pareille attitude critique à l'égard de son employeur, tout en le servant comme il convient. Ce n'est pas seulement qu'on ne peut guère parvenir à satisfaire aux nombreuses exigences du service de haut niveau quand on est distrait par ce genre de préoccupation ; mais sur un plan plus fondamental, un majordome qui s'efforce sans cesse de formuler ses propres « opinions bien établies » sur les affaires de son employeur va nécessairement manquer d'une qualité essentielle aux bons professionnels : j'ai nommé la loyauté. Comprenez-moi bien, je vous en prie ; je n'entends pas par là le genre de « loyauté » aveugle dont les employeurs médiocres déplorent l'absence quand ils se voient incapables de s'attacher les services de professionnels de premier ordre. Certes, je serais parmi les derniers à recommander de jurer loyauté aveuglément à une dame ou à un monsieur qui se trouve simplement être votre employeur à un moment donné. Mais si un majordome espère arriver à avoir un quelconque mérite au cours de sa vie, il faut bien qu'arrive un moment où il met fin à sa quête ; un moment où il se dit : « Cet employeur incarne tout ce que je trouve noble et admirable. Dorénavant, je me consacrerai à son service. » Cela, c'est de la loyauté jurée *intelligemment*. Où est l'absence de « dignité » dans cette attitude ? On accepte simplement une vérité inéluctable : que les gens comme vous et moi ne seront jamais à même de comprendre les grandes affaires du monde d'aujourd'hui, et que le meilleur choix est toujours de faire confiance à un employeur que nous jugeons sage et honorable, et de mettre notre énergie à son service, en nous efforçant de nous acquitter le mieux possible de cette tâche. Voyez des personnes comme, par exemple, Mr. Marshall, ou Mr. Lane — assurément deux des plus grandes figures de notre profession. Pouvons-nous imaginer Mr. Marshall débattant avec Lord Camberley de la dernière dépêche adressée par ce dernier au Foreign Office ? Admirons-nous moins Mr. Lane depuis que nous savons qu'il n'a pas pour habitude d'interpeller Sir Leonard Gray avant chacun de ses discours à la Chambre des communes ? Bien sûr que non. En quoi cela manque-t-il de dignité, que peut-on reprocher à une telle attitude ? En quoi s'expose-t-on aux blâmes sous prétexte, mettons, que le passage du temps a montré que les efforts de Lord Darlington étaient mal dirigés, voire stupides ? Tout au long des années où je l'ai servi, c'était lui et lui seul qui évaluait les éléments dont il disposait et qui décidait d'agir selon ses idées, alors que je me limitais simplement, comme il convient, aux affaires qui ressortissaient à mon domaine professionnel. En ce qui me concerne, j'ai accompli ma tâche du mieux que j'ai pu, et d'aucuns peuvent même dire que j'ai atteint un niveau « de premier ordre ». Ce n'est vraiment pas ma faute si la vie et l'œuvre de Sa Seigneurie ont pris aujourd'hui l'allure, au mieux, d'un triste gâchis — et il est tout à fait illogique que j'éprouve pour mon propre compte le moindre sentiment de regret ou de honte.

Little Compton, Cornouailles

Je suis enfin arrivé à Little Compton, et à l'heure actuelle, je suis assis dans la salle à manger de l'hôtel de la Roseraie, où je viens de terminer mon déjeuner. Dehors, la pluie tombe de façon persistante.

Sans être luxueux, l'hôtel de la Roseraie est à coup sûr accueillant et confortable, et l'on ne peut rechigner à dépenser un peu plus pour être logé ici. Commodément situé à un coin de la place du village, c'est un manoir tapissé de lierre, plutôt charmant, où l'on peut loger, à mon avis, une bonne trentaine d'hôtes. Mais cette « salle à manger » où je suis assis maintenant est une annexe moderne contiguë au bâtiment principal, une longue pièce sans étage éclairée de chaque côté par une rangée de vastes fenêtres. D'un côté, on voit la place du village ; de l'autre, le jardin, qui a sans doute donné son nom à l'établissement. Le jardin, qui semble bien abrité du vent, comporte un certain nombre de tables, et quand il fait beau, j'imagine qu'il est fort agréable de s'y installer pour y prendre un repas ou des rafraîchissements. En fait, je sais qu'il n'y a pas très longtemps des hôtes de la maison avaient bel et bien commencé à déjeuner dehors, mais furent interrompus par l'apparition d'inquiétants nuages d'orage. Quand on me fit entrer ici il y a environ une heure, le personnel se hâtait de débarrasser les tables du jardin, pendant que leurs occupants récents, y compris un monsieur qui avait encore une serviette coincée dans sa chemise, attendaient, l'air un peu perdu. Peu de temps après, la pluie se mit à tomber avec une telle violence que pendant un moment, tous les clients semblèrent s'arrêter de manger pour regarder par les fenêtres.

Ma table est du côté qui donne sur la place, et j'ai donc passé une bonne partie de l'heure précédente à regarder la pluie tomber sur cette place, ainsi que sur la Ford et sur un ou deux véhicules stationnés dehors. La pluie s'est un peu calmée maintenant, mais elle est encore suffisamment drue pour décourager de sortir et de flâner dans le village. Bien entendu, l'idée m'est venue de partir tout de suite à la rencontre de Miss Kenton ; mais dans ma lettre, je lui annonçais ma visite à trois heures, et il ne me semble pas judicieux de la surprendre en arrivant en avance. Il est donc vraisemblable, si la pluie ne cesse pas rapidement, que je vais rester là à boire du thé jusqu'à ce qu'il soit temps pour moi de partir. M'étant renseigné auprès de la jeune femme qui m'a servi le déjeuner, je sais que l'adresse où réside actuellement Miss Kenton est à quelque quinze minutes de marche, ce qui signifie que j'ai encore au moins quarante minutes d'attente.

Il faut que je dise, à propos, que je ne suis pas stupide au point de ne pas m'être préparé à une éventuelle déception. Je ne sais que trop bien que je n'ai jamais reçu de réponse de Miss Kenton confirmant qu'elle serait heureuse de me voir. Cependant, connaissant Miss Kenton, je suis enclin à penser que dans son cas, l'absence de réponse vaut consentement ; si ma proposition de rencontre ne lui avait pas convenu, pour une raison ou une autre, je suis sûr qu'elle n'aurait pas hésité à m'en informer. De plus, j'avais précisé dans ma lettre que j'avais fait une réservation à cet hôtel et qu'on pouvait m'y laisser un message de dernière minute ; n'y ayant trouvé aucun message de cet ordre, je crois pouvoir supposer que tout va bien.

L'averse actuelle a quelque chose de surprenant, puisque le jour a commencé avec un beau soleil, celui qui m'a été dispensé généreusement tous les matins depuis mon départ de Darlington Hall. En fait, la journée, dans l'ensemble, avait bien débuté avec un petit déjeuner d'œufs frais de la ferme et de pain grillé préparé à mon intention par Mrs. Taylor, et le Dr Carlisle étant arrivé comme promis à sept heures et demie, je pus prendre congé des Taylor — qui persistaient à refuser toute espèce de dédommagement — avant que d'autres conversations gênantes aient eu l'occasion de s'engager.

« Je vous ai trouvé un bidon d'essence », annonça le Dr Carlisle en m'installant dans sa Rover, à la place du passager. Je le remerciai de sa sollicitude, mais quand je lui proposai de m'acquitter du prix de l'essence, lui non plus ne voulut pas en entendre parler.

« Pas d'histoires, mon vieux. C'est un petit reste que j'ai trouvé au fond de mon garage. Mais avec ça, vous pourrez arriver à Crosby Gate où vous ferez vraiment le plein. »

Le centre du village de Moscombe m'apparut alors au soleil du matin : quelques petits commerces entourant une église, dont j'avais vu le clocher la veille au soir, du haut de la colline. Mais je n'eus guère l'occasion d'examiner le village, car le Dr Carlisle engagea brusquement son véhicule dans un chemin de ferme.

« Juste un raccourci », dit-il alors que nous passions devant des granges et des engins agricoles à l'arrêt. On ne voyait nulle part aucun être humain ; à un moment, comme nous nous trouvions devant une barrière fermée, le docteur dit : « Pardon, mon vieux, si ça ne vous ennuie pas de faire les honneurs ? »

Descendant de voiture, je marchai jusqu'à la barrière, et aussitôt, un chœur d'aboiements furieux éclata dans une des granges toutes proches, de sorte que je ressentis un certain soulagement en rejoignant le Dr Carlisle à l'avant de sa Rover.

Nous échangeâmes quelques plaisanteries en gravissant une route étroite bordée de grands arbres ; il me demanda si j'avais bien dormi chez les Taylor, et ainsi de suite. Puis il me dit à l'improviste :

« Dites donc, j'espère que vous n'allez pas me trouver terriblement impoli. Mais vous ne seriez pas une sorte de domestique, par hasard ? »

Je dois l'avouer, j'éprouvai par-dessus tout à ces paroles un sentiment de soulagement.

« C'est exact, monsieur. En fait, je suis le major-dome de Darlington Hall, près d'Oxford.

— C'est ce qu'il me semblait. Ces histoires de rencontres avec Winston Churchill, et tout ça. Je me disais, ou bien ce gars ment comme un arracheur de dents, ou bien... et alors là, j'ai pensé à une explication toute simple. »

Le Dr Carlisle se tourna vers moi en souriant, tout en pilotant la voiture le long de la route sinueuse et montante. Je dis :

« Je n'ai jamais eu l'intention de tromper qui-conque, monsieur. Mais...

— Inutile de vous expliquer, mon vieux. Je vois très bien comment ça a pu se passer. Il faut dire que vous êtes un spécimen assez remarquable. Le genre de gens qu'il y a ici, ils vont fatalement vous prendre au minimum pour un lord ou un duc. » Le docteur eut un rire chaleureux. « Ça doit faire du bien, de temps à autre, de se faire prendre pour un lord. »

Nous continuâmes à rouler un moment en silence. Puis le Dr Carlisle me dit : « Enfin, j'espère que vous avez apprécié votre court séjour chez nous.

— Tout à fait, monsieur, je vous remercie.

— Et les habitants de Moscombe, comment les avez-vous trouvés ? De braves gens, non ?

— Très sympathiques, monsieur. Mr. et Mrs. Taylor se sont montrés extrêmement prévenants.

— J'aimerais bien que vous cessiez de m'appeler "monsieur" à tout bout de champ, Mr. Stevens. Oui, ce sont des braves gens, les gens d'ici. En ce qui me concerne, je serais heureux de passer ici le reste de ma vie. »

Il me sembla percevoir quelque chose d'un peu bizarre dans le ton du Dr Carlisle. Il y avait aussi un accent curieusement insistant dans sa façon de me demander de nouveau :

« Comme ça, vous les avez trouvés sympathiques, hein ?

— Tout à fait, docteur. Extrêmement gentils.

— Qu'est-ce qu'ils vous ont donc raconté, hier soir ? J'espère qu'ils ne vous ont pas rebattu les oreilles avec tous les ragots du village.

— Pas du tout, docteur. En fait, la conversation a pris un tour plutôt sérieux, et certains points de vue très intéressants ont été exprimés.

— Vous parlez de Harry Smith, dit le docteur en riant. Il ne faut pas faire attention à lui. Il est amusant à écouter pendant un moment, mais en réalité, il a les idées tout embrouillées. De temps en temps, on pourrait croire que c'est une espèce de communiste, et tout à coup, il vous sort quelque chose qui lui donne l'air d'un tory authentique. Pour tout dire, il a les idées embrouillées.

— Ce que vous dites là m'intéresse beaucoup.

— Quel a été le thème de sa conférence, hier soir ? L'Empire ? La Sécurité sociale ?

— Mr. Smith s'est limité à des sujets plus généraux.

— Ah bon? Quoi, par exemple?»

Je toussotai. «Mr. Smith avait des idées sur la nature de la dignité.

— Allons donc. Cela paraît bien philosophique pour Harry Smith. Comment diable en est-il arrivé là?

— Je crois que Mr. Smith soulignait l'importance de son travail électoral dans le village.

— Ah oui?

— Il tenait à me faire comprendre que les habitants de Moscombe avaient des opinions bien établies sur toutes sortes de points importants.

— Ah oui. Ça, c'est du Harry Smith. Comme vous l'avez sans doute deviné, tout ça ne tient pas debout. Harry passe son temps à essayer de forcer tout le monde à s'intéresser aux grands problèmes. Mais en réalité, les gens préfèrent qu'on les laisse tranquilles.»

Nous avons gardé le silence pendant un moment. Enfin, j'ai dit :

«Pardonnez-moi cette question, monsieur. Mr. Smith serait-il, si je comprends bien, considéré comme un personnage comique?

— Euh. Là, je crois que ce serait aller un peu loin. Les gens d'ici ont bien une sorte de conscience politique. Ils sentent qu'ils *devraient* avoir des idées catégoriques sur telle ou telle question, comme Harry les y invite. Mais en fait, ils ne sont pas différents des gens d'ailleurs. Ils veulent vivre en paix.

Harry a beaucoup d'idées sur les changements à apporter, mais en fait, dans le village, personne ne désire de bouleversement, même si cela devait leur profiter. Les gens d'ici veulent qu'on les laisse tranquilles, à mener leur petite vie paisible. Ils ne veulent pas qu'on les tracasse avec tel ou tel problème. »

Je fus étonné du ton dégoûté qu'avait pris le docteur. Mais il s'en remit rapidement, poussa un petit rire et remarqua :

« Jolie vue du village, de votre côté. »

On voyait en effet le village à quelque distance de là, en contrebas. Bien sûr, le soleil du matin lui donnait un aspect bien différent, mais à cela près, la vue ressemblant assez à celle qui m'était apparue dans la pénombre du soir, et je supposai donc que nous nous approchions de l'endroit où j'avais laissé la Ford.

« Mr. Smith, dis-je, semblait estimer que la dignité d'une personne tenait à cela. Au fait d'avoir des opinions bien établies, et ainsi de suite.

— Ah oui, la dignité. J'oubliais. Ainsi, Harry essayait de s'attaquer aux définitions philosophiques. Ma parole. Il a dû en dire, des bêtises.

— Ses conclusions n'étaient pas nécessairement de nature à emporter l'adhésion, monsieur. »

Le Dr Carlisle hocha la tête, mais il semblait s'être plongé dans ses pensées. « Vous savez, Mr. Stevens, dit-il enfin, quand je suis arrivé ici, j'étais un socialiste convaincu. Je croyais à l'amélioration des services sociaux, au bien du peuple, tout ça. Je suis arrivé en quarante-neuf. Le socialisme allait permettre au peuple de vivre dans la dignité. Voilà ce que je croyais quand je suis arrivé. Excusez-moi, vous n'avez pas envie d'entendre toutes ces bêtises. » Il se tourna vers moi. « Et vous, mon vieux ?

— Excusez-moi, monsieur ?

— La dignité, à votre avis, qu'est-ce que c'est ? »

Cette question si directe me prit un peu au dépourvu, j'en conviens. « C'est assez difficile à expliquer en peu de mots, monsieur, dis-je. Mais j'ai dans l'idée qu'il s'agit, au fond, de ne pas enlever ses vêtements en public.

— Excusez-moi, mais de quoi parlez-vous ?

— De dignité, monsieur.

— Ah. » Le docteur hocha la tête, mais il avait l'air un peu perplexe. Il dit ensuite : « Vous devriez reconnaître cette route. Elle a sans doute un aspect différent en plein jour. Ah, la voilà ! Mon Dieu, quel superbe véhicule ! »

Le Dr Carlisle se gara juste derrière la Ford, descendit et répéta : « Ma foi, quel superbe véhicule ! » Un instant après, il avait pris dans sa voiture un entonnoir et un bidon d'essence, et il m'aidait avec beaucoup de gentillesse à remplir le réservoir de la Ford. Toutes les craintes que j'avais pu avoir concernant la gravité de la panne dont souffrait la Ford se dissipèrent quand je mis le contact et entendis le moteur tourner avec un ronronnement régulier. Je remerciai alors le Dr Carlisle et nous prîmes congé l'un de l'autre, mais je fus encore obligé de suivre sa Rover le long de la route sinueuse, pendant plus d'un kilomètre, avant que nos itinéraires ne divergent.

C'est vers neuf heures que j'ai franchi les limites des Cornouailles. Il s'en fallait au moins de trois heures que la pluie ne commence à tomber, et les nuages étaient encore d'un blanc brillant. En fait, les spectacles qui m'ont accueilli ce matin étaient souvent parmi les plus charmants que j'aie rencontrés jusqu'à présent. Il est donc regrettable que je n'aie pu, pendant une bonne partie du temps, leur accorder l'attention qu'ils méritaient : car on ferait aussi bien de le reconnaître, on se trouvait dans un certain état de préoccupation à l'idée que — à moins d'une complication imprévue — on allait retrouver Miss Kenton avant la fin de cette journée. Et ainsi, tout en filant rapidement au milieu de vastes champs dégagés, sans voir sur des kilomètres ni être humain ni véhicule, ou en traversant prudemment de merveilleux petits villages, dont certains n'étaient qu'un groupe de quelques maisonnettes en pierre, je me suis retrouvé à remuer encore des souvenirs anciens. Et maintenant, assis ici, à Little Compton, dans la salle à manger de cet hôtel agréable, avec un peu de temps devant moi, tandis que je regarde au-dehors la pluie éclabousser les trottoirs de la place du village, je ne parviens pas à empêcher mon esprit de revenir toujours errer sur les mêmes chemins.

Un souvenir, en particulier, m'a préoccupé toute la matinée — ou plutôt, un fragment de souvenir, un moment qui, pour une raison ou une autre, est toujours resté vivant en moi, au long des années. Je me revois debout, seul, dans le couloir de service, devant la porte fermée de l'office de Miss Kenton ; je n'étais pas vraiment face à la porte, mais debout, ma personne à demi tournée dans cette direction, paralysé par l'impossibilité de décider si je devais ou non frapper ; car à cet instant, je me le rappelle, je m'étais senti convaincu que derrière cette porte, à quelques mètres de moi, Miss Kenton pleurait. Comme je le dis, cet instant est resté gravé clairement dans mon esprit, de même que le souvenir de la sensation particulière qui m'envahit pendant que j'étais debout là. Je ne suis cependant pas du tout certain aujourd'hui des circonstances précises qui m'avaient amené à cet endroit, dans le couloir de service. Il me revient qu'ailleurs, dans mes efforts pour rassembler ces réminiscences, j'ai bien pu situer ce souvenir dans les minutes survenues immédiatement après que Miss Kenton avait reçu la nouvelle de la mort de sa tante ; c'est-à-dire la fois où, l'ayant laissée seule avec son chagrin, je me rendis compte, sitôt dans le couloir, que je ne lui avais pas présenté mes condoléances. Mais ayant poussé ma réflexion plus loin, je crois que j'ai pu faire à ce sujet une légère confusion ; en fait, ce fragment de souvenir serait lié à des événements qui eurent lieu un soir, quelques mois au moins après la mort de la tante de Miss Kenton — le soir, en fait, où le jeune Mr. Cardinal se présenta à Darlington Hall assez inopinément.

Le père de Mr. Cardinal, Sir David Cardinal, avait été pendant bien des années l'ami et le collègue le plus proche de Sa Seigneurie, mais il était mort tragiquement dans un accident de cheval, trois ou quatre ans avant la soirée que je me remémore maintenant. Pendant ce temps, le jeune Mr. Cardinal s'était fait un nom en rédigeant des chroniques, avec une spécialité de commentaires spirituels sur les affaires internationales. De toute évidence, ces chroniques plaisaient rarement à Lord Darlington, car je me rappelle l'avoir bien souvent vu lever les yeux d'un journal pour prononcer une phrase comme : « Voilà le jeune Reggie qui écrit encore des bêtises. Il est heureux que son père ne soit plus là pour lire ça. » Mais les chroniques de Mr. Cardinal ne l'empêchaient pas de venir fréquemment en visite au domaine : Sa Seigneurie n'oubliait pas, en effet, que le jeune homme était son filleul, et il était traité comme un membre de la famille. En même temps, Mr. Cardinal n'avait pas l'habitude de venir à l'heure du dîner sans prévenir, et je fus donc un peu surpris quand, allant ouvrir la porte ce soir-là, je le vis, sa serviette serrée dans ses bras.

« Bonsoir, Stevens, comment allez-vous ? dit-il. Je suis plus ou moins coincé, ce soir, et je me demandais si Lord Darlington pourrait me loger pour la nuit.

— C'est un grand plaisir de vous revoir, monsieur. Je vais prévenir Sa Seigneurie que vous êtes là.

— Je comptais aller chez les Roland, mais apparemment, il y a eu un malentendu, et ils sont partis je ne sais où. J'espère que ça ne tombe pas trop mal.

Je veux dire, il n'y a rien de spécial ce soir, n'est-ce pas ?

— Je crois, monsieur, que Sa Seigneurie attend des visiteurs après le dîner.

— Aïe, pas de chance. Apparemment, je n'ai pas choisi la bonne soirée. Je ferais mieux de me faire tout petit. De toute façon, j'ai des articles sur lesquels il faut que je travaille ce soir. » Mr. Cardinal indiqua sa serviette.

« Je vais dire à Sa Seigneurie que vous êtes là, monsieur. En tout cas, vous arrivez à temps pour dîner avec lui.

— Tant mieux. C'est ce que j'espérais. Mais j'imagine que Mrs. Mortimer ne va pas être très contente de moi. »

Je laissai Mr. Cardinal dans le salon et me rendis au bureau, où Sa Seigneurie étudiait certains papiers avec une expression d'extrême concentration. Quand je lui annonçai l'arrivée de Mr. Cardinal, une expression surprise et irritée passa sur son visage. Puis il s'enfonça dans son fauteuil comme s'il essayait d'élucider une énigme.

« Dites à Mr. Cardinal que je ne vais pas tarder, dit-il enfin. Il saura bien s'amuser pendant un moment. »

Quand je redescendis, je trouvai Mr. Cardinal occupé à arpenter le salon d'un air agité, et à examiner des objets qu'il devait connaître depuis longtemps. Je lui transmis le message de Sa Seigneurie et lui demandai quels rafraîchissements je pouvais lui apporter.

«Rien que du thé, pour l'instant, Stevens. Qui donc Sa Seigneurie reçoit-elle ce soir?

— Je regrette, monsieur. J'ai bien peur de ne pas pouvoir vous aider.

— Pas la moindre idée?

— Je regrette, monsieur.

— Tiens, c'est curieux. Enfin. Je ferais mieux de me faire tout petit ce soir.»

Ce fut peu de temps après, je m'en souviens, que je me rendis à l'office de Miss Kenton. Elle était assise à sa table, et pourtant il n'y avait rien devant elle, et ses mains étaient vides; en fait, il y avait dans son attitude quelque chose qui laissait croire qu'elle avait été assise dans cette position pendant quelque temps, avant que je frappe à la porte.

«Mr. Cardinal est ici, Miss Kenton, dis-je. Il prendra sa chambre habituelle ce soir.

— Très bien, Mr. Stevens. Je m'en occuperai avant de partir.

— Ah. Vous sortez ce soir, Miss Kenton?

— Mais oui, Mr. Stevens.»

Je dus avoir l'air un peu surpris, car elle continua : «Vous vous souviendrez, Mr. Stevens, que nous en avons parlé il y a quinze jours.

— Oui, bien sûr, Miss Kenton. Je vous demande pardon, cela m'était momentanément sorti de l'esprit.

— Y a-t-il un problème, Mr. Stevens?

— Pas du tout, Miss Kenton. On attend certains visiteurs ce soir, mais il n'y a aucune raison pour que votre présence soit nécessaire.

— Nous nous sommes bien mis d'accord il y a quinze jours pour que je prenne cette soirée, Mr. Stevens.

— Bien entendu, Miss Kenton. Vraiment, je vous demande pardon.»

Alors que je m'apprêtais à partir, la voix de Miss Kenton m'arrêta net sur le pas de la porte :

«Mr. Stevens, j'ai quelque chose à vous dire.

— Oui, Miss Kenton ?

— Au sujet de ma connaissance. La personne que je vais voir ce soir.

— Oui, Miss Kenton.

— Il m'a demandé de l'épouser. Je me suis dit que vous étiez en droit d'en être informé.

— Vraiment, Miss Kenton. C'est très intéressant.

— Je suis encore en train de réfléchir à la question.

— Vraiment.»

L'espace d'une seconde, elle baissa les yeux vers ses mains, mais presque immédiatement, son regard revint vers moi. «Ma connaissance doit prendre un emploi dans le West Country à partir du mois prochain.

— Vraiment.

— Comme je vous le disais, Mr. Stevens, je suis encore en train de réfléchir à la question. J'ai pensé cependant que vous deviez être mis au courant de la situation.

— Je vous en suis très reconnaissant, Miss Kenton. J'espère que vous passerez une soirée agréable. Et maintenant, si vous voulez bien m'excuser. »

Environ vingt minutes après, je rencontrai de nouveau Miss Kenton, alors que je m'occupais des préparatifs du dîner. En fait, j'avais commencé à monter l'escalier de service, portant un plateau lourdement chargé, quand j'entendis, au-dessous de moi, des pas furieux ébranler les lames du plancher. Je me tournai et vis Miss Kenton, au pied de l'escalier, me regarder d'un air indigné.

« Mr. Stevens, dois-je comprendre que vous souhaitez que je reste de service ce soir ?

— Pas du tout, Miss Kenton. Comme vous l'avez souligné, vous m'avez effectivement prévenu il y a quelque temps.

— Mais je vois que cela vous contrarie vivement que je sorte ce soir.

— Au contraire, Miss Kenton.

— Croyez-vous qu'en suscitant un tel remue-ménage dans la cuisine, et en piétinant dans tous les sens devant ma porte, vous allez me faire changer d'avis ?

— Miss Kenton, s'il y a un certain affairement dans la cuisine, c'est uniquement parce que Mr. Cardinal est venu dîner à la dernière minute. Il n'y a absolument aucune raison pour que vous ne sortiez pas ce soir.

— J'ai l'intention de sortir, que vous me donniez ou non votre bénédiction, Mr. Stevens, je tiens à ce que cela soit clair. Mes dispositions sont prises depuis des semaines.

« — Tout à fait, Miss Kenton. Et une fois de plus, je vous souhaite une très agréable soirée. »

À dîner, un climat curieux semblait planer entre les deux messieurs. Pendant de longs moments, ils mangeaient en silence, Sa Seigneurie, en particulier, paraissant très absente. Une fois, Mr. Cardinal demanda :

« Il se passe quelque chose de spécial ce soir, monsieur ?

— Hein ?

— Vos visiteurs de ce soir. C'est spécial ?

— Désolé, je ne peux pas vous le dire, mon garçon. Strictement confidentiel.

— Mon Dieu. Ça veut donc dire que je ne pourrai pas y assister, je suppose.

— Assister à quoi, mon garçon ?

— À ce qui va se passer ce soir.

— Mais cela ne présenterait pas le moindre intérêt pour vous ! De toute façon, le caractère confidentiel est crucial. Pas question d'avoir quelqu'un dans votre genre dans le secteur. Oh non, ça ne conviendrait pas du tout.

— Mon Dieu. Ça a vraiment l'air très spécial. »

Mr. Cardinal observait Lord Darlington très attentivement, mais ce dernier se remit simplement à manger sans ajouter un seul mot.

Ces messieurs gagnèrent le fumoir pour y boire du porto et fumer des cigares. En débarrassant la salle à manger, et aussi en préparant le salon en prévision de l'arrivée des visiteurs du soir, je me trouvai obligé de passer à plusieurs reprises devant la porte du fumoir. Il était donc inévitable que je remarque que ces messieurs, dont l'humeur au dîner avait été si silencieuse, s'étaient mis au contraire à converser sur un ton assez fiévreux. Un quart d'heure plus tard, on entendait s'élever des voix coléreuses. Bien entendu, je ne m'arrêtai pas pour prêter l'oreille, mais je ne pus éviter d'entendre Sa Seigneurie crier : « Mais ce n'est pas votre affaire, mon garçon ! Ce n'est pas votre affaire ! »

J'étais à la salle à manger quand ces messieurs sortirent enfin. Ils semblaient s'être calmés, et les seuls mots qu'ils échangèrent en traversant le hall furent, de la part de Sa Seigneurie : « Souvenez-vous, mon garçon. Je vous fais confiance. » À quoi Mr. Cardinal répondit dans un marmonnement irrité : « Oui, oui, vous avez ma parole. » Puis leurs pas divergèrent, Sa Seigneurie se dirigeant vers son bureau et Mr. Cardinal vers la bibliothèque.

À huit heures trente presque tapantes, on entendit des automobiles se garer dans la cour. J'ouvris à un chauffeur, et par-dessus son épaule, je vis des agents de police qui se dispersaient en divers endroits du parc. Un instant après, j'introduisais deux hauts personnages, que Sa Seigneurie accueillit dans le hall et fit rapidement entrer au salon. Environ dix minutes plus tard, on entendit une autre voiture, et j'ouvris à Herr Ribbentrop, ambassadeur d'Allemagne, qui n'était plus un inconnu à Darlington Hall. Sa Seigneurie apparut pour l'accueillir, et ils semblèrent échanger des regards de connivence avant de disparaître ensemble dans le salon. Lorsqu'on m'appela quelques minutes plus tard pour me demander des rafraîchissements, les quatre messieurs discutaient des mérites respectifs de différentes espèces de saucisses, et l'atmosphère, au moins en surface, paraissait tout à fait chaleureuse.

Je pris ensuite mon poste dans le hall, le poste que j'occupais habituellement, près de la voûte de l'entrée, lors des réunions importantes ; et rien ne m'en fit bouger pendant environ deux heures, jusqu'au moment où l'on sonna à la porte de service. En descendant ouvrir, je découvris un agent de police en compagnie de Miss Kenton, dont il me demandait de certifier l'identité.

« Question de sécurité, mademoiselle, c'est pas pour vous vexer », marmonna le policier avant de s'enfoncer à nouveau dans la nuit.

En verrouillant la porte, je remarquai que Miss Kenton était toujours là à m'attendre, et je lui dis : « J'espère que vous avez passé une bonne soirée, Miss Kenton. »

Elle ne répondit rien, aussi répétai-je, tandis que nous traversions l'étendue obscure de la cuisine : « J'espère que vous avez passé une bonne soirée, Miss Kenton.

— Oui, je vous remercie, Mr. Stevens.

— J'en suis ravi. »

Derrière moi, le bruit des pas de Miss Kenton s'arrêta brusquement, et je l'entendis dire :

« Ne vous intéressez-vous absolument pas à ce qui s'est passé ce soir entre ma connaissance et moi, Mr. Stevens ?

« — Je ne veux pas me montrer grossier, Miss Kenton, mais vraiment, je dois remonter sans attendre. C'est que des événements d'une importance mondiale ont lieu dans cette maison en ce moment même.

— Comme d'habitude, n'est-ce pas, Mr. Stevens ? Très bien ; si vous devez partir en courant, je vous dirai simplement que j'ai accepté l'offre de ma connaissance.

— Je vous demande pardon, Miss Kenton ?

— Sa demande en mariage.

— Ah oui, Miss Kenton ? Dans ce cas, permettez-moi de vous présenter mes félicitations.

— Merci, Mr. Stevens. Bien sûr, j'effectuerai volontiers mon préavis. Cependant, si vous étiez à même de me libérer plus tôt, nous vous en serions très reconnaissants. Ma connaissance prend son nouvel emploi dans le West Country d'ici quinze jours.

— Je ferai de mon mieux pour assurer votre remplacement le plus tôt possible, Miss Kenton. Et maintenant, si vous voulez bien m'excuser, je dois retourner là-haut. »

Je me remis en route, mais alors que j'avais presque atteint la porte donnant sur le couloir, j'entendis Miss Kenton dire : « Mr. Stevens », et je me retournai donc de nouveau. Elle n'avait pas bougé, et fut forcée par conséquent d'élever légèrement la voix pour me parler, ce qui la fit résonner bizarrement dans les ténèbres caverneuses de la cuisine déserte.

« Dois-je comprendre, dit-elle, qu'après toutes les années de service que j'ai accomplies dans cette maison, vous n'avez pas d'autres mots pour recevoir la nouvelle de mon éventuel départ que ceux que vous venez de prononcer ?

— Miss Kenton, je vous félicite chaleureusement. Mais je vous le répète, des affaires d'une portée mondiale se traitent là-haut, et je dois retourner à mon poste.

— Savez-vous, Mr. Stevens, que vous avez été pour ma connaissance et moi un personnage très important ?

— Vraiment, Miss Kenton ?

— Oui, Mr. Stevens. Nous passons souvent le temps en nous divertissant d'anecdotes vous concernant. Par exemple, ma connaissance me demande toujours de lui montrer comment vous vous pincez les narines au moment où vous poivrez votre nourriture. Ça le fait toujours rire.

— Vraiment.

— Il apprécie aussi vos allocutions au personnel. Je dois dire que maintenant, j'arrive très bien à les reconstituer. Il suffit que j'en prononce une ou deux phrases pour que nous soyons tous les deux hilares.

— Vraiment, Miss Kenton. Maintenant, je vous prie de m'excuser. »

Je montai jusqu'au hall et retournai à mon poste. Cependant, cinq minutes ne s'étaient pas écoulées que Mr. Cardinal s'encadra dans la porte de la bibliothèque et me fit signe.

« Ça m'embête de vous déranger, Stevens, dit-il.

Mais est-ce que ça vous ennuierait d'aller me chercher encore un peu de cognac ? La bouteille que vous m'avez apportée tout à l'heure est apparemment finie.

— C'est avec plaisir que je vous servirai tous les rafraîchissements que vous désirez, monsieur. Cependant, dans la mesure où vous avez un article à rédiger, je me demande s'il est très judicieux de continuer à consommer.

— Mon article ira très bien, Stevens. Soyez gentil, allez me chercher un peu de cognac.

— Très bien, monsieur. »

Quand je revins à la bibliothèque un instant plus tard, Mr. Cardinal errait entre les rayonnages, examinant le dos des livres. Je vis des papiers éparpillés en désordre sur une des tables de travail proches. En me voyant arriver, Mr. Cardinal fit un bruit satisfait et s'abattit dans un fauteuil en cuir. Je m'approchai de lui, versai un peu de cognac et lui tendis le verre.

« Vous savez, Stevens, dit-il, nous sommes amis depuis quelque temps maintenant, pas vrai ?

— Certes, monsieur.

— Je me réjouis toujours de bavarder un peu avec vous quand je viens ici.

— Oui, monsieur.

— Vous ne prendriez pas un verre en ma compagnie ?

— C'est très aimable à vous, monsieur. Mais non, je vous remercie.

— Dites donc, Stevens, vous allez bien, là ?

— Très bien, monsieur, je vous remercie, dis-je en poussant un petit rire.

— Vous ne vous sentez pas mal, non ?

— Un peu fatigué, peut-être, mais je me sens très bien, merci, monsieur.

— Bon, dans ce cas-là, vous devriez vous asseoir. Enfin, comme je le disais. Nous sommes amis depuis quelque temps. Je devrais donc vraiment vous parler sincèrement. Comme vous l'avez certainement deviné, je ne me trouve pas ici ce soir par un pur hasard. J'ai eu un tuyau, vous comprenez. Au sujet de ce qui se passe. Là-bas, de l'autre côté du hall, à cet instant précis.

— Oui, monsieur.

— J'aimerais vraiment que vous preniez un siège, Stevens. Je voudrais que nous nous parlions comme deux amis, et vous êtes planté là avec votre fichu plateau à la main, comme si vous alliez filer d'une seconde à l'autre.

— Excusez-moi, monsieur. »

Je posai mon plateau et m'assis — dans une posture appropriée — sur le fauteuil que Mr. Cardinal m'indiquait.

« Voilà qui est mieux, dit Mr. Cardinal. Bon, Stevens, j'imagine que le Premier ministre n'est pas actuellement au salon, n'est-ce pas ?

— Le Premier ministre, monsieur ?

— Écoutez, ça va, vous n'avez pas à me le dire. Je comprends bien que vous êtes dans une position délicate. » Mr. Cardinal poussa un soupir et jeta un regard las vers les papiers éparpillés sur la table. Puis il dit :

« J'ai à peine besoin de vous préciser, n'est-ce pas, Stevens, ce que j'éprouve à l'égard de Sa Seigneurie. Je veux dire, il a été pour moi comme un deuxième père. J'ai à peine besoin de vous le préciser, Stevens.

— En effet, monsieur.

— J'ai une grande affection pour lui.

— Oui, monsieur.

— Et vous aussi, je le sais. Avez une grande affection pour lui. N'est-ce pas, Stevens ?

— C'est vrai, monsieur.

— Bon. Nous savons donc tous les deux où nous en sommes. Mais regardons les choses en face. Sa Seigneurie nage en eaux profondes. Je l'ai regardée nager de plus en plus loin vers le large, et pour tout vous dire, je suis très inquiet. Elle est en train de perdre pied, voyez-vous, Stevens.

— Est-ce possible, monsieur ?

— Stevens, savez-vous ce qui se passe en ce moment même, pendant que nous bavardons ? Ce qui se passe à quelques mètres de nous ? Là-bas, dans l'autre pièce — et je n'ai pas besoin que vous me le confirmiez —, se trouvent rassemblés en ce moment le Premier ministre britannique, le ministre des Affaires étrangères et l'ambassadeur d'Allemagne. Sa Seigneurie a déployé des efforts prodigieux pour rendre cette réunion possible, et elle croit — en toute loyauté — qu'elle fait quelque chose de bien et d'honorable. Savez-vous pourquoi Sa Seigneurie a fait venir ces messieurs ici ce soir? Savez-vous, Stevens, ce qui se passe ici?

— Je regrette, monsieur, mais je ne sais pas.

— Vous regrettez. Dites-moi, Stevens, ça vous est égal? N'avez-vous aucune curiosité? Bon Dieu, mon vieux, il se passe dans cette maison quelque chose de vraiment capital! Vous n'en êtes pas du tout curieux?

— Ce n'est pas mon rôle d'être curieux de ce genre de choses, monsieur.

— Mais vous avez de l'affection pour Sa Seigneurie. Vous avez pour elle une grande affection, vous venez de me le dire. Si vous avez de l'affection pour elle, est-ce que vous ne devriez pas vous préoccuper de ce qui se passe? En être au moins un peu curieux? Le Premier ministre de la Grande-Bretagne et l'ambassadeur d'Allemagne sont réunis par votre employeur pour des conversations secrètes en pleine nuit, et vous n'êtes même pas curieux?

— Je ne dirai pas que je ne suis pas curieux, monsieur. Mais ma position ne me permet pas de montrer ma curiosité de ce genre de questions.

— Votre position ne vous le permet pas? Je suppose que vous prenez ça pour de la loyauté. C'est ça? Vous vous croyez loyal? À Sa Seigneurie? Ou à la Couronne, pendant que vous y êtes?

— Je suis désolé, monsieur, mais je ne vois pas bien ce que vous proposez.»

Mr. Cardinal soupira de nouveau et secoua la tête. «Je ne propose rien, Stevens. En toute franchise, je ne sais pas ce qu'il faut faire. Mais vous pourriez au moins être curieux. »

Il se tut pendant un moment, qu'il passa à contempler d'un regard absent la partie du tapis située autour de mes pieds.

« Vous ne voulez vraiment pas boire un coup avec moi, Stevens ? dit-il enfin.

— Non, merci, monsieur.

— Je vais vous dire, Stevens. Sa Seigneurie est en train de se faire prendre pour un imbécile. J'ai enquêté de façon approfondie. Maintenant, il n'y a personne dans le pays qui connaisse mieux que moi la situation en Allemagne, et je vous le dis, Sa Seigneurie est en train de se faire prendre pour un imbécile. »

Je ne répondis pas, et Mr. Cardinal continua à regarder par terre d'un air absent. Au bout d'un moment, il continua :

« Lord Darlington est un homme adorable, tout à fait adorable. Mais c'est un fait, il a perdu pied. Il se laisse manœuvrer. Les nazis le manœuvrent comme un pion. Avez-vous remarqué, Stevens ? Avez-vous remarqué que c'est ce qui se passe depuis au moins trois ou quatre ans ?

— Je regrette, monsieur, mais je n'ai remarqué aucune évolution de ce genre.

— Vous n'avez rien soupçonné ? Pas du tout soupçonné que Herr Hitler, à travers notre cher ami Herr Ribbentrop, n'a cessé de manœuvrer Sa Seigneurie comme un pion, tout comme il manœuvre tous ses autres pions à Berlin ?

— Je regrette, monsieur, mais je crains de n'avoir remarqué aucune évolution de cet ordre.

— Évidemment, vous n'avez rien remarqué, Stevens, parce que vous n'êtes pas curieux. Vous laissez aller les choses, sous vos yeux, et vous n'avez pas idée de ce qui se passe réellement. »

Mr. Cardinal modifia sa position dans le fauteuil de façon à se redresser un peu, et il sembla pendant un instant contempler son travail inachevé sur la table toute proche. Il reprit ensuite :

« Sa Seigneurie est un gentleman. C'est ça qui est au fond du problème. C'est un gentleman, qui a fait la guerre aux Allemands, et son instinct le pousse à se montrer généreux et amical à l'égard d'un ennemi vaincu. C'est son instinct. Parce que c'est un gentleman, un vrai gentleman anglais à l'ancienne. Et vous avez dû le voir, Stevens. Comment auriez-vous pu ne pas le voir ? La façon dont ils ont utilisé, manipulé cet instinct, transformé quelque chose de beau et de noble en tout autre chose — quelque chose qu'ils peuvent utiliser pour leurs propres fins répugnantes ? Vous avez dû le voir, Stevens. »

De nouveau, Mr. Cardinal regardait fixement le sol. Il garda le silence pendant quelque temps, et dit enfin :

« Je me rappelle être venu ici il y a des années, et il y avait cet Américain. Nous avions une grande conférence, mon père s'était occupé de l'organiser. Je me rappelle cet Américain, encore plus soûl que je ne le suis maintenant, il s'est levé à la table du dîner, devant toute la compagnie. Et il a montré du doigt Sa Seigneurie, et il l'a traitée d'amateur. Il l'a traitée d'amateur à la manque, et il lui a dit qu'elle était dépassée. Eh bien, Stevens, cet Américain, je dois reconnaître qu'il avait raison. C'est une réalité de la vie. Le monde d'aujourd'hui est un endroit trop crasseux pour les grands et nobles instincts. Vous l'avez vu vous-même, n'est-ce pas, Stevens ? La façon dont ils ont manipulé quelque chose de noble et de beau. Vous l'avez vu vous-même, n'est-ce pas ?

— Je regrette, monsieur, mais je ne peux pas dire que je l'ai vu.

— Vous ne pouvez pas dire que vous l'avez vu. Eh bien, je ne sais pas pour vous, mais moi, je vais faire quelque chose à ce sujet. Si Père était en vie, il ferait quelque chose pour arrêter ça. »

Mr. Cardinal se tut de nouveau, et pendant un moment — peut-être parce qu'il avait évoqué le souvenir de feu son père — il sembla extrêmement mélancolique. « Êtes-vous satisfait, Stevens, dit-il enfin, de regarder Sa Seigneurie basculer comme ça dans le précipice ?

— Je regrette, monsieur, mais je ne comprends pas bien à quoi vous faites allusion.

— Vous ne comprenez pas, Stevens. Nous sommes amis : je vais donc vous expliquer ça franchement. Au cours de ces dernières années, Herr Hitler n'a sans doute pas eu dans ce pays de pion plus utile que Sa Seigneurie pour faire passer sa propagande. D'autant plus qu'elle est sincère, honorable, et qu'elle ne comprend pas la nature véritable de ce qu'elle fait. Rien que sur les trois dernières années, Sa Seigneurie a contribué de façon cruciale à l'établissement de liens entre Berlin et plus de soixante des citoyens les plus influents de ce pays. Ça a marché magnifiquement bien pour eux. Herr Ribbentrop a pour ainsi dire pu se passer entièrement de notre ministère des Affaires étrangères. Et comme si leur satané congrès et leurs satanés jeux Olympiques ne suffisaient pas, savez-vous à quoi ils font travailler Sa Seigneurie maintenant ? Avez-vous la moindre idée du sujet de leur discussion ?

— Je crains que non, monsieur.

— Sa Seigneurie essaie de persuader le Premier ministre en personne d'accepter une invitation auprès de Herr Hitler. Elle est vraiment convaincue que l'opinion du Premier ministre sur le régime allemand actuel est le résultat d'un grave malentendu.

— Je ne vois pas ce qu'on peut y trouver à redire, monsieur. Sa Seigneurie s'est toujours efforcée de favoriser une meilleure entente entre les nations.

— Et ce n'est pas tout, Stevens. En ce moment même, à moins que je ne sois complètement dans l'erreur, en ce moment même, Sa Seigneurie discute de l'idée d'une visite de Sa Majesté soi-même à Herr Hitler. Ce n'est pas vraiment un secret : notre nouveau roi a toujours éprouvé une véritable passion pour les nazis. Apparemment, il a grande envie maintenant d'accepter l'invitation de Herr Hitler. En ce moment même, Stevens, Sa Seigneurerie fait ce qu'elle peut pour éliminer les objections du Foreign Office à cette idée épouvantable.

— Pardonnez-moi, monsieur, mais je ne vois pas

en quoi ce que fait Sa Seigneurie s'écarte du chemin le plus haut et le plus noble. Elle fait ce qu'elle peut, après tout, pour assurer le maintien de la paix en Europe.

— Dites-moi, Stevens, vous n'avez pas même la plus petite impression que je pourrais avoir raison ? Vous n'éprouvez pas la moindre *curiosité* par rapport à ce que je dis ?

— Pardonnez-moi, monsieur, mais je dois dire que je m'en remets en toute confiance à la clairvoyance de Sa Seigneurie.

— Aucun être doté de clairvoyance ne peut persister à croire ce que dit Herr Hitler après la Rhénanie, Stevens. Sa Seigneurie est dépassée. Mon Dieu, voilà que je vous ai vraiment choqué.

— Pas du tout, monsieur », dis-je ; je m'étais levé, en fait, en entendant la sonnerie du salon. « Il semble que ces messieurs aient besoin de moi. Je vous prie de m'excuser. »

Au salon, l'air était épaissi par la fumée de tabac. D'ailleurs, ces éminents personnages continuèrent à fumer leurs cigares, leur visage arborant une expression solennelle, et dans le plus profond silence, pendant que Sa Seigneurie me priait d'aller chercher à la cave une certaine bouteille de porto d'une qualité exceptionnelle.

À pareille heure de la nuit, des pas qui descendent l'escalier de service se font nécessairement entendre, et ce fut certainement ce qui attira l'attention de Miss Kenton. Car tandis que j'avançais le long du couloir obscur, la porte de son office s'ouvrit et elle apparut sur le seuil, éclairée par la lumière venue de l'intérieur.

« Je suis surpris de vous voir encore ici, Miss Kenton, dis-je en m'approchant.

— Mr. Stevens, j'ai été très sotte, tout à l'heure.

— Excusez-moi, Miss Kenton, mais dans l'immédiat, je n'ai pas le temps de bavarder.

— Mr. Stevens, il ne faut pas que vous preniez à cœur ce que j'ai pu vous dire tout à l'heure. Je me suis montrée très sotte.

— Je n'ai pris à cœur rien de ce que vous avez dit, Miss Kenton. En fait, je ne vois pas à quoi vous faites allusion. Des événements d'une grande importance se déroulent là-haut, et je ne peux pas prendre le temps d'échanger des plaisanteries avec vous. Je vous conseille de vous retirer pour la nuit. »

Sur ces mots, je repartis hâtivement, mais ce ne fut que lorsque j'eus presque atteint l'entrée de la cuisine que l'obscurité qui s'abattit de nouveau sur le couloir m'apprit que Miss Kenton avait refermé sa porte.

Il ne me fallut pas longtemps pour trouver à la cave la bouteille en question et pour faire les préparatifs nécessaires pour la servir. Ce fut donc quelques minutes à peine après ma brève rencontre avec Miss Kenton que je me retrouvai de nouveau dans le couloir, sur le chemin du retour, et chargé cette fois-ci d'un plateau. En arrivant près de la porte de Miss Kenton, je vis à la lumière qui filtrait tout autour qu'elle était toujours là. Et c'est ce moment-là, j'en suis maintenant sûr, qui est resté gravé de façon si durable dans ma mémoire, ce moment où je me suis arrêté dans la pénombre du couloir, le plateau dans les mains, une conviction de plus en plus forte se faisant jour en moi : à quelques mètres de là, de l'autre côté de la porte, Miss Kenton pleurait. Autant qu'il m'en souvienne, aucun élément concret ne venait étayer cette conviction — je n'avais à coup sûr entendu aucun sanglot — et pourtant je me rappelle avoir été tout à fait certain que si j'avais frappé, si j'étais entré, je l'aurais trouvée en larmes. Je ne me rappelle pas combien de temps je restai debout là ; sur le moment, j'eus l'impression d'une période assez longue, mais je crois bien qu'en réalité, cela ne dura que quelques secondes. Bien entendu, il fallait que je remonte rapidement pour servir certains des personnages les plus éminents du pays, et il n'est donc pas concevable que je me sois attardé outre mesure.

Lorsque je regagnai le salon, je vis que ces messieurs étaient encore d'humeur plutôt grave. Hormis cela, cependant, je n'eus guère l'occasion de me faire une idée du climat, car je ne fus pas plus tôt entré que Sa Seigneurie me prit le plateau des mains et me dit : « Merci, Stevens. Je m'en occuperai. Ce sera tout. »

Traversant de nouveau le hall, je repris mon poste habituel sous la voûte, et pendant encore environ une heure, c'est-à-dire jusqu'au départ de ces messieurs, aucun événement ne vint m'obliger à bouger de ma place. Néanmoins, l'heure que je passai là, debout à mon poste, m'est restée très clairement en mémoire au long des années. Au début, je n'hésite pas à le reconnaître, je me sentais assez abattu. Mais à mesure que je restais là, un phénomène curieux commença à se produire : c'est-à-dire qu'un intense sentiment de triomphe se mit à monter en moi. Je n'arrive pas à me rappeler jusqu'à quel point j'analysai ce sentiment, mais en y repensant aujourd'hui, il ne me paraît pas très difficile à expliquer. Après tout, j'arrivais au bout d'une soirée extrêmement éprouvante, tout au long de laquelle j'étais parvenu à préserver « une dignité conforme à la place que j'occupais » ; et cela, de plus, d'une manière dont même mon père aurait pu être fier. Et là, de l'autre côté du hall, derrière cette porte sur laquelle mes yeux étaient posés, dans la pièce même où je venais de m'acquitter de mes obligations, les personnages les plus puissants d'Europe conféraient du sort de notre continent. Qui aurait pu douter, à ce moment-là, qu'en vérité je m'étais autant rapproché du moyeu de la grande roue qu'un majordome pouvait le souhaiter ? Je peux donc supposer qu'à ce moment-là, tandis que je méditais sur les événements de cette soirée — ceux qui avaient eu lieu et ceux qui étaient encore en cours —, ils me semblèrent résumer tout ce que j'étais parvenu à réaliser jusqu'alors dans ma vie. Je ne vois guère d'autres explications à ce sentiment de triomphe qui m'exalta ce soir-là.

Weymouth

Cette ville de bord de mer est un endroit où j'avais envie de venir depuis bien des années. J'ai souvent entendu des gens parler des vacances agréables qu'ils y avaient passées, et Mrs. Symons, elle aussi, dans *Les merveilles de l'Angleterre*, l'appelle « une ville qui peut divertir constamment le visiteur pendant plusieurs jours ». En fait, elle mentionne tout spécialement cette jetée sur laquelle je me promène depuis une demi-heure, et recommande en particulier de s'y rendre le soir, lorsqu'elle est éclairée par des ampoules de différentes couleurs. Il y a un instant, j'ai appris d'une personne autorisée que les lumières seraient allumées « prochainement », et j'ai donc décidé de m'asseoir sur ce banc et d'attendre l'événement. D'ici, j'ai une bonne vue du soleil qui se couche sur la mer, et bien que le jour soit loin d'être fini — la journée a été splendide — je vois, çà et là, des lumières qui commencent à s'allumer tout au long du rivage. La jetée est toujours le lieu d'une grande animation, derrière moi, le bruit des pas qui martèlent les planches ne s'interrompt jamais.

Je suis arrivé dans cette ville hier après-midi, et j'ai décidé de passer ici une seconde nuit, m'accordant ainsi toute une journée de loisir. Et je dois dire que j'ai éprouvé un certain soulagement à ne pas conduire ; car aussi plaisante que puisse être cette activité, il est également possible de s'en lasser quelque peu, à la longue. En tout cas, le temps dont je dispose m'autorise tout à fait à séjourner ici un jour de plus ; en partant tôt demain matin, je pourrai être de retour à Darlington Hall à l'heure du thé.

Deux jours pleins se sont maintenant écoulés depuis ma rencontre avec Miss Kenton au salon de thé de l'hôtel de la Roseraie, à Little Compton. C'est en effet là que nous nous sommes retrouvés. Miss Kenton m'a fait la surprise de venir à l'hôtel. Je passais le temps après avoir fini de déjeuner — je crois que je regardais simplement la pluie tomber par la fenêtre proche de ma table — lorsqu'un membre du personnel de l'hôtel vint m'informer qu'une dame m'attendait à la réception. Je me levai et me rendis dans le hall, où je ne vis personne que je reconnusse. Mais la réceptionniste me dit alors, de derrière son comptoir : « La dame est au salon de thé, monsieur. »

Franchissant la porte qu'elle m'indiquait, je découvris une pièce encombrée de fauteuils mal assortis et de tables clairsemées. Il n'y avait là que Miss Kenton, qui se leva en me voyant entrer, sourit et me tendit la main.

« Ah, Mr. Stevens. Quel plaisir de vous revoir !

— Mrs. Benn, je suis enchanté. »

Il y avait dans la pièce une lumière assez lugubre, à cause de la pluie, et nous tirâmes donc deux fauteuils près de la baie. Ce fut donc ainsi que nous nous parlâmes, Miss Kenton et moi, pendant environ deux heures, baignés par une lumière grise, tandis que la pluie continuait à tomber sans relâche sur la place.

Elle avait naturellement un peu vieilli mais, à mes yeux du moins, elle semblait l'avoir fait avec beaucoup de grâce. Sa silhouette était toujours svelte, son maintien aussi droit que jamais. Elle avait conservé son port de tête ancien, qui lui donnait presque un air de défi. Bien entendu, sous la lumière froide qui éclairait son visage, je ne pouvais guère éviter de remarquer les rides qui apparaissaient çà et là. Mais pour l'essentiel, la Miss Kenton que je voyais devant moi était étonnamment semblable à la personne qui avait occupé ma mémoire au long de toutes ces années. Autant dire que dans l'ensemble, il était extrêmement agréable de la revoir.

Pendant une vingtaine de minutes, nous échangeâmes, dirai-je, le genre de phrases qu'on échange entre inconnus ; elle se renseigna poliment sur le déroulement de mon voyage, sur mes vacances et l'agrément que j'en retirais, sur les villes et les monuments que j'avais visités, et ainsi de suite. À mesure que nous parlions, je dois dire que je crus remarquer d'autres changements plus subtils que les ans avaient opérés sur elle. Par exemple, Miss Kenton semblait, d'une certaine façon, plus *lente*. Peut-être était-ce simplement le calme qui vient avec l'âge, et je m'efforçai vraiment, pendant un moment, de voir les choses ainsi. Mais malgré mes efforts, j'avais toujours l'impression que ce qui m'apparaissait était en réalité une lassitude à l'égard de la vie ; l'étincelle qui avait fait d'elle autrefois une personne si vivante, et parfois si imprévisible, semblait éteinte. En fait, de temps à autre, lorsqu'elle ne parlait pas, lorsque son visage était au repos, il me semblait discerner de la tristesse dans son expression. Mais là encore, il se peut bien que je me sois trompé là-dessus.

Au bout d'un petit moment, ce qui subsistait de gêne dans les premières minutes de notre rencontre se dissipa complètement, et notre conversation prit un tour plus personnel. Nous passâmes quelque temps en réminiscences sur diverses personnes d'autrefois, ou à échanger les nouvelles d'elles que nous pouvions avoir, et cela fut, je dois le dire, extrêmement plaisant. Ce n'était pas tant le contenu de notre conversation que ses petits sourires à la fin de ses phrases, les inflexions d'une ironie discrète que prenait parfois sa voix, certains gestes des épaules ou des mains, où je retrouvai indubitablement les rythmes et les habitudes de nos conversations anciennes.

Ce fut aussi à peu près à ce moment-là que je fus en mesure de savoir exactement ce qu'il en était de sa condition actuelle. Par exemple, j'appris que son mariage n'était pas dans un état aussi précaire que sa lettre le laissait supposer ; encore qu'elle eût, en effet, quitté son domicile pendant quatre ou cinq jours — période au cours de laquelle la lettre que j'avais reçue avait été rédigée —, elle était rentrée à la maison, et Mr. Benn avait accueilli son retour avec joie. «Encore heureux que l'un de nous se montre raisonnable dans ces histoires», conclut-elle avec un sourire.

Je sais, bien sûr, que ces affaires ne me regardaient vraiment pas, et je précise que je n'aurais jamais songé à me montrer aussi indiscret si je n'avais pas eu, comme vous vous le rappelez sans doute, des raisons professionnelles importantes de le faire, s'agissant des problèmes de personnel de Darlington Hall. En tout état de cause, Miss Kenton ne sembla pas du tout gênée de me faire des confidences à ce sujet, ce qui me parut être un témoignage réconfortant de la force de l'étroite relation de travail que nous avions autrefois.

Pendant quelque temps, je m'en souviens, Miss Kenton continua ensuite à me parler en termes plus généraux de son mari, qui doit bientôt prendre sa retraite, de façon un peu anticipée à cause d'ennuis de santé, et de sa fille, qui est maintenant mariée et attend un enfant pour cet automne. En fait, Miss Kenton m'a donné l'adresse de sa fille dans le Dorset, et je dois dire que j'ai été assez flatté de voir comme elle tenait à ce que je lui rende visite pendant mon voyage de retour. J'eus beau lui expliquer que je ne passerais vraisemblablement pas par cette partie du Dorset, Miss Kenton continua à insister, disant : «Catherine a tellement entendu parler de vous, Mr. Stevens. Elle sera vraiment ravie de vous rencontrer. »

Pour ma part, je tentai de lui décrire le mieux possible le Darlington Hall d'aujourd'hui. Je m'efforçai de lui donner une idée de cet employeur jovial qu'est Mr. Farraday ; et je décrivis aussi les changements apportés à la maison elle-même, les dispositions nouvelles, les pièces mises sous housses, ainsi que l'organisation actuelle du personnel. Miss Kenton, me sembla-t-il, s'épanouit visiblement quand je parlai de la maison, et nous nous retrouvâmes bientôt à évoquer de vieux souvenirs, et bien souvent à en rire.

Je me rappelle n'avoir mentionné Lord Darlington qu'une fois. Nous venions de nous amuser ensemble d'une anecdote portant sur le jeune Mr. Cardinal, et je fus donc obligé d'informer ensuite Miss Kenton de la mort du jeune homme, tué en Belgique pendant la guerre. Je poursuivis en disant : « Bien entendu, Sa Seigneurie aimait beaucoup Mr. Cardinal, et cela a été un rude coup pour elle. »

Je ne souhaitais pas gâcher par de tristes propos une atmosphère si agréable, aussi essayai-je d'abandonner ce sujet presque aussitôt. Mais comme je l'avais craint, Miss Kenton avait su par la presse l'échec du procès en diffamation, et profita de cette occasion pour me sonder un peu là-dessus. Autant que je me rappelle, je résistai d'abord à ses efforts pour m'attirer sur ce terrain, pour lui dire finalement :

« À la vérité, Mrs. Benn, pendant toute la guerre,

on avait dit des choses terribles sur Sa Seigneurie — et dans ce journal-là en particulier. Elle a tout enduré tant que le pays est resté en péril, mais une fois la guerre terminée, comme les insinuations continuaient, Sa Seigneurie n'a vu aucune raison de continuer à souffrir en silence. Certes, il est facile de voir aujourd'hui à quel point il était dangereux de porter cette affaire devant un tribunal, étant donné le climat qui régnait à l'époque. Mais que voulez-vous, Sa Seigneurie croyait sincèrement pouvoir obtenir justice. En fait, évidemment, le journal a simplement augmenté son tirage. Quant à Sa Seigneurie, sa réputation a été perdue pour toujours. Vraiment, Mrs. Benn, après cela, Sa Seigneurie n'a plus été qu'un invalide. Et la maison est devenue si tranquille. Je lui apportais son thé au salon, et... Non, vraiment, c'était un spectacle tragique.

— Je suis désolée, Mr. Stevens. Je ne me doutais pas que cela s'était aussi mal passé.

— Eh si, Mrs. Benn. Mais cela suffit. Je sais que vous vous rappelez Darlington Hall du temps où il y avait de grands rassemblements, où la maison était pleine de visiteurs éminents. C'est ainsi qu'il convient de se rappeler Sa Seigneurie. »

Comme je le disais, c'est la seule fois que nous avons parlé de Lord Darlington. Nous avons essentiellement abordé d'excellents souvenirs, et ces deux heures que nous avons passées ensemble au salon de thé ont été, à mon avis, extrêmement agréables. J'ai le vague souvenir d'autres clients entrant dans la pièce pendant que nous parlions, s'asseyant quelques instants, puis repartant, mais ils ne nous distrayaient absolument pas de notre conversation. En fait, il était difficile de croire que deux heures pleines s'étaient écoulées quand Miss Kenton leva les yeux vers la pendule posée sur la cheminée et annonça qu'il lui fallait rentrer chez elle. Apprenant qu'elle allait devoir marcher sous la pluie jusqu'à un arrêt d'autocar situé au-delà de la sortie du village, j'insistai pour la conduire jusque-là avec la Ford, et après avoir emprunté un parapluie à la réception, nous sortîmes ensemble de l'hôtel.

De grandes flaques s'étaient formées sur le sol autour de l'emplacement où j'avais garé la Ford, m'obligeant à apporter mon assistance à Miss Kenton pour l'aider à atteindre la portière du côté passager. Mais bientôt, nous roulâmes dans la grand-rue du village ; puis je vis que les commerces avaient disparu, et que nous étions en pleine campagne. Miss Kenton, qui était assise en silence à regarder le paysage, se tourna vers moi et me dit :

« Pourquoi souriez-vous tout seul comme ça, Mr. Stevens ?

— Oh... Il faut m'excuser, Mrs. Benn, je repensais à certaines choses que vous me disiez dans votre lettre. En les lisant, je m'étais un peu inquiété, mais je vois maintenant que cette inquiétude était sans fondement.

— Ah ? À quelles choses en particulier pensiez-vous, Mr. Stevens ?

— Oh, rien de particulier, Mrs. Benn.

— Ah, Mr. Stevens, il faut vraiment que vous me le disiez.

— Eh bien, Mrs. Benn, par exemple, dis-je en riant, à un moment, vous écrivez — attendez que je me rappelle — "le reste de ma vie s'étend devant moi à la façon d'un désert". Ce sont vos propres termes, à peu de chose près.

— Vraiment, Mr. Stevens, dit-elle en riant elle aussi un peu. Je ne peux pas avoir écrit une chose pareille.

— Oh, je vous assure que si, Mrs. Benn. Je m'en souviens très nettement.

— Mon Dieu! Enfin, il y a peut-être certains jours où je me sens comme ça. Mais ils passent vite. Je vous assure, Mr. Stevens, que ma vie ne s'étend pas devant moi comme un désert. D'abord, nous attendons la venue de notre petit-enfant. Le premier de toute une série, peut-être.

— Oui, en effet. Ce sera merveilleux pour vous. »

Nous roulâmes en silence pendant encore quelques instants. Puis Miss Kenton dit :

« Et vous, Mr. Stevens ? Qu'est-ce que l'avenir vous réserve, à Darlington Hall ?

— Je ne sais pas ce qui m'attend, Mrs. Benn, mais je suis sûr que ce n'est pas le désert. Si seulement... Mais non, il y a du travail, du travail et encore du travail. »

Cela nous fit rire tous les deux. Puis Miss Kenton indiqua un abri que l'on apercevait un peu plus loin sur la route. Comme nous nous en approchions, elle demanda :

« Voulez-vous attendre avec moi, Mr. Stevens ? Le car doit arriver dans quelques minutes. »

La pluie tombait toujours sans relâche quand nous descendîmes de voiture pour nous hâter vers l'abri. Il s'agissait d'une construction en pierre avec un toit de tuile, d'apparence très robuste, et il le fallait bien, car cet arrêt était situé à un emplacement très exposé, devant des champs complètement dégagés. À l'intérieur, la peinture était tout écaillée, mais l'endroit était assez propre. Miss Kenton s'assit sur le banc qui meublait l'abri ; quant à moi, je restai debout, de façon à avoir vue sur l'autocar quand il arriverait. De l'autre côté de la route, on ne voyait que d'autres champs ; une rangée de poteaux télégraphiques guidait mes yeux vers cette perspective qui se perdait dans le lointain.

Après quelques minutes de silence, je me décidai enfin à dire :

« Pardonnez-moi, Mrs. Benn. Mais le fait est que nous risquons de ne pas nous revoir d'ici longtemps. Je me demande si vous me permettriez peut-être de vous poser une question d'une nature un peu personnelle. C'est un problème qui me préoccupe depuis quelque temps.

— Certainement, Mr. Stevens. Nous sommes de vieux amis, après tout.

— En effet, comme vous le dites, nous sommes de vieux amis. Je voulais vous poser une simple question, Mrs. Benn. Ne répondez pas, je vous en prie, si vous sentez que vous n'avez pas à le faire. Mais ce qu'il y a, c'est que les lettres que j'ai reçues de vous au long des années, et en particulier votre dernière lettre, ont pu donner l'impression que vous êtes — comment dire ? — plutôt malheureuse. Je me demandais simplement si l'on vous traitait mal, d'une façon ou d'une autre. Pardonnez-moi, mais comme je vous le disais, cela me préoccupe depuis un certain temps. Je me sentirais idiot d'avoir fait tout ce chemin, de vous avoir vue, et de ne pas vous avoir au moins posé la question.

— Mr. Stevens, vous n'avez pas à être aussi embarrassé. Nous sommes de vieux amis, après tout, n'est-ce pas ? En fait, je suis très touchée de vous voir si préoccupé. Et je peux vous tranquilliser complètement à ce sujet. Mon mari ne me maltraite pas du tout. Il n'est absolument pas cruel, il n'a pas mauvais caractère.

— Je dois dire, Mrs. Benn, que cela m'enlève un poids. »

Je me penchai sous la pluie, pour voir si j'apercevais le car.

« Je constate que vous n'êtes pas tout à fait satisfait, Mr. Stevens, dit Miss Kenton. Ne me croyez-vous pas ?

— Mais non, Mrs. Benn, ce n'est pas ça, pas du tout. Simplement, il n'en reste pas moins que vous ne semblez pas avoir été heureuse, pendant toutes ces années. C'est-à-dire que — pardonnez-moi — vous avez choisi délibérément de quitter votre mari à plusieurs reprises. S'il ne vous maltraite pas, eh bien... on a du mal à comprendre ce qui vous rend malheureuse. »

Je m'avançai de nouveau sous l'averse, aux aguets. J'entendis enfin Miss Kenton dire derrière moi : « Mr. Stevens, comment vous expliquer ? Je ne sais même pas moi-même clairement pourquoi je fais ce genre de chose. Mais c'est vrai, cela fait maintenant trois fois que je pars. » Elle se tut un instant ; pendant ce temps, je regardais dans la direction des champs, de l'autre côté de la route. Puis elle dit : « Je suppose, Mr. Stevens, que vous me demandez si j'aime ou non mon mari.

— Vraiment, Mrs. Benn, je ne me permettrais pas...

— Je sens que je dois vous répondre, Mr. Stevens. Comme vous dites, il se peut que nous ne nous revoyions pas d'ici plusieurs années. Oui, j'aime mon mari. Au début, et pendant longtemps, cela n'a pas été le cas. Quand j'ai quitté Darlington Hall, il y a bien des années, je n'avais pas conscience d'être réellement, vraiment en train de partir. Je crois que je prenais ça pour une de mes ruses, Mr. Stevens, destinées à vous contrarier. J'ai eu une mauvaise surprise quand je me suis retrouvée ici, mariée. Pendant longtemps, j'ai été très malheureuse, vraiment très malheureuse. Mais les années se sont écoulées, il y a eu la guerre, Catherine a grandi, et un jour, je me suis aperçue que j'aimais mon mari. On passe tellement de temps avec quelqu'un, on se rend compte qu'on s'est habitué à lui. C'est un homme bon et tranquille, et oui, Mr. Stevens, j'ai appris à l'aimer. »

Miss Kenton se tut de nouveau pendant un instant. Puis elle reprit :

« Mais ça ne veut pas dire, évidemment, qu'il n'y a pas, de temps à autre, des fois — des moments de grande tristesse — où on se dit en soi-même : "Quel terrible gâchis j'ai fait de ma vie !" Et on se met à penser à une vie différente, à la vie *meilleure* qu'on aurait pu avoir. Par exemple, je me mets à penser à la vie que j'aurais pu avoir avec vous, Mr. Stevens. Et je suppose que c'est dans ces moments-là que je me fâche pour une vétille et que je pars. Mais chaque fois que je le fais, je me rends compte avant longtemps que ma juste place est aux côtés de mon mari. Après tout, on ne peut plus faire tourner les aiguilles dans l'autre sens, maintenant. On ne peut pas s'attarder sans cesse sur ce qui aurait pu exister. Il faut bien voir qu'on a un sort aussi bon, et peut-être meilleur, que celui de la plupart des gens, et en être reconnaissant. »

Je ne crois pas avoir répondu immédiatement, car il me fallut une minute ou deux pour digérer pleinement les paroles de Miss Kenton. De plus, comme vous pouvez vous en douter, leur portée était de nature à susciter en moi une certaine douleur. En vérité — pourquoi ne pas le reconnaître ? —, à cet instant précis, j'ai eu le cœur brisé. Avant longtemps, cependant, je me tournai vers elle et dis en souriant :

« Vous êtes tout à fait dans le vrai, Mrs. Benn. Comme vous le dites, il est trop tard pour faire tourner les aiguilles dans l'autre sens. En vérité, je ne dormirais pas tranquille si je pensais que ce genre d'idées puisse vous rendre malheureux, vous et votre mari. Nous devons tous, comme vous le soulignez, être reconnaissants de ce que nous avons effectivement. Et d'après ce que vous me dites, Mrs. Benn, vous avez de quoi être contente. En fait, j'oserai le prédire, maintenant que Mr. Benn va prendre sa retraite, et que vous allez avoir des petits-enfants, vous avez, vous et Mr. Benn, quelques très belles années de bonheur devant vous. Vraiment, vous ne devez plus laisser d'idées sottes s'interposer entre vous et le bonheur que vous méritez.

— Bien sûr, vous avez raison, Mr. Stevens. Comme vous êtes gentil !

— Ah, Mrs. Benn, je crois que voilà le car qui arrive. »

Je m'avançai au-dehors et fis signe, pendant que Miss Kenton se levait et venait au bord de l'abri. Ce ne fut que lorsque le car s'arrêta que je tournai le regard vers Miss Kenton et vis que ses yeux s'étaient remplis de larmes. Je souris et dis :

« Allons, Mrs. Benn, occupez-vous bien de vous. On entend souvent dire que pour un couple, la retraite est la meilleure partie de la vie. Vous devez faire tout votre possible pour que ces années soient heureuses pour vous et votre mari. Peut-être ne nous reverrons-nous jamais, Mrs. Benn, et c'est pourquoi je vous demande de tenir bien compte de ce que je vous dis.

— Entendu, Mr. Stevens, je vous remercie. Et merci de m'avoir amenée ici en voiture. C'est très gentil à vous. Cela m'a fait grand plaisir de vous revoir.

— J'ai été très heureux de vous revoir, Mrs. Benn. »

Les lumières de la jetée ont été allumées, et derrière moi, une foule de gens vient de saluer cet événement par une ovation bruyante. Le jour est loin d'avoir complètement disparu — le ciel, au-dessus de la mer, est maintenant rouge pâle —, mais on dirait que tous ces gens qui ont commencé à se rassembler sur la jetée il y a une demi-heure désirent que la nuit tombe. C'est une confirmation tout à fait appropriée, je suppose, de l'idée formulée par l'homme qui était assis, il y a encore peu de temps, à côté de moi sur ce banc, et avec qui j'ai eu une discussion curieuse. Il soutenait que pour un très grand nombre de gens, le soir était la meilleure partie de la journée, la partie dont ils attendent le plus la venue. Et comme je le disais, sans doute cette affirmation comporte-t-elle une part de vérité, car sans cela, pourquoi tous ces gens pousseraient-ils spontanément des acclamations, simplement parce que les lumières de la jetée se sont allumées ?

Bien sûr, cet homme s'exprimait au sens figuré, mais il est assez intéressant de voir ses paroles immédiatement illustrées au sens littéral. J'imagine qu'il était assis près de moi depuis quelques minutes sans que je l'aie remarqué, plongé que j'étais dans mes souvenirs de ma rencontre avec Miss Kenton, il y a deux jours. En fait, je ne crois pas avoir vraiment remarqué qu'il était assis sur le banc jusqu'au moment où il déclara à voix haute :

« L'air de la mer vous fait beaucoup de bien. »

Je levai les yeux et vis un homme d'aspect pesant, approchant sans doute les soixante-dix ans, vêtu d'une veste en tweed un peu fatiguée, la chemise ouverte au col. Il avait le regard tourné vers la mer, observant peut-être des mouettes dans le lointain, et on ne pouvait donc avoir la certitude qu'il s'était adressé à moi. Mais comme personne d'autre ne lui répondit, et comme je ne voyais à proximité aucun individu susceptible de répondre, je finis par dire :

« Oui, très certainement.

— Le docteur dit que ça fait du bien. Alors je viens ici toutes les fois que le temps me le permet. »

L'homme poursuivit en me parlant de ses diverses maladies, détournant assez rarement ses yeux du soleil couchant pour m'adresser un signe de tête ou un sourire. En fait, je ne commençai à lui prêter réellement attention qu'au moment où il indiqua qu'avant de prendre sa retraite, il y avait trois ans de cela, il était majordome d'une maison toute proche. Me renseignant plus précisément, j'appris qu'il s'agissait d'une maison de très petite taille, où il était le seul employé à plein temps. Quand je lui demandai s'il avait déjà travaillé en dirigeant un véritable personnel, avant la guerre, par exemple, il répondit :

« Oh, à l'époque, je n'étais qu'un valet de pied. Je n'aurais pas eu le savoir-faire voulu pour être majordome à cette époque-là. Vous n'imaginez pas tout ce qu'il en fallait, avec les grandes maisons qu'il y avait en ce temps-là. »

Je pensai alors qu'il convenait de lui révéler mon

identité, et bien que je ne sois pas sûr que «Darlington Hall» lui ait évoqué quoi que ce soit, mon interlocuteur sembla dûment impressionné.

«Et moi qui étais là à essayer de vous expliquer, dit-il en riant. Heureusement que vous m'avez renseigné au bon moment, avant que je ne passe pour un imbécile. Ça prouve qu'on ne sait jamais à qui on a affaire, quand on adresse la parole à un inconnu. Comme ça, vous aviez un personnel important, je suppose. Avant la guerre, je veux dire.»

C'était un homme agréable, et il avait l'air sincèrement intéressé, aussi dois-je avouer que je passai un moment à lui parler de Darlington Hall autrefois. Essentiellement, je m'efforçai de lui faire comprendre quel «savoir-faire», pour reprendre sa formule, était nécessaire pour organiser des réceptions telles que celles que nous donnions souvent. En fait, je crois lui avoir même révélé plusieurs des «secrets» professionnels destinés à obtenir de la part du personnel le surcroît d'activité indispensable, et aussi les «tours de main» analogues à ceux d'un prestidigitateur grâce auxquels un majordome pouvait faire apparaître un objet au bon moment et au bon endroit, sans que les invités soupçonnent le moins du monde les manœuvres importantes et complexes qui avaient rendu cette opération possible. Comme je le disais, mon compagnon paraissait sincèrement intéressé, mais au bout d'un moment, je sentis que j'en avais assez dit, et je conclus donc sur ces mots :

«Aujourd'hui, bien sûr, tout est très différent,

avec mon employeur actuel. C'est un monsieur qui vient d'Amérique.

— Un Américain, hein? C'est les seuls qui ont les moyens, de nos jours. Alors comme ça, il vous a eu avec la maison. Vous faisiez partie du lot.

— Oui, dis-je avec un petit rire. Comme vous dites, je faisais partie du lot. »

L'homme tourna de nouveau son regard vers la mer, respira profondément et poussa un soupir satisfait. Nous restâmes ensuite assis là en silence pendant un certain temps.

« Le fait est, bien sûr, dis-je au bout d'un moment, que j'ai donné à Lord Darlington ce que j'avais de meilleur. Je lui ai donné absolument tout ce que j'avais de mieux, et maintenant — eh bien... — je m'aperçois qu'il ne me reste pas grand-chose à donner. »

Sans rien dire, l'homme hocha la tête; je continuai donc.

« Depuis que Mr. Farraday, mon nouvel employeur, est arrivé, j'ai fait beaucoup d'efforts, vraiment beaucoup d'efforts, pour lui apporter le genre de service que je voudrais lui assurer. J'ai fait de mon mieux, mais malgré tous mes efforts, je vois bien que je ne satisfais plus aux exigences que je me fixais autrefois. Des erreurs de plus en plus nombreuses apparaissent dans mon travail. Des erreurs tout à fait négligeables en elles-mêmes — jusqu'à présent, du moins. Mais jamais je n'en aurais commis de pareilles autrefois, et je sais ce qu'elles signifient. Dieu sait que j'ai fait de mon mieux, mais ça ne sert à rien. J'ai déjà donné ce que j'avais à donner. J'ai tout donné à Lord Darlington.

— Mince alors, mon pote. Tenez, vous voulez un mouchoir ? J'en ai un sur moi. Ah, le voilà. Il est presque propre. Je me suis juste mouché dedans une fois ce matin. Allez-y, mon pote.

— Mon Dieu, non, je vous remercie, ça va bien. Je suis vraiment désolé, je crois que le voyage m'a fatigué. Je suis vraiment désolé.

— Vous deviez être très attaché à ce Lord je-ne-sais-quoi. Et vous dites que ça fait trois ans qu'il est décédé ? Je vois bien que vous lui étiez vraiment attaché, mon pote.

— Lord Darlington n'était pas un mauvais homme. Ce n'était pas du tout un mauvais homme. Et au moins a-t-il eu le privilège de pouvoir dire à la fin de sa vie qu'il avait commis ses propres fautes. C'était un homme courageux. Il a choisi un certain chemin dans la vie, il s'est fourvoyé, mais il l'a choisi lui-même, il peut au moins dire ça. Pour ma part, je ne suis même pas en mesure de le dire. Vous comprenez, j'ai eu confiance. J'ai fait confiance à la sagesse de Sa Seigneurie. Au long de toutes ces années où je l'ai servie, j'ai été convaincu d'agir de façon utile. Je ne peux même pas dire que j'ai commis mes propres fautes. Vraiment — on se demande — où est la dignité là-dedans ?

— Écoutez, mon pote, je ne suis pas sûr de suivre tout ce que vous me dites. Mais si vous me posez la question, votre attitude n'est pas la bonne, vous savez. Arrêtez de regarder tout le temps en arrière, ça va fatalement vous déprimer. Bon, c'est sûr, vous n'arrivez plus à faire votre travail aussi bien qu'autrefois. Mais c'est pareil pour tout le monde, vous savez. Tous, il faut qu'à un moment donné on se décide à décrocher. Regardez-moi. Je suis gai comme un pinson depuis le jour où j'ai pris ma retraite. C'est sûr, on n'est plus de la toute première jeunesse, ni vous ni moi, mais il faut continuer à regarder en avant. » Et je crois que c'est à ce moment-là qu'il ajouta : « Il faut que vous preniez du plaisir. Le soir, c'est la meilleure partie du jour. Votre journée de travail est terminée. Vous pouvez vous détendre maintenant, et prendre du plaisir. Voilà comment je vois les choses. Demandez à n'importe qui, ils vous diront. Le soir, c'est la meilleure partie du jour.

— Je suis sûr que vous avez parfaitement raison, dis-je. Je suis vraiment désolé, c'est tout à fait inconvenant. Je crois que je suis surmené. J'ai beaucoup voyagé, vous comprenez. »

Il y a maintenant une vingtaine de minutes que l'homme est parti, mais je suis resté là, sur ce banc, pour attendre l'événement qui vient juste d'avoir lieu : l'allumage des lampes de la jetée. Comme je le disais, la joie avec laquelle les flâneurs rassemblés sur la jetée ont accueilli ce petit événement semble corroborer la formule de mon compagnon ; pour beaucoup de gens, le soir est la partie la plus agréable de la journée. Peut-être, dans ce cas, dois-je retenir son conseil de cesser de regarder autant en arrière, d'adopter un point de vue plus positif, d'essayer de faire le meilleur usage de ce qu'il me reste de jour. Après tout, que pouvons-nous gagner à toujours regarder en arrière, et à nous blâmer nous-mêmes parce que notre vie n'a pas pris exactement la tournure que nous aurions souhaitée ? L'implacable réalité, pour les gens comme vous et moi, c'est que nous n'avons pas d'autre choix, assurément, que d'abandonner notre sort entre les mains de ces grands personnages situés au moyeu de la roue du monde, et qui ont recours à nos services. À quoi bon s'inquiéter outre mesure de ce qu'on aurait pu faire ou ne pas faire pour diriger le cours de sa propre vie ? Il est certainement suffisant, pour des gens comme vous et moi, d'*essayer* au moins de faire en sorte que notre petite contribution serve un but honorable et sincère. Et si quelques-uns d'entre nous sont prêts à donner une partie de leur vie en sacrifice pour réaliser de telles aspirations, ce fait est assurément en lui-même, quelle que soit l'issue finale, une cause de fierté et de contentement.

Il y a quelques minutes, soit dit en passant, peu après l'allumage des lumières, je me suis tourné sur mon banc pour étudier de plus près cette cohue de gens qui rient et bavardent derrière moi. Des gens de tous les âges viennent flâner sur cette jetée : des familles, avec des enfants ; des couples, jeunes ou plus âgés, qui marchent main dans la main. Il y a six ou sept personnes, rassemblées en groupe non loin de moi, qui ont quelque peu éveillé ma curiosité. Au début, j'ai supposé naturellement qu'il s'agissait d'un groupe d'amis sortis ensemble pour la promenade du soir. Mais en les écoutant parler, j'ai compris qu'ils ne se connaissaient pas, qu'ils s'étaient rencontrés par hasard, ici même, juste derrière moi. Apparemment, ils s'étaient tous arrêtés au moment où les lumières s'allumaient, et ils avaient alors engagé la conversation. Maintenant, tandis que je les observe, ils rient joyeusement ensemble. Il est curieux que des gens parviennent à nouer entre eux si rapidement des relations si chaleureuses. Il est possible que ces personnes-là soient simplement unies par l'attente partagée de la soirée à venir. Mais en fait, je me demande si cela n'a pas plutôt à voir avec la capacité à badiner. En les écoutant maintenant, je les entends échanger en succession rapide toutes sortes de remarques badines. C'est, je présume, de cette façon que beaucoup de gens aiment à procéder. En fait, il est possible que mon compagnon de tout à l'heure, sur le banc, ait compté sur moi pour badiner avec lui — auquel cas j'ai dû le faire rudement déchanter. Il est peut-être temps, décidément, que j'envisage toute la question du badinage de façon un peu plus enthousiaste. Après tout, quand on y pense, ce n'est pas un centre d'intérêt si stupide — surtout s'il s'avère que le badinage est la clef de la chaleur humaine.

Il me vient à l'idée, de surcroît, que l'employeur qui s'attend à ce qu'un professionnel soit capable de badiner n'exige pas vraiment de lui une tâche exorbitante. Bien entendu, j'ai déjà consacré beaucoup de temps à améliorer ma pratique du badinage, mais il est possible que je n'aie jamais envisagé cette activité avec toute l'ardeur souhaitable. Quand je rentrerai demain à Darlington Hall — Mr. Farraday lui-même sera encore absent pendant une semaine —, peut-être me mettrai-je au travail avec un zèle renouvelé. J'espère donc que lorsque mon employeur reviendra, je serai à même de le surprendre agréablement.

DU MÊME AUTEUR

Aux Éditions des Deux Terres

LE GÉANT ENFOUI, 2015 (Folio n° 6118).

NOCTURNES, 2010 (Folio n° 5307).

AUPRÈS DE MOI TOUJOURS, 2006 (Folio n° 4659).

Aux Éditions Calmann-Lévy

QUAND NOUS ÉTIONS ORPHELINS, 2001 (1ʳᵉ éd. Belfond, 1994). (Folio n° 4986).

LES VESTIGES DU JOUR, 2001 (1ʳᵉ éd. Belfond, 1994). (Folio n° 5040).

L'INCONSOLÉ, 1997 (Folio n° 5039).

Aux Éditions Presses de la Renaissance

UN ARTISTE DU MONDE FLOTTANT, 1987 (Folio n° 4862).

LUMIÈRE PÂLE SUR LES COLLINES, 1984 (Folio n° 4931).

COLLECTION FOLIO

Dernières parutions

Composition Bussière
Impression Maury-Imprimeur
45330 Malesherbes
le 10 octobre 2017.
Dépôt légal : octobre 2017.
1ᵉʳ dépôt légal dans la collection : février 2010.
Numéro d'imprimeur : 221976.

ISBN 978-2-07-041670-7. / Imprimé en France.